Fim dos dias
End of Days

SUSAN EE

Fim dos dias
End of Days

Fim dos Dias
Livro 3

Tradução
Monique D'Orazio

2ª edição
Rio de Janeiro-RJ / Campinas-SP, 2021

VERUS
EDITORA

Editora	**Revisão**
Raïssa Castro	Cleide Salme
Coordenadora editorial	**Capa e projeto gráfico**
Ana Paula Gomes	André S. Tavares da Silva
Copidesque	**Diagramação**
Maria Lúcia A. Maier	Daiane Avelino

Título original
End of Days
Penryn & The End of Days - book 3

ISBN: 978-85-7686-669-5

Copyright © Feral Dream LLC, 2015
Todos os direitos reservados.

Tradução © Verus Editora, 2018
Direitos reservados em língua portuguesa, no Brasil, por Verus Editora. Nenhuma parte desta obra pode ser reproduzida ou transmitida por qualquer forma e/ou quaisquer meios (eletrônico ou mecânico, incluindo fotocópia e gravação) ou arquivada em qualquer sistema ou banco de dados sem permissão escrita da editora.

Verus Editora Ltda.
Rua Benedicto Aristides Ribeiro, 41, Jd. Santa Genebra II, Campinas/SP, 13084-753
Fone/Fax: (19) 3249-0001 | www.veruseditora.com.br

CIP-BRASIL. CATALOGAÇÃO NA FONTE
SINDICATO NACIONAL DOS EDITORES DE LIVROS, RJ

E26f

Ee, Susan
   Fim dos dias / Susan Ee ; tradução Monique D'Orazio. - 2. ed.
- Campinas, SP : Verus, 2021.
   23 cm.   (Fim dos Dias ; 3)

   Tradução de: End of Days
   ISBN 978-85-7686-669-5

   1. Ficção americana. I. D'Orazio, Monique. II. Título. III. Série.

15-46540
CDD: 813
CDU: 821.111(73)-3

Revisado conforme o novo acordo ortográfico

Aos leitores como Penryn,
que têm problemas em casa, precisam amadurecer cedo
em virtude das circunstâncias impostas pela vida e não têm
ideia do imenso potencial que realmente possuem. Vocês
foram forjados a fogo, assim como Penryn. E,
a exemplo dela, podem transformar suas maiores
provações em suas maiores forças.

1

POR ONDE QUER QUE A GENTE VOE, as pessoas fogem e se dispersam abaixo de nós.

Ao verem a grande sombra da nossa nuvem no céu, saem correndo, apressadas.

Voamos sobre uma paisagem urbana chamuscada, destruída e quase totalmente abandonada. San Francisco costumava ser uma das cidades mais bonitas do mundo, com seus bondinhos e restaurantes famosos. Turistas costumavam passear pelo Fisherman's Wharf e flanar à noite pelos becos movimentados de Chinatown.

Agora os sobreviventes maltrapilhos lutam por migalhas e perturbam mulheres apavoradas. Correm sorrateiramente para as sombras e desaparecem assim que nos avistam. Os que sobraram são os mais desesperados, escolhendo ficar ao ar livre na esperança de escapar das gangues pelos poucos segundos que levamos para sobrevoar.

Abaixo de nós, uma menina está agachada sobre um homem morto, estirado ao chão, com braços e pernas bem abertos. Ela nem se dá conta da nossa presença ou simplesmente não se importa. Aqui e ali, vejo a luz refletindo em algo na janela, sinais de que alguém está nos observando com binóculos, ou talvez mirando um rifle, à medida que passamos.

Acho que somos uma visão e tanto: uma nuvem de gafanhotos de tamanho humano com cauda de escorpião manchando o céu.

E, no meio disso tudo, um demônio com asas enormes carrega uma adolescente. Ao menos Raffe deve parecer um demônio para quem não sabe que, na verdade, ele é um arcanjo que voa com asas emprestadas.

Provavelmente pensam que ele sequestrou a menina que está carregando. Não imaginam que eu me sinto segura nos braços dele. Que estou com a cabeça apoiada na curva quentinha de seu pescoço porque gosto da sensação de sua pele.

— Nós, humanos, sempre temos essa aparência, vistos de cima? — pergunto.

Ele responde. Sinto as vibrações de sua garganta e vejo sua boca se mover, mas não consigo ouvi-lo acima do zumbido estrondoso da nuvem de gafanhotos.

No fim das contas, acho bom que eu não o tenha ouvido mesmo. Os anjos provavelmente pensam que parecemos baratas, correndo de uma sombra a outra.

Mas não somos baratas, nem macacos, nem monstros, não importa o que os anjos pensem de nós. Ainda somos as mesmas pessoas que fomos um dia. Pelo menos por dentro.

Bem, é o que eu espero.

Lanço um olhar para minha irmã toda cortada, que voa ao nosso lado. Mesmo agora, preciso lembrar que Paige ainda é a mesma garota que eu sempre amei. Certo, talvez não exatamente a mesma.

Ela está montada no corpo débil de Beliel, que, por sua vez, está sendo carregado por vários gafanhotos como se estivesse em uma liteira. Ele tem sangue por todo o corpo e parece morto há muito tempo, embora eu saiba que está vivo. Ele bem que merece, mas ainda há uma parte de mim que fica admirada com a crueldade disso tudo.

Uma cinzenta ilha de rocha surge à nossa frente, no meio da baía de San Francisco. Alcatraz, a velha e famosa prisão. Há um redemoinho de gafanhotos sobrevoando a ilha. É uma pequena parte da colmeia que não veio quando Paige pediu a ajuda deles na praia, algumas horas atrás.

Aponto para uma ilha atrás de Alcatraz. É maior e mais verdejante, sem nenhuma construção que eu consiga ver. Tenho quase certeza de que é a Angel Island. Apesar do nome, qualquer lugar deve ser melhor que Alcatraz. Não quero Paige naquela muralha do inferno.

Damos a volta no redemoinho de gafanhotos e seguimos para a ilha maior.

Faço um gesto para Paige vir conosco. O gafanhoto que a carrega e os outros mais próximos nos seguem, mas a maioria se une à nuvem de gafanhotos acima de Alcatraz, fazendo inchar o tamanho do funil escuro acima da prisão. Alguns parecem confusos e nos seguem imediatamente, mas depois mudam a direção de volta para Alcatraz, como se compelidos a fazer parte da nuvem.

Apenas um punhado de insetos continua conosco quando circundamos a Angel Island em busca de um bom local para aterrissar.

O sol nascente destaca o verde-esmeralda das árvores cercadas pela baía. Desse ângulo, Alcatraz fica adiante do extenso horizonte de San Francisco. Em outros tempos, isso aqui deve ter sido uma visão de tirar o fôlego. Agora parece uma linha serrilhada de dentes quebrados.

Pousamos perto da água, na costa ocidental. De um lado da colina, os tsunamis deixaram um amontoado de escombros de tijolos na praia e uma massa de árvores estilhaçadas. Do outro, porém, tudo foi deixado quase intacto.

Quando alcançamos o solo, Raffe me solta. A sensação é de que eu estava aninhada junto dele há uma eternidade. Meus braços estão praticamente paralisados ao redor dos ombros, e minhas pernas estão rígidas. Os gafanhotos caem à nossa volta quando pousam, como se enfrentassem os mesmos problemas.

Raffe alonga o pescoço e sacode os braços. As asas de morcego, que parecem de couro, se dobram e desaparecem atrás dele. Ele ainda está usando a máscara da festa-que-virou-massacre no ninho da águia. É de um vermelho profundo, salpicada de prateado, e cobre seu rosto todo, exceto a boca.

— Você não vai tirar isso? — Sacudo o torpor que sinto nas mãos. — Está parecendo a morte com asas de demônio.

— Que bom. É assim que todo anjo devia parecer. — Ele gira os ombros para trás. Acho que não é fácil ter alguém tão agarrado em você.

Apesar de tentar relaxar os músculos, ele permanece em alerta total, com os olhos vigiando as redondezas, estranhamente silenciosas.

Ajusto a correia ao redor do ombro, para que a espada disfarçada de ursinho de pelúcia fique apoiada no quadril para facilitar o acesso. Depois, vou até minha irmã para ajudá-la a descer de Beliel. Quando me aproximo de Paige, seus gafanhotos sibilam para mim e sacodem a cauda de escorpião para tentar me acertar.

Suspendo o movimento, com o coração disparado.

Em segundos, Raffe está ao meu lado.

— Deixe que ela venha até você — ele sugere, baixinho.

Paige desce de sua carona e acaricia um gafanhoto com a mão pequena.

— *Shhh*. Está tudo bem. É a Penryn.

Ainda me impressiona ver esses monstros dando ouvidos à minha irmã mais nova. Nós nos encaramos apenas por mais um momento, até que os monstros baixam os ferrões diante da canção gentil de Paige. Solto a respiração, e nos afastamos para deixar minha irmã acalmá-los.

Ela se curva para pegar as asas decepadas de Raffe. Paige estava deitada sobre elas. As penas manchadas parecem amassadas, mas começam a retomar a forma quase que instantaneamente nos braços de minha irmã. Não posso culpar Raffe por tê-las arrancado de Beliel antes de os gafanhotos poderem sugá-las até secar, com o restante do demônio, mas eu queria que ele não precisasse ter feito isso. Agora temos que encontrar um médico para costurá-las em Raffe antes que murchem.

Começamos a subir a praia e avistamos alguns barcos a remo amarrados a uma árvore. A ilha deve estar ocupada, afinal.

Raffe faz um gesto para nos escondermos enquanto caminha pela duna de areia.

Antes havia uma fileira de casas de um lado da colina. Na parte mais baixa, apenas as fundações de concreto permanecem, repletas de tábuas destruídas, manchadas de água e sal. Mas, no terreno mais alto, várias edificações fechadas com tábuas estão intactas.

Margeamos a parte de trás do prédio mais próximo. É grande o bastante para ter sido um barracão militar de algum tipo. Como os outros, está selado com tábuas pintadas de branco. Parece que essas construções foram fechadas muito antes do Grande Ataque.

A coisa toda parece um acampamento fantasma, exceto pela casa na colina, de frente para a baía. É uma construção vitoriana perfeitamente intacta, com uma cerca de tábuas brancas. É o único edifício que parece uma casa, com alguma cor e alguma sensação de vida.

Não vejo ameaça nenhuma, certamente nada que os gafanhotos não possam espantar, mas fico fora de vista mesmo assim. Observo Raffe dar um salto para voar sobre a colina, movendo-se sucessivamente de trás da proteção do barracão para uma árvore, seguindo seu caminho até a casa.

Quando ele por fim chega ao seu destino, tiros estilhaçam a paz.

2

RAFFE COLA O CORPO A UMA PAREDE.

— Não estamos aqui para fazer mal — ele grita.

Outro tiro responde da janela do andar de cima. Eu me encolho. É impossível meus nervos ficarem mais tensos do que já estão.

— Estou ouvindo vocês conversarem aí dentro — grita Raffe. Ele deve pensar que somos todos surdos. Acho que, se comparados a anjos, somos mesmo. — E a resposta é não. Duvido que minhas asas vão valer tanto quanto as dos anjos. Não há a menor chance de vocês me derrotarem, então parem de se enganar. Só queremos a casa. Sejam espertos. Vão embora.

A porta da frente se abre com uma pancada. Três homens musculosos saem dali, apontando os rifles em diferentes direções , como se não tivessem certeza de quem são seus inimigos.

Raffe levanta voo, e os gafanhotos seguem a deixa. Intimidador, ele dá um voo rasante no ar com as impressionantes asas de demônio, antes de mergulhar de volta para o lado da casa.

Os gafanhotos voam na direção dele e aparecem atrás da linha de árvores, com os ferrões de escorpião curvados atrás deles.

Assim que os homens dão uma boa olhada no que estão prestes a enfrentar, saem correndo. Esbarram nas árvores, adiante dos gafanhotos. Então circulam os escombros e seguem em direção à praia.

Conforme os homens se afastam, uma mulher sai cambaleando da casa, correndo na direção oposta. Olha para trás para ver onde estão. Mais parece que está fugindo dos homens do que das criaturas aladas.

Então ela desaparece nas colinas atrás da construção, enquanto os homens pegam barcos a remo e seguem para a baía.

Raffe ronda a frente da casa vazia e para, ouvindo com atenção. Em seguida acena para que o acompanhemos.

Quando chegamos à casa vitoriana, grita:

— Tudo limpo.

Coloco a mão no ombro de Paige conforme cruzamos o pátio, depois de passarmos pela cerca branca. Ela está agarrada às asas emplumadas de Raffe como a uma boia salva-vidas, enquanto olha fixamente para a casa. A construção é creme com detalhes em marrom. Tem uma varanda com móveis de vime e se parece muito com uma casa de bonecas.

Um gafanhoto larga Beliel ao lado da cerca. O demônio fica deitado lá como um pedaço de carne. Seu corpo enrugado tem a cor e a textura de carne seca, e sangue ainda lhe escorre dos braços e das bochechas, de onde Paige arrancou pedaços. Sua aparência é deplorável, mas eis uma vítima de ataque de gafanhotos de quem não tenho pena.

— O que vamos fazer com o Beliel? — pergunto a Raffe.

— Eu cuido dele. — Raffe caminha pelos degraus da varanda e vem em nossa direção.

Considerando todas as coisas terríveis que Beliel já fez, não sei por que Raffe não o matou em vez de só cortar as asas dele. Talvez tenha pensado que os gafanhotos fossem fazer isso ou que o ataque de Paige no ninho da águia fosse ser fatal. Agora que chegou até aqui, no entanto, Raffe não parece inclinado a lhe dar o golpe de misericórdia.

— Venha, Paige. — Minha irmã caminha ao meu lado até a varanda de madeira e entra na casa.

Lá dentro, espero encontrar mofo e poeira, mas, em vez disso, o que vejo é algo surpreendentemente agradável. A sala de estar parece ter sido uma galeria. Um vestido de dama do século XIX está exposto em um canto. Ao lado dele, cordas de museu presas em postes cor de bronze, para isolamento das obras, estão amontoados, agora que não são mais necessários para manter o público longe do mobiliário de época.

Paige olha em volta e vai até a janela. Do outro lado do vidro texturizado, Raffe carrega Beliel até o portão da cerca de tábuas. Ele o joga lá e caminha para a casa. Beliel parece morto, mas eu sei que não está. Vítimas do ferrão de gafanhotos ficam paralisadas o bastante para parecerem defuntos, mesmo que permaneçam conscientes. Isso é parte do terror de levar uma ferroada.

— Venha, vamos dar uma olhada no resto da casa — digo, mas Paige continua olhando fixo pela janela, para a forma franzida de Beliel.

Do lado de fora, Raffe entra de novo em meu campo de visão, carregando um monte de correntes enferrujadas. É assustador vê-lo enrolá-las em torno de Beliel, dando voltas ao redor do pescoço, da cerca e das pernas. Os cadeados se unem em seu peito.

Se eu já não o conhecesse, morreria de medo de Raffe. Ele parece impiedoso e desumano ao lidar com o demônio indefeso.

Estranhamente, no entanto, é Beliel quem chama minha atenção. Existe algo em sua figura acorrentada que não para de atrair meus olhos. Algo familiar.

Estremeço para me livrar dessa ideia. A exaustão deve ter me deixado à beira da alucinação.

3

NUNCA FUI UMA PESSOA MATINAL e, agora que passei algumas noites sem dormir, me sinto um zumbi. Minha vontade é desabar num sofá e dormir a semana inteira.

Mas, primeiro, preciso ajudar minha irmã a se acomodar.

Levo uma hora para limpá-la na banheira. Ela está coberta do sangue de Beliel. Se as pessoas da resistência já achavam que Paige era um monstro quando estava asseada e de vestido florido, se a vissem agora definitivamente se transformariam num bando de aldeãos primitivos, carregando tochas, prontos para um linchamento.

Tenho medo de esfregá-la, por causa de todos os hematomas e pontos de sutura. Normalmente, nossa mãe faria isso. Ela sempre é surpreendentemente cuidadosa quando se trata da Paige.

Talvez pensando a mesma coisa, Paige pergunta:

— Onde está a mamãe?

— Ela está com a resistência. A essa altura, eles já devem estar no acampamento. — Jogo um pouco de água nela e, com uma esponja, lavo a sutura com cuidado. — Viemos procurar você, mas acabamos presas e levadas para Alcatraz. Mas agora ela está bem. A resistência veio resgatar todo mundo que estava na ilha, e eu a vi no barco quando eles estavam fugindo.

Os hematomas ainda parecem recentes, e eu não quero arrancar um ponto por acidente. Queria saber se esses pontos são do tipo que se dissolvem ou se um médico precisa tirá-los.

Essa preocupação me faz pensar no doutor, o cara que a costurou. Não me importo qual era a situação dele. Nenhum ser humano decente teria mutilado criancinhas e as transformado em monstros comedores de gente só porque Uriel, o anjo megalomaníaco, deu essa ordem. Tenho vontade de chutar o doutor até ele virar picadinho quando vejo como Paige está ferida.

Então, que loucura a minha pensar que talvez ele possa ajudá-la.

Suspiro e solto a esponja na água. Não suporto mais olhar para suas costelas aparecendo sob a pele costurada. Para falar a verdade, ela não poderia estar mais limpa. Jogo as roupas ensanguentadas dentro da pia e saio para um dos quartos para ver se encontro algo para ela vestir.

Vasculho gavetas antigas, mas não espero realmente encontrar nada. Parece que esse lugar era uma espécie de museu, não a casa de alguém. Mas havia gente hospedada aqui, que talvez até achasse que ele poderia se tornar um lar de verdade.

Não há muito para ver, mas pelo jeito uma mulher esteve aqui. Coloco a mão na gaveta e tiro uma blusa branca e uma saia de linho. Em seguida uma calcinha fio-dental, um sutiã de renda, uma camisola transparente, uma camiseta cortada, uma boxer de lycra.

As pessoas eram engraçadas nos primeiros dias que sucederam ao Grande Ataque. Mesmo quando evacuavam as casas, levavam celulares, laptops, chaves, carteiras, malas e sapatos que teriam sido ótimos nas férias de verão, mas não para fugir pelas ruas. Parece que as pessoas não aceitavam que tudo iria pelos ares em questão de dias.

Algum tempo depois, no entanto, essas coisas acabaram abandonadas em carros, ruas ou, neste caso, nas gavetas de uma casa-museu. Encontro uma camiseta quase do tamanho de Paige. É impossível encontrar calcinha para ela, então uma camiseta feita de vestido vai ter que servir por enquanto.

Arrumo Paige debaixo das cobertas, no andar de cima, e deixo seus sapatos ao lado da cama, caso ela precise sair às pressas.

Beijo sua testa e lhe digo boa-noite. Seus olhos se fecham como os de uma boneca, e sua respiração se aprofunda quase que imediatamente. Ela deve ter chegado a um estado de absoluta exaustão. Quando foi a última vez em que ela dormiu? Quando foi a última vez em que comeu?

Desço e encontro Raffe curvado sobre a mesa de jantar, com as asas estendidas diante dele. Ele tirou a máscara, e é um alívio poder ver seu rosto novamente.

Ele está cuidando das asas. Parece que lavou o sangue que havia nelas. Estão sobre a mesa, úmidas e sem vida. Ele tira as penas quebradas e alisa as que estão boas.

— Pelo menos você está com elas de volta — digo.

A luz atinge seu cabelo escuro, destacando as mechas mais claras. Ele respira fundo.

— Estamos de volta à estaca zero. — Raffe quase desaba em uma cadeira de madeira. — Preciso encontrar um médico — suspira, não soando nada otimista.

— Eles tinham algumas coisas em Alcatraz. Suprimentos cirúrgicos angelicais, eu acho. Faziam todo tipo de experimentos por lá. Será que alguma coisa daquelas não seria útil?

Ele me encara com seus olhos muito azuis.

— Talvez. Eu tinha mesmo que dar uma vasculhada naquela ilha. Está muito perto de nós para ser ignorada. — Esfrega as têmporas.

Vejo a frustração deixando tensas as linhas de seus ombros. Enquanto o arcanjo Uriel cria um falso apocalipse e mente para os anjos para que votem nele como o Mensageiro, Raffe cuida de costurar de volta suas asas. Até lá, ele não pode voltar para a sociedade angelical para tentar arrumar as coisas.

— Você precisa dormir um pouco — digo. — Todos nós precisamos. Estou tão cansada que minhas pernas estão prestes a desmoronar. — Eu me desequilibro um pouco. Foi uma noite longa e estou surpresa por termos conseguido sobreviver para ver o dia seguinte.

Uma parte de mim espera que ele argumente, mas ele simplesmente assente. Isso só confirma que precisamos muito descansar, e talvez ele precise de tempo para descobrir como encontrar um médico que possa ajudá-lo.

Subimos as escadas a passos lentos até os dois quartos.

Eu me viro para Raffe quando chegamos diante da porta.

— Eu e a Paige vamos...

— Tenho certeza que a Paige vai dormir melhor sozinha.

Por um segundo, penso que talvez ele quer ficar sozinho comigo. Fico sem jeito e ao mesmo tempo ansiosa, antes de ver sua expressão.

Raffe me lança um olhar severo e lá se vão minhas esperanças.

Ele só não quer que eu durma no mesmo quarto que a minha irmã. O pobre não sabe que eu já dividi um quarto com ela quando estávamos na resistência. Ela já teve muitas oportunidades para me atacar.

— Mas...

— Você fica nesse quarto. — Raffe aponta para o dormitório do outro lado do corredor. — Eu vou ficar no sofá. — Sua voz é uma ordem. Obviamente está acostumado a mandar e ser obedecido.

— Mas aqui não tem um sofá de verdade. Só um canapé antigo, feito para mulheres com a metade do seu tamanho.

— Já dormi em rochas na neve. Um canapé apertado é um luxo. Vou ficar bem.

— A Paige não vai me machucar.

— Não, ela não vai. Você vai estar muito longe dela para ser uma tentação enquanto estiver dormindo.

Estou cansada demais para discutir. Espio o quarto dela para me certificar de que ainda está adormecida e então caminho em direção ao meu, do outro lado do corredor.

O sol da manhã brilha através da janela do meu quarto e recai sobre a cama. Há flores silvestres ressequidas na mesa de cabeceira, num toque de roxos e amarelos. O perfume de alecrim sopra pela janela aberta.

Tiro os sapatos e coloco a Ursinho Pooky encostada na cama, perto de mim. Ela usa um vestidinho transparente, que cobre a bainha da espada. Senti uma onda de emoção emanando da lâmina desde que nos reencontramos com Raffe. Ela está ao mesmo tempo feliz por estar perto dele e triste por ter sido esquecida. Acaricio seu pelo para lhe fazer um afago.

Normalmente eu durmo de roupa, para o caso de precisar fugir. Mas estou cansada de dormir assim. É desconfortável, e o quarto é tão aconchegante que me lembra de como as coisas eram antes de vivermos com medo o tempo todo.

Decido que hoje vai ser um daqueles raros momentos em que posso dormir de um jeito confortável. Tateio nas gavetas da cômoda e reviro as roupas.

Não há muito para escolher, mas faço o melhor que posso. Escolho a camiseta cortada e a cueca boxer. A camiseta é folgada, mas cai bem. Vai até embaixo do busto e deixa a barriga de fora.

A cueca adere perfeitamente ao meu corpo, ainda que seja uma peça masculina. Uma das pernas está desfiando, mas pelo menos está limpa e o elástico não é muito justo.

Engatinho na cama e me delicio com o luxo sedoso dos lençóis. Assim que encosto a cabeça no travesseiro, começo a viajar para longe.

A brisa suave flui pelas janelas. Uma parte de mim sabe que está ensolarado e quentinho lá fora, um típico dia de outubro.

Mas outra parte vê tempestades. O sol se derrete nessa chuva, e meu quarto com vista para o jardim se transforma em nuvens tempestuosas quando mergulho mais profundamente no sono.

ESTOU DE VOLTA AO LUGAR ONDE os caídos estão sendo arrastados por correntes para o abismo. Os espinhos que levam no pescoço, na testa e nos tornozelos pingam sangue, e os endiabrados vão montados neles.

É o mesmo sonho que tive com a ajuda da espada, quando eu estava no acampamento da resistência. Entretanto, parte de mim me lembra de que eu não estou dormindo com a lâmina desta vez. Ela está apoiada na cama, mas não me toca. Isso não parece uma memória da espada.

Estou sonhando com minha experiência de estar na memória da espada. Um sonho sobre um sonho.

Na tempestade, Raffe desce pairando no céu, encostando de leve nas mãos de alguns recém-caídos. Vejo o rosto deles quando Raffe lhes toca as mãos. Esse bando deve ser formado pelos vigias — o grupo de elite dos anjos guerreiros, que sucumbiram por terem se apaixonado pelas filhas dos homens e se casado com elas.

Estavam sob o comando de Raffe, eram seus soldados leais. Os anjos olham para ele como se pedissem ajuda para serem salvos, a despeito de sua escolha de quebrarem a lei dos anjos.

Um rosto chama minha atenção. A forma como o vulto está aprisionado é familiar.

Aperto os olhos para ver melhor.

É Beliel.

Ele parece mais vigoroso que de costume, sem seu esgar usual. Há raiva em seu rosto, mas, por trás disso, um sofrimento genuíno transparece em seus olhos. Ele agarra a mão de Raffe por um instante a mais do que os outros caídos; é quase um aperto.

Raffe assente e continua seu voo rasante.

Um relâmpago lampeja, o céu se transforma num estrondo, e pingos de chuva caem no rosto de Beliel.

QUANDO ACORDO, o sol está do outro lado do céu.

Não ouço nada de estranho e espero. Paige ainda está dormindo. Eu me levanto e caminho em direção à janela aberta. Lá fora, ainda está sol, e a brisa sopra nas árvores. Os pássaros cantam e as abelhas zumbem, como se o mundo não tivesse se alterado totalmente.

Apesar do calor, sinto um arrepio quando olho lá fora.

Beliel ainda está acorrentado no portão do jardim, ressequido e torturado. Mas seus olhos estão abertos e ele me encara. Suponho que, a essa altura, deve ter saído completamente da paralisia. Não me admira que tive um pesadelo com ele.

Mas não foi mesmo um pesadelo, foi? Foi mais uma lembrança do que a espada me mostrou. Balanço a cabeça devagar, na tentativa de compreender.

Será possível que Beliel tenha sido um dos vigias de Raffe?

4

O QUARTO ESTÁ SE AQUECENDO POR CAUSA DO SOL. Deve ser meio-dia. É glorioso ter uma pausa de toda essa loucura.

Ainda não estou preparada para abrir mão do meu sono precioso, mas um copo de água parece uma boa ideia. Quando abro a porta, Raffe está sentado no corredor, com os olhos fechados.

— O que você está fazendo? — pergunto, buscando entender.

— Eu estava cansado demais para descer — ele responde sem abrir os olhos.

— Você está de guarda? Eu teria revezado se você tivesse me dito. Com quem estamos preocupados?

Raffe ri, sem humor.

— Quer dizer, existe algum inimigo específico à vista?

Ele está sentado de frente para a porta de Paige. Acho que já sei.

— Ela não vai me machucar.

— Foi o que o Beliel pensou. — Seus olhos continuam fechados, e os lábios mal se mexem. Se ele não estivesse falando, apostaria que estava dormindo.

— O Beliel não é a irmã mais velha dela, e também não foi ele que a criou.

— Pode me chamar de sentimental, mas gosto da ideia de você inteira. Além do mais, ela pode não ser a única interessada na sua carne saborosa.

Inclino a cabeça de lado.

— Quem te disse que eu sou saborosa?

— Nunca ouviu aquele velho ditado? Saboroso como um tolo?

— Você inventou isso.

— Hum. Deve ser um ditado dos anjos. É para alertar os tolos sobre coisas que rondam na calada da noite.

— Está de dia.

— Ah. Então você não nega que é tola? — Ele finalmente abre os olhos com um sorriso, mas sua expressão some quando ele me vê.

— O que você está vestindo? — Ele me olha da cabeça aos pés.

Eu estava tão confortável que havia me esquecido de que estou usando a camiseta cortada e a cueca. Dou uma olhada para baixo e penso se estou batendo bem da cabeça. Estou razoavelmente coberta, exceto a barriga, e as pernas estão mais desnudas que de costume.

— Olha só quem fala... Um cara que anda por aí sem camisa o dia inteiro. — É claro, eu meio que gosto dele sem camisa, mostrando o abdome de tanquinho, mas não menciono essa parte.

— É difícil usar uma camisa quando se tem asas. Além do mais, ninguém nunca reclamou.

— Não deixe que isso te afete, Raffe. Ninguém também nunca elogiou. — Quero dizer que existe um monte de caras tão bonitos quanto ele, mas seria uma mentira deslavada.

Ele ainda está fitando meu figurino.

— Você está usando cueca?

— Acho que sim, mas serviu.

— De quem é?

— De ninguém. Encontrei numa gaveta.

Ele estende a mão para puxar um fio que está saindo da perna esgarçada. A linha se solta e começa a desfazer o tecido, dando a volta na minha coxa, subindo pouco a pouco e deixando o short mais curto.

— O que você faria se tivesse que sair correndo de repente? — Sua voz é rouca enquanto ele observa, hipnotizado, o tecido se desfazer.

— Eu pegaria meus sapatos e sairia correndo.

— Vestida desse jeito? Diante de homens sem lei? — Seus olhos se desgarram para minha barriga.

— Se você está preocupado que pervertidos invadam a casa, não vai fazer nenhuma diferença se estou com essa roupa, de jeans ou moletom. Ou eles são humanos decentes ou não são. O que vão fazer só eles sabem.

— Vai ser difícil eles fazerem qualquer coisa quando eu estiver enchendo a cara deles de porrada. Não vou tolerar falta de respeito.

Exibo um meio-sorriso.

— Porque você é o respeito em pessoa.

Ele suspira como se estivesse um pouco cansado de si mesmo.

— Ultimamente parece que tudo o que eu faço é por sua causa.

— Por que você está dizendo isso? — pergunto, tentando não parecer tão ofegante.

— Estou sentado no chão duro, do lado de fora da sua porta, enquanto você tira uma soneca gostosa, não estou?

Escorrego pela parede ao lado dele e me sento no chão do corredor. Ficamos lado a lado, com os braços quase se tocando, e deixamos o silêncio se assentar à nossa volta.

Depois de algum tempo, digo:

— Acho que você devia dormir um pouco. Vai fazer bem para você. Pode ficar com a cama. Eu fico de guarda.

— Nem pensar. É você que está correndo perigo, não eu.

— O que você acha que vai me pegar? — Meu braço encosta no dele quando me viro para olhá-lo.

— A lista não tem fim.

— Desde quando você se tornou tão protetor?

— Desde que meus inimigos determinaram que você é minha filha do homem.

Engulo em seco.

— Eles fizeram isso?

— O Beliel nos viu juntos no baile de máscaras. Mesmo com a minha máscara, o Uriel sabia que era eu na praia com você.

— Então eu sou... sua filha do homem? — sussurro e quase consigo ouvir meu coração bater. E bate ainda mais forte quando me dou conta de que ele deve estar ouvindo também.

Ele desvia os olhos.

— Algumas coisas simplesmente não podem acontecer. Mas nem o Uri nem o Beliel entendem isso.

Solto devagar a respiração que estava presa. Ele poderia muito bem ter dito que eu também não entendo.

— Então, quem exatamente viria atrás de mim? — pergunto.

— Sem contar os suspeitos de costume, a hoste inteira de anjos viu você comigo quando eu cortei as asas do Beliel. Eles acham que você está viajando na companhia de um "demônio" mascarado que corta as asas dos "anjos". Só isso basta para virem atrás de você, nem que seja para me encontrar. Além disso, agora você é uma assassina de anjos. Para isso, a pena é a sentença de morte. Você virou uma garota bem popular.

Penso nisso por um minuto. Será que existe alguma coisa que eu possa fazer?

— Mas todos nós parecemos os mesmos para eles, não é? Como eles conseguem distinguir a gente? Droga, todos os anjos parecem iguais para mim. Todos são perfeitos em todos os aspectos: corpo perfeito, rosto perfeito, cabelo perfeito. Se não fosse por você, eu acharia que todos os anjos são iguais.

— Você diz isso porque eu estou num patamar para lá de perfeito?

— Não. Porque você é muito humilde.

— As pessoas superestimam a humildade.

— Pelo visto, superestimam a autocrítica também.

— Guerreiros de verdade não ligam para baboseiras morais.

— E nem para a racionalidade.

Ele espia minhas pernas desnudas.

— Não, nem para a racionalidade, eu admito. — Raffe se levanta e estende a mão para mim. — Vem dormir um pouco.

— Só se você dormir também. — Pego sua mão e ele me puxa.

— Está bem. Se isso fizer você ficar quieta.

Entramos no meu quarto, e eu subo na cama. Deito sobre as cobertas, pensando que ele está apenas se certificando de que eu vá dormir um pouco. Mas, em vez de ir embora, ele sobe na cama ao meu lado.

— O que você está fazendo? — pergunto.

Ele encosta o rosto no travesseiro ao lado do meu e fecha os olhos com algum alívio.

— Tirando um cochilo.

— Você não vai descer?

— Não.

— E o canapé?

— Muito desconfortável.

— Achei que você tinha dito que dormia até em rochas na neve.

— Eu já dormi. É por isso que durmo em camas macias sempre que posso.

5

ESPERO QUE ELE VÁ FICAR TENSO COMO EU, mas sua respiração rapidamente se torna lenta e profunda.

Ele deve estar exausto. Mesmo sem contar a falta de sono e o fato de ele estar sempre em alerta máximo, Raffe se recupera dos ferimentos na asa, tanto os da amputação inicial quanto os da cirurgia posterior. Não posso imaginar o sofrimento pelo qual ele está passando.

Fico deitada, tentando dormir ao lado dele.

O aroma de alecrim penetra pela janela, acompanhado de uma brisa cálida. O zumbido das abelhas perto das flores abaixo soa tranquilo e distante. O sol pálido brilha através das minhas pálpebras fechadas.

Eu me afasto da claridade da janela e acabo de frente para Raffe. Não consigo evitar de abrir os olhos para olhá-lo. Seus cílios escuros formam uma meia-lua sobre as maçãs do rosto. Longos e curvados, seriam motivo de inveja de qualquer garota. O traço do nariz é marcante e retilíneo. Os lábios são macios e sensuais.

Sensuais? Quase dou risada. Que tipo de palavra é essa que surge em minha mente? Não sei se alguma vez considerei alguma coisa *sensual* antes.

Seu peito musculoso sobe e desce em um ritmo constante que me hipnotiza. Minha mão coça para acariciar seus músculos macios.

Engulo em seco e viro para o outro lado.

Com ele nas minhas costas, respiro fundo e solto o ar lentamente, como se tentasse me acalmar durante uma luta.

Ele geme baixinho e se mexe. Meus movimentos devem tê-lo perturbado.

Sinto seu hálito quente na minha nuca. Ele deve ter virado de lado, de frente para mim. Está tão perto que sinto uma corrente elétrica me percorrer desse quase toque nas minhas costas.

Tão perto.

Sua respiração mantém um ritmo profundo e constante. Ele está totalmente adormecido enquanto estou superconsciente da sua presença ao meu lado na cama. O que aconteceu? Não era para ser o contrário? Tento enfiar essa bagunça confusa de emoções na caixa-forte da minha cabeça. Mas estou a ponto de explodir de tão confusa e esse monte de emoções é difícil demais para suportar.

Nesse meio-tempo, meu corpo se arqueia lentamente para trás até nos tocarmos.

No segundo em que minha coxa toca a dele, ele geme, se mexe e passa o braço ao meu redor. Em seguida me puxa de encontro a seu corpo rígido.

O que eu faço?

Toda a extensão das minhas costas está pressionada em seu peito.

O que eu faço agora?

Firme. Quente. Musculoso.

Minha testa libera gotículas de suor. Quando foi que ficou tão quente aqui dentro?

O peso de seu braço pressiona meu corpo contra o dele e me prende na cama. Tenho um momento de pânico e penso em saltar dali.

Mas isso o acordaria. Uma enxurrada de vergonha me atinge diante do pensamento de Raffe me ver toda tensa e acalorada durante o sono.

Tento me acalmar. Ele me segura como um ursinho e dorme tranquilamente. Deve estar tão exausto que não percebe minha presença.

Sua mão é quente nas minhas costas. Estou deliciosamente ciente de que seu polegar está na base do meu seio.

Um pensamento me invade. Não consigo me livrar dele, não importa quanto eu me esforce para deixá-lo de lado.

Como seria ter a mão de Raffe nessa parte do meu corpo?

Tenho dezessete, quase dezoito anos, e nenhum cara jamais acariciou meus seios. Do jeito que as coisas estão, provavelmente ninguém nunca vai fazer isso, pelo menos não de um jeito bom e carinhoso. Em um mundo apocalíptico, a violência é uma certeza e as experiências boas são apenas um sonho. Isso me faz querer experimentar essa sensação ainda mais. Algo gentil e doce que deveria acontecer no seu devido tempo com o cara certo, se o mundo não tivesse se tornado esse inferno.

Enquanto minha mente explode em dúvida e confusão, pouso a mão sobre a dele muito suavemente. Como seria ter a mão de Raffe acariciando meu mamilo?

Sério?

Estou mesmo pensando nisso?

Mas pensar não é a palavra certa para o que está acontecendo dentro de mim. É mais um... desejo. Um desejo irresistível, inegável, palpitante, trêmulo, ofegante.

Lentamente levanto sua mão para que seu polegar pressione a carne macia do meu seio.

Em seguida, eu a levanto só mais um pouquinho.

A respiração de Raffe continua constante. Ele ainda está dormindo.

Mais um pouquinho. Só mais um pouquinho...

Até eu sentir o calor de sua mão espalhada em meu peito.

E logo tudo muda.

Sua respiração fica entrecortada. Sua mão sobe e começa a apalpar minha pele. Exigente. No limite da dor, mas não chega a doer. Não chega. Uma sensação incrível me percorre, começando no seio e inundando lá embaixo.

Estou ofegante antes que me dê conta.

Ele geme e beija minha nuca. Em seguida ergue o rosto em direção à minha boca. Seus lábios pousam nos meus, quentes, molhados, me sugando. Sua língua brinca com a minha.

Meu mundo é um misto de sensações — o sugar leve dos seus lábios, a língua quente e cheia de desejo, a pressão dura do seu corpo contra o meu.

Ele me vira de costas para o colchão e deita em cima de mim. O peso do seu corpo me pressiona. Meus braços deslizam ao redor do seu pescoço, e meus quadris se mexem, inquietos.

Não sei exprimir em palavras o que sinto. Estou tão profundamente perdida em um mar de sensações que a única coisa que importa é o momento presente.

Raffe.

Minhas mãos percorrem os músculos de seu peito, os ombros, os braços fortes.

Então ele se afasta e me deixa ofegante.

Abro os olhos, embriagada pelas sensações, me sentindo tonta de desejo.

Perturbado, ele me fita com olhos lascivos e intensos.

Então se afasta, vira e senta de costas para mim.

— Meu Deus. — Raffe passa as mãos nos cabelos. — O que acabou de acontecer?

Abro a boca para responder, mas a única coisa que sai é "Raffe". Não sei se é uma pergunta ou uma súplica.

Suas costas estão muito eretas, os músculos rígidos, as asas fechadas com firmeza na linha das costas. Toco seu ombro, e ele tem um sobressalto, como se levasse uma descarga elétrica.

Sem dizer uma só palavra, ele se levanta e sai do quarto apressadamente.

6

OUÇO OS PASSOS DE RAFFE DESCENDO, pesados, pelos degraus de madeira. A porta da frente se abre com uma pancada. Então vejo pela janela a ponta de uma asa branca como a neve varrendo o ar quando ele levanta voo.

Fecho os olhos, me sentindo completamente humilhada.

Como o mundo pode acabar tão furiosamente e, ainda assim, deixar espaço para constrangimento?

Fico deitada pelo que parece uma eternidade, desejando poder apagar o que aconteceu. Mas não consigo. Uma confusão absurda forma um redemoinho dentro de mim. Eu entendo. Não era para ele... uma filha do homem... blá-blá-blá.

Por que tudo tem que ser tão complicado? Solto um suspiro e encaro o teto branco.

Eu poderia ter ficado ali o dia inteiro se não tivesse olhado de relance para a porta que Raffe deixou aberta quando saiu.

Do outro lado do corredor, a porta de Page está aberta e sua cama está vazia.

Eu me sento.

— Paige?

Nenhuma resposta. Pego meus tênis e os calço enquanto caminho pelo corredor.

— Paige?

Não ouço nada. Ela não está na cozinha nem na sala de jantar ou estar. Olho pela janela da sala.

Ali está ela. Seu corpinho curvado no chão ao lado de Beliel, que ainda está acorrentado à cerca de tábuas.

Vou ao seu encontro.

— Paige? Você está bem?

Ela levanta a cabeça, piscando sonolenta para mim. Meu coração desacelera, e libero a tensão, soltando o ar que estava preso no peito.

— O que você está fazendo aqui fora? — pergunto, tendo o cuidado de caminhar fora do alcance de Beliel. Paige também está deitada longe dele. Minha irmã pode ser estranhamente apegada a esse monstro, mas não é idiota.

Beliel, o demônio, está estirado no chão, imóvel. Está em carne viva, vermelho onde os nacos foram arrancados a mordidas, embora não esteja mais sangrando. Tenho certeza de que ele saiu da paralisia, mas não se moveu desde que estávamos no ninho da águia.

Sua pele está enrugada e ressequida. A respiração é áspera, como se os pulmões estivessem sangrando. Ele não parece se recuperar tão rapidamente quanto eu esperava, mas seus olhos nos seguem, alertas e hostis.

Coloco o braço debaixo dos ombros da minha irmã e a levanto no colo. Até recentemente, ela estava crescendo demais para eu conseguir fazer isso, mas o Grande Ataque mudou tudo. Agora ela não pesa mais que uma boneca de pano.

Ela se encolhe e olha em volta. Está fazendo barulhinhos sonolentos de bebê, deixando claro que não quer ser levada. Ela estende a mão para Beliel, que dá apenas um sorrisinho de escárnio. Ele não parece incomodado ou confuso pela atitude inconsistente de Paige em relação a ele.

— Sua voz parece familiar — diz Beliel, ainda imóvel, parecendo um cadáver que consegue mover olhos e lábios. — Onde foi mesmo que te vi?

Fico meio assustada por ele pensar a mesma coisa que eu, quando o vi pela primeira vez acorrentado.

Eu me afasto dele com Paige nos braços.

— Seu anjo não tem muito tempo para colocar as asas de volta — diz Beliel.

— Como você sabe? Você não é médico.

— Certa vez, o Rafael arrancou uma asa quase inteira das minhas costas. Precisei pedir para aquele médico humano magrelo costurá-la de volta. Ele me alertou que eu não teria muito tempo se as asas saíssem de novo.

— Que médico magrelo? O doutor?

— Eu o ignorei, mas, agora que parei para pensar, aquele imbecil provavelmente estava certo. O Rafael só conseguiu deixar nós dois sem asas.

— Ele não está sem asas.

— Mas vai ficar. — Beliel abre um sorriso melancólico, expondo os dentes ensanguentados.

Continuo caminhando até a varanda. Estou quase na porta quando ele diz, com a voz áspera:

— Você está apaixonada por ele, não está? Você se acha toda especial. Especial o suficiente para conseguir o amor de um arcanjo. — Então emite um ruído seco e trêmulo, que penso ser uma risada. — Você sabe quantas pessoas acharam que poderiam ganhar o amor dele ao longo dos séculos? Que ele seria leal a elas tanto quanto elas eram leais a ele?

Eu sei que deveria ignorá-lo. Não posso confiar em nada do que ele diz — eu sei disso —, mas a curiosidade me consome em chamas mesmo assim. Coloco minha irmã no chão, no espaço da porta aberta.

— Volte para a cama, Paige. — Depois de alguma insistência, ela entra.

— Você quer saber por quantas filhas do homem ele passou? Quantos corações você acha que se partiram por causa do Rafael, o Grande Arcanjo?

— Você está me dizendo que ele é um destruidor de corações?

— Estou dizendo que ele *não tem* coração.

— E que ele cometeu um erro com você? Que você não merece ser acorrentado como um animal raivoso?

— Ele não é bonzinho, esse seu anjo? Nenhum deles é.

— Obrigada por avisar. — Viro as costas e entro.

— Você não acredita em mim, mas eu posso te mostrar — ele sussurra, como se não se importasse se acredito nele ou não.

Paro na porta.

— Não sou muito fã de caras assustadores que se oferecem para mostrar alguma coisa.

— Essa espada que você carrega aí, escondida dentro do urso de pelúcia, pode fazer mais do que simplesmente brilhar. Ela pode mostrar coisas.

Tenho arrepios. Como ele sabe?

— Posso lhe mostrar o que eu passei nas mãos desse arcanjo por quem você está tão apaixonada. Só precisamos tocar a espada ao mesmo tempo.

Eu me viro de frente para ele.

— Não sou idiota a ponto de dar minha espada para você.

— Não precisa me dar. Você segura enquanto eu toco nela.

Olho para ele na tentativa de descobrir algum truque.

— Por que eu deveria arriscar perder a minha espada só para ver se você está dizendo a verdade?

— Você não corre nenhum risco com isso. A espada não vai sair do lugar onde está nem pretendo tirá-la de você. — Ele fala como se eu fosse idiota. — É algo totalmente seguro.

Eu me vejo em um transe de memória dentro do raio de alcance de Beliel.

— Obrigada, mas não.

— Tem medo?

— Não sou idiota.

— Pode amarrar minhas mãos, me acorrentar, me prender. Pode fazer o que quiser para se defender de um velho demônio que não consegue mais nem se levantar sozinho. E então você vai saber que a espada não vai permitir que eu a pegue, por isso você vai estar totalmente segura.

Olho fixo para ele, tentada a ver além do jogo.

— Você está mesmo com medo de que eu te machuque? — ele pergunta. — Ou simplesmente não quer saber a verdade sobre seu precioso arcanjo? Ele não é o que parece. Ele é um traidor mentiroso, e eu posso provar. A espada não vai me deixar mentir. Ela não mostra palavras bonitas. Apenas lembranças.

Hesito. Eu devia dar meia-volta e ir embora. Ignorar tudo o que ele diz.

Mas, em vez disso, fico plantada na varanda.

— Você tem suas próprias intenções, que não têm nada a ver com me mostrar a verdade.

— É claro que eu tenho. Talvez você me solte depois de perceber que ele é o vilão da história, não eu.

— Agora você virou o mocinho?

A voz de Beliel se torna fria.

— Você quer ver ou não?

Fico parada ao sol, olhando para a linda vista da baía e das colinas verdejantes além dela. O céu está azul, com apenas algumas nuvens fofas.

Eu devia explorar mais a ilha para ver se existe alguma coisa de útil. Bolar um plano para fazer minha irmã melhorar.

Mas não paro de pensar no sonho. Será que Beliel era um dos vigias de Raffe?

— Você... Você trabalhava com o Raffe?

— Pode-se dizer que sim. Ele era meu oficial comandante. Houve uma época em que eu era capaz de fazer qualquer coisa por ele. Qualquer coisa. Isso foi antes de ele me trair. Exatamente como vai fazer com você. Faz parte da natureza dele.

— Eu sei que você mentiu para a minha irmã só para se divertir. Eu não sou uma garotinha de sete anos, solitária e assustada, então pode deixar essa encenação de lado.

— Como quiser, pequena filha do homem. De qualquer jeito, você não ia acreditar no que visse. Você é leal demais ao arcanjo para acreditar que ele é a fonte de todo esse sofrimento.

Eu me viro e entro. Dou uma olhada e vejo que Paige está dormindo no quarto. Verifico os armários da cozinha para estocar as poucas latas de sopa deixadas pelos homens que estavam acampados aqui antes de nós.

Enquanto caminho pela casa, o desejo de ver o que Beliel me oferece fica cutucando minha mente. Talvez ele me mostre alguma coisa que me faça recuperar o juízo em relação a Raffe. Talvez eu caia na real e siga em frente com a minha vida — minha vida com outros seres humanos, onde é o meu lugar.

Não consigo pensar no que aconteceu mais cedo com Raffe sem que meu rosto pegue fogo de vergonha. Como vou olhar para ele quando voltar?

Se ele voltar.

Os pensamentos reviram minhas entranhas.

Chuto uma almofada no chão, mas não fico satisfeita de vê-la bater na parede e cair.

Certo. Já chega.

É só dar uma espiada na memória de Beliel. Os homens de Obi estão arriscando a vida todos os dias tentando espiar os anjos em busca de migalhas de informações. E aqui estou eu, com o melhor dispositivo de espionagem do mundo, para entrar na memória do inimigo. Vou ter minha espada comigo o tempo todo e ele não vai poder usá-la contra mim.

Só vou tirar essa pulga atrás da orelha e seguir adiante. Vou tomar cuidado redobrado.

Independentemente do que Beliel tenha para me mostrar, eu e Paige vamos partir da ilha logo depois, e eu vou voltar para a resistência. Vamos encontrar nossa mãe e ver se conseguimos achar o doutor. Talvez ele possa ajudar Paige a comer comida normal de novo.

E então, depois disso, vamos sobreviver.

Sozinhas.

Subo para pegar Ursinho Pooky, depois saio para onde está Beliel. Ele continua deitado perto da cerca, curvado na exata posição em que estava quando saí. Posso ver em seus olhos que ele esperava minha volta.

— Então, o que eu faço?

— Preciso que toque a espada.

Levanto a espada e a aponto para ele. A lâmina brilha à luz do sol. Tenho um ímpeto de perguntar se a espada deseja fazer isso, mas não quero parecer idiota na frente de Beliel.

— Chegue mais perto. — Ele estende a mão para pegar a espada.

Hesito.

— Você precisa segurar ou pode simplesmente tocar?

— Tocar.

— Certo. Vire de costas.

Ele se vira na terra sem protestar. Suas costas estão enrugadas, com cordões de músculos secos. Não queria tocá-lo nem com uma espada de três metros, mas pressiono a ponta da lâmina nas costas dele mesmo assim.

— Um movimento errado e eu te atravesso. — Não tenho certeza se a conexão é suficiente com apenas a ponta da espada tocando suas costas, mas ele não parece se importar com isso.

Beliel respira fundo e solta o ar lentamente.

Sinto algo se abrir em minha cabeça.

Não é como nas outras vezes, quando subitamente me vi em outro lugar. A sensação é mais fraca, mais leve, como se eu pudesse escolher não entrar se eu não quiser, como se a espada não tivesse tanta certeza sobre essa viagem específica.

Respiro fundo, certificando-me de que meus pés estejam em posição de luta, e me preparo para o ataque.

Em seguida, fecho os olhos.

7

SINTO UMA ONDA DE VERTIGEM E POUSO EM SOLO FIRME.
A primeira coisa que me atinge é um calor incapacitante. Em seguida, o fedor de ovos podres.

Debaixo de um céu roxo quase preto, uma biga é puxada por seis anjos atados como cavalos. Sangue e suor escorrem de seus ombros e peito, onde os arreios ferem a carne. Eles se esforçam para puxar a biga e o demônio gigante que a conduz.

O demônio tem asas, claro. Ele poderia simplesmente voar até seu destino, mas, em vez disso, segue lentamente por seus domínios.

É tão grande que faz Beliel parecer criança. Suas asas queimam com algo semelhante a fogo, refletido na pele suada.

Ele carrega um cetro com cabeças ressequidas, repletas de olhos que piscam e bocas que tentam gritar. Ou talvez estejam se afogando, na tentativa de respirar. Não tenho certeza, pois delas não sai nenhum som. Cada cabeça tem longos cabelos vermelhos que voam para o alto e ao redor do crânio, como algas ondulando na correnteza do mar.

Assim que supero o horror dessas cabeças, me dou conta de que os olhos são todos do mesmo tom de verde. Quantas cabeças seriam necessárias para escolher um grupo com o mesmo tom de olhos e cabelos?

O chão está coberto de vidro quebrado e lascas de ossos. As rodas reluzentes estão revestidas com dois anjos, como se o monstro-demônio não quisesse que fossem maculadas pelo chão áspero. Os anjos caídos que estão acorrentados nelas têm o corpo cheio de lascas pontiagudas espetadas na pele.

Beliel é um desses anjos caídos acorrentados a uma roda.

Suas asas são da cor de um pôr do sol moribundo. Devem ser suas asas originais de anjo. Estão meio abertas, como se ele quisesse impedir que fossem esmagadas. Mas muitas penas já estão quebradas e chamuscadas.

Nunca pensei como os demônios se transformam no que são. Talvez haja um tempo de transição entre ser anjo e virar demônio. Como Beliel ainda tem penas, suponho que não deve fazer muito tempo que ele caiu.

Seu rosto é reconhecível, embora um pouco mais suave, um pouco mais inocente. Seus olhos não exibem aquela qualidade afiada e áspera que passei a conhecer. Ele quase parece bonito sem a amargura e o costumeiro sorriso de escárnio, embora haja dor neles.

Muita dor.

Mas ele a suporta sem um único gemido.

As rodas giram, esmagando seu corpo contra as lascas de ossos que cobrem o chão. Ele precisa suportar tanto o peso do veículo quanto o do monstro que está sendo transportado nele. Seu rosto está determinado, as mandíbulas cerradas para conter os gritos.

As asas tremem com o esforço de pairar acima do chão. Isso as protege do pior dos danos, mas elas ainda se arrastam sobre o campo de ossos e vidros afiados.

À medida que as rodas giram, os anjos que estão acorrentados a elas têm as asas lentamente destruídas e perfuradas por estilhaços. Eles ainda carregam as bainhas vazias, que retinem e se arrastam pelo chão irregular; lembranças do que perderam.

O demônio gigante estala o cetro acima da cabeça e este se desenrola, chicoteando no ar. As cabeças ressequidas começam a guinchar assim que são libertas. Elas disparam na direção dos anjos acorrentados, e seus cabelos deixam rastros no ar, como lanças sinuosas.

Quando as cabeças atingem os anjos que estão puxando a biga, os cabelos afiados começam a lhes retalhar a pele.

As cabeças escancaram a boca e roem freneticamente os caídos. Uma delas consegue se enterrar no meio das costas de um anjo, antes que o chicote seja recolhido.

Esses anjos caídos parecem famintos e estão cobertos de feridas. Suspeito de que precisem se alimentar para se regenerarem rapidamente.

Então, no meio disso tudo, um bando de endiabrados com caras de morcego e asas de sombra deslizam furtivamente em direção a eles. São maiores do que aqueles que vi nas memórias da minha espada. Mais robustos e com asas sarapintadas, como se tivessem uma doença se desenvolvendo nelas.

Têm um brilho ardiloso nos olhos que os torna muito perigosos. Eles olham em volta, alertas, e se movem com determinação. Parecem ter involuído para uma versão menor, mais fraca e opaca.

Ainda assim, não são nada se comparados ao senhor demônio. São simplesmente sombras em relação à coisa gigantesca que conduz a biga, e é evidente que a temem.

Talvez não sejam da mesma espécie. Não se assemelham em nada ao monstro. Os endiabrados parecem animais dentuços com asas de morcego e caras amassadas, enquanto o gigante parece um anjo que ficou feio.

Eles arrastam uma moça, que provavelmente foi bonita um dia, com cabelo cor de mogno e olhos cinzentos, mas que agora parece uma boneca velha. Os olhos são vazios e o rosto é inexpressivo, como se tivesse mandado seu eu interior para outro lugar.

Eles a puxam pelos tornozelos pelo chão áspero. Os braços são arrastados atrás da cabeça, e o cabelo embaraçado vai enganchando nos ossos pontiagudos que a puxam. Seu vestido está retalhado, e cada pedacinho dela está imundo e ensanguentado. Quero ajudá-la, chutar os endiabrados de cima dela, mas sou apenas uma sombra nas memórias de Beliel.

Vejo borrões tênues da pintura do Dia das Bruxas que as esposas dos vigias usavam na noite em que vi Raffe lutando por elas. Não reconheço essa pobre moça, mas ela deve ser uma das esposas que os endiabrados receberam. Raffe conseguiu salvar algumas delas, mas não todas. Eu estava lá para ver como ele tentou. Talvez ela fosse uma das que fugiram em pânico.

Amarrada à biga, os endiabrados a arrastam pelo chão, mas ficam longe do demônio, embora próximos o suficiente para ver os anjos. Tremem quando têm de chegar perto do gigante e não param de encará-lo, como se temessem um súbito ataque.

O demônio rosna, e o ar de repente se torna mais fétido. Ele acabou mesmo de baforar um monte de enxofre em direção aos endiabrados, como um gambá mira seu jato de fedor? Não é de admirar que o ar aqui cheira a ovos podres.

Metade dos endiabrados sai correndo, tomado pelo terror, mas outra metade fica, curvada e trêmula, até o demônio perder o interesse.

Com cautela, eles retomam a caminhada ao redor da biga, observando a expressão de cada anjo pelos quais passam.

Quando veem a moça, os caídos ficam tensos, horrorizados e fascinados. Olham cuidadosamente para ela, como se tentassem ver se a reconhecem. Muitos fecham os olhos quando a veem, como se seus pensamentos os torturassem ainda mais do que o que está acontecendo com eles.

Quando finalmente os endiabrados chamam a atenção de Beliel, os olhos dele ficam arregalados de terror.

— Mira — ele diz com a voz difícil.

A mulher pisca quando ouve o próprio nome. Seus olhos parecem entrar em foco e ela vira a cabeça.

— Beliel? — A voz é vaga, como se sua essência ainda estivesse muito longe. Mas, quando ela o vê, seu rosto se transforma da indiferença para o reconhecimento. Em seguida se torna pura angústia.

Ela lhe estende os braços.

— Beliel!

— Mira! — ele grita, com terror na voz.

Os endiabrados dão pulos de entusiasmo. Tagarelam, quase batem palmas, deleitados como criancinhas.

Então arreganham os dentes afiados de modo ameaçador, para mostrar a Beliel que estão prestes a atacar Mira impiedosamente.

— Não! — Beliel se debate contra as correntes, gritando ameaças contra os endiabrados. — Mira!

Mas eles mergulham na moça.

Os gritos de Beliel são horripilantes. Finalmente Mira perde o controle e seus gritos se tornam úmidos e gorgolejantes.

Beliel chama, numa voz débil e derrotada:

— Rafael! Onde você está? Era para você protegê-la, seu traidor imprestável!

Espio para ver se consigo sair dali. Não aguento mais isso.

Os endiabrados arrastam a moça ao ritmo da biga, para Beliel ver o que eles estão fazendo com sua mulher.

Beliel se debate contra as correntes. Seus movimentos são tão frenéticos que tenho a impressão de que ele vai conseguir se libertar. Seus gritos não são os de um homem com raiva; são de alguém que vê a própria alma ser dilacerada bem diante de si.

Beliel se entrega e cai no choro. Chora por sua filha do homem. Pela moça que mesmo agora olha para ele em busca de salvação e proteção. Talvez até mesmo pelos filhos deles, que provavelmente estão sendo caçados e mortos por alguém que ele achou que fosse seu amigo. Um amigo como Raffe.

8

ESTOU TÃO PREOCUPADA vendo os apuros dos dois amantes que não presto atenção em mais nada. Mas agora minha nuca está arrepiada. Meu sexto sentido sussurra com urgência, tentando atravessar o barulho do que acontece bem diante de mim.

Olho em volta e vejo que o senhor demônio que conduz a biga me observa.

Como ele pode me ver? Sou apenas um fantasma na memória de Beliel.

Mas ele me encara. Seus olhos estão injetados, como se vivesse em um mundo de eterna fumaça. Seu rosto expressa raiva e curiosidade ao mesmo tempo, como se se ofendesse por um intruso o observar.

— Espiã — diz num silvo. — Aqui não é o seu lugar. — Suas palavras soam como centenas de cobras sibilantes, mas posso entendê-lo mesmo assim.

Assim que o demônio diz a palavra "espiã", os endiabrados todos olham para mim. Seus olhos estão arregalados como se não pudessem acreditar na própria sorte. Não demoro muito para perceber que não sou mais invisível. O demônio me dá uma boa olhada, com os olhos injetados de sangue. Então chicoteia o cetro na minha direção. As cabeças ensanguentadas que gritam e se afogam berram para mim, na ponta do chicote desenrolado.

A expressão delas é um misto de desespero e esperança. Estão desesperadamente deliciadas de virem em minha direção, com os dentes fraturados à mostra, vistos através das bocas escancaradas. Os cabelos, que deviam estar para trás, tentam me alcançar.

Ao mesmo tempo, os endiabrados saltam e investem contra mim, cheios de presas e garras.

Perco o equilíbrio e quase caio para trás.

Tento me virar e correr, mas o chão irregular me faz tropeçar e tombo sobre o vidro afiado e os ossos lascados.

As cabeças gritam, visando meu rosto.

Estou caindo.

Caindo.

MEU CORPO TOMBA para trás e desabo.

Estou de volta à ilha.

Sem asas e ressequido novamente, Beliel está deitado no chão, diante de mim.

Repentinamente um endiabrado salta das costas dele e pula em mim com as garras estendidas.

Dou um grito, andando para trás feito um caranguejo.

Então ele atinge meu ombro quando passa voando perto de mim. Sangue escorre pelo meu braço.

A ponta da espada ainda está enterrada nas costas de Beliel. Tento tirá-la dali. Há resistência, como se alguém a puxasse do outro lado. Uma sensação repulsiva reverbera pelo meu braço, como se a lâmina fosse uma extensão de mim.

Mais dois endiabrados sacodem a espada como se fossem gêmeos siameses. Eles saem das costas de Beliel, que sangra por uma fenda.

Saltam de dentro das memórias dele.

Por fim, arranco a espada e recuo de costas.

Os endiabrados pousam no jardim com um baque. Rolam e ficam de pé, sacudindo a cabeça e se movendo, atordoados, enquanto observam o pequeno quintal. Apertam os olhos contra a luz do sol e erguem as mãos para protegê-los. Isso me dá um segundo para ficar em pé e recuperar o fôlego.

Mas então eles saltam. Eu me esforço para erguer a espada e brandi-la cegamente na frente do corpo.

Tenho sorte, pois eles parecem desorientados e um deles tropeça nos próprios pés. Eles mudam o curso e ficam fora do alcance da minha lâmina.

Mas a desorientação não dura muito. Eles circulam à minha volta até recuperarem os sentidos, avaliando meus movimentos com olhos astutos. Esses endiabrados são mais espertos do que aqueles que conheci em meus sonhos.

Um deles faz uma finta enquanto o outro tenta ficar atrás de mim. Onde está o terceiro?

O endiabrado restante salta de trás de um arbusto e me ataca pelos flancos.

Eu giro e, no movimento, trago a espada para ferir o monstro. Meus braços se ajustam na linha do movimento, e a espada angelical brande e abre um talho no tronco do endiabrado. Ele desaba na grama, estremecendo e sangrando.

Termino o giro e chuto a criatura que tenta ficar atrás de mim.

Ela pousa do lado mais distante da cerca, se levanta e silva.

Os dois endiabrados sobreviventes recuam e me olham.

Depois correm e levantam voo, desaparecendo entre as árvores.

Beliel ri.

— Bem-vinda ao meu mundo, filha do homem.

— Eu devia saber que você tentaria me enganar — ofego ao colocar pressão no ombro, para estancar o sangramento, que encharca a camiseta.

Beliel se senta e as correntes retinem. Está muito mais ágil do que eu pensava.

— Só porque os endiabrados vieram atrás de você, não significa que o que você viu não era verdade. Como eu iria saber que eles cruzariam para este lado? — Ele não parece nem um pouco surpreso. — O que aconteceu com a Mira... — ele diz. — Aquela será você logo, logo. E seu precioso Rafael vai ser o responsável. Um dia eu também achei que ele fosse meu amigo. Ele prometeu que protegeria a Mira. Agora você sabe o que acontece com as pessoas que confiam nele.

Trêmula, eu me levanto e sigo para casa. Não acho que consigo confiar em mim para dividir o mesmo espaço com esse monstro horrível por muito mais tempo.

Para começo de conversa, eu deveria me repreender por ter dado ouvidos a ele, mas acho que não preciso. Ele já fez isso por mim.

9

NA COZINHA, estou lavando o sangue do ombro quando Raffe volta.

— O que aconteceu? — ele pergunta, largando um saco plástico no chão e correndo para mim.

— Nada. Estou ótima — respondo com a voz firme, na defensiva. Penso em cobrir o ferimento, mas, como a camiseta está rasgada, é impossível. A velha camiseta está pendurada no meu ombro ferido por um fiozinho de nada. Não duvido que seria sexy, se não fosse por todo esse sangue.

Ele afasta minha mão e se inclina, para dar uma olhada em meu machucado.

— Por acaso foi o endiabrado morto que está no quintal quem fez isso? — ele pergunta, perto o bastante para sua respiração acariciar meu pescoço. Eu me afasto um pouco, meio sem graça.

— Foi. E mais dois amigos dele.

Ele trava a mandíbula tão forte que vejo os músculos de seu rosto se retesarem.

— Não se preocupe — digo. — Estar perto de você não teve nada a ver com isso.

Ele inclina a cabeça de lado e olha para mim.

— O que te faz pensar que eu estava preocupado que isso tivesse alguma coisa a ver comigo?

Ops. Ele mencionou mesmo os endiabrados? Ou se preocupa que essas estranhas criaturas tenham vindo atrás de mim porque eu espionei as memórias dele por meio da Ursinho Pooky?

Eu poderia mentir, mas, em vez disso, suspiro. Todos temos de aceitar nossos defeitos uma hora ou outra. E o meu é que eu minto muito mal.

— Eu… humm… vi coisas por meio da sua espada. Não foi por querer. Pelo menos não no começo.

— Coisas? — Ele cruza os braços e olha feio para mim. — Que tipo de coisas?

Mordo o lábio pensando no que dizer.

Então ele olha para sua antiga espada, sobre o balcão. Seu brilho parece embaçado em comparação ao olhar fulminante de Raffe.

— Minha espada te mostrou as memórias que ela tem de mim?

Meus ombros relaxam um pouco.

— Então você sabe que ela pode fazer isso?

— O que eu sei é que ela costumava ser leal a mim e que eu confiava nela — ele diz para a espada.

— Acho que foi um acidente. Ela só estava tentando me ensinar como manejar uma arma. Quer dizer, eu nunca tinha manejado uma antes.

Raffe continua falando com a espada:

— Uma coisa é ser forçado a desistir de um dono porque você pensa que ele está arruinado e outra coisa é expor seus momentos íntimos.

— Escuta. Já é estranho o suficiente ter uma espada sensitiva, quanto mais estar no meio de uma discussão entre vocês dois. Não dá para simplesmente pular essa parte?

— O que ela te mostrou? — Ele ergue a mão. — Espera. Não me diga que você me viu dançando minha música favorita de cueca.

— Anjos usam cueca? — Cara, eu queria não ter dito isso. Hoje só estou dando fora.

— Não. — Ele sacode a cabeça. — Modo de falar.

— Ah. — Faço que sim com a cabeça e tento me desfazer da imagem de Raffe dançando rock sem roupa. — Bem, falando de coisas estranhas, os endiabrados vieram através da espada.

— O quê?

Pigarreio.

— O endiabrado que você viu no quintal e os outros dois saíram de dentro do Beliel, através da espada. — Ainda tenho esperança de que não vou precisar confessar tudo, mas ele deve ter passado pela escola angelical de interrogatório, porque em seguida arranca tudo de mim.

Ele franze o cenho e anda de um lado para o outro na cozinha quando lhe conto o que aconteceu.

Assim que termino, ele diz:

— Você não pode confiar no Beliel.

— É o que ele diz sobre você.

Raffe mexe no saco plástico que tinha jogado ali antes.

— Talvez ele esteja certo. Você não devia confiar em ninguém.

Ele tira uma mistura de comida enlatada e artigos de primeiros socorros de dentro do saco. Pega bandagens, pomadas e esparadrapo e vem até mim.

— Onde você achou essas coisas?

— Alcatraz. Pensei que podia ser útil.

— O que mais você encontrou lá?

— Uma confusão abandonada. — Ele tateia de leve meu ferimento e eu me encolho. — Só quero ver se não tem nada quebrado.

— Você sabia que isso podia acontecer? Que os endiabrados eram capazes de sair de dentro de uma espada angelical?

— Já ouvi histórias, mas sempre achei que eram mitos. Imagino que um demônio deve ter conhecimento sobre essas coisas. O Beliel deve ter chegado à conclusão de que poderia tentar atrair alguns endiabrados para ajudá-lo.

Sua mão é gentil quando passa antisséptico nos cortes.

— Você precisa ter cuidado. Os endiabrados vão te perseguir de agora em diante.

— E por que você se preocupa com isso? Você vai sair da minha vida assim que recuperar suas asas. Já deixou isso bem claro.

Ele respira fundo e pressiona uma gaze no meu ombro. Eu me retraio e ele acaricia meu braço delicadamente.

— Eu queria que fosse diferente — ele diz, dando batidinhas com a gaze. — Mas não é. Eu tenho meu próprio povo. Tenho responsabilidades. Não posso simplesmente...

— Pare. — Balanço a cabeça. — Eu entendo. Você está certo. Você tem a sua vida e eu tenho a minha. Não preciso estar com alguém que não... — Me quer. Me ama.

Tenho o suficiente dessas pessoas na minha vida. Sou uma garota cujo pai foi embora e nos deixou com um número de telefone que era cortado de tempos em tempos, sem nenhum endereço, e cuja mãe...

— Você é uma menina muito especial, Penryn. Uma menina incrível. Uma menina do tipo eu-nem-sabia-que-existia-alguém-como-você. E merece alguém que te trate como se você fosse a única coisa importante na vida, porque é. Alguém que plante e crie porcos só para você.

— Você está me unindo a um criador de porcos?

Ele dá de ombros.

— Ou seja lá o que os homens decentes fazem quando não estão em guerra. Embora ele deva ser capaz de te proteger. Não se contente com um homem que não possa te proteger. — Ele rasga um pedaço de esparadrapo da embalagem com uma quantidade surpreendente de força.

— Está falando sério? Você quer que eu me case com um criador de porcos que saiba como usar o bastão para me proteger?

— Só estou dizendo que você devia escolher um homem que saiba que não é digno de você e que dedique a vida a te sustentar e te proteger. — Ele pressiona outro pedaço de gaze perto do primeiro e eu me encolho novamente. — E se certifique de que ele seja bom para você e te trate com respeito. Senão, ele pode esperar uma visita minha. — Sua voz é dura e impiedosa.

Balanço a cabeça de um lado para o outro enquanto ele rasga outro pedaço de esparadrapo. Não sei se fico brava ou se entro na brincadeira.

Então me afasto de seu toque, na esperança de que isso possa aliviar um pouco minhas emoções confusas.

Raffe suspira, estende a mão e passa os dedos delicadamente no último pedaço de esparadrapo que coloca no meu curativo.

Espero que ele continue. Quando não o faz, fico me perguntando se conversar sobre o que está acontecendo entre nós faria alguma diferença. Talvez eu realmente precise de um pouco de tempo para pensar nas coisas. Pego a espada e uma lata de atum e saio pela porta dos fundos.

10

DO LADO DE FORA, fico no sol e deixo o calor penetrar meus ossos. Inspiro o perfume de alecrim e solto o ar lentamente.

Meu pai costumava dizer que existe mágica no calor do sol. Ele nos dizia que, se fechássemos os olhos, respirássemos fundo e deixássemos o sol nos banhar, tudo ficaria bem. Normalmente ele dizia isso logo depois de a minha mãe surtar durante o dia inteiro, gritando e jogando coisas pelo apartamento.

Caramba, se a técnica do meu pai pode funcionar para uma maratona enfurecida da minha mãe, então deve funcionar para o apocalipse. Com os rapazes, no entanto, a história é outra. Tenho certeza de que meu pai não teria uma técnica útil para lidar com o que está acontecendo com Raffe.

Há minúsculas flores pontuando a encosta da ilha. Elas me lembram do parque aonde costumávamos ir com meu pai antes de ele nos deixar. A única coisa fora de lugar é o pequeno grupo de criaturas monstruosas com cauda de escorpião e a garotinha suturada, com hematomas pelo corpo todo.

Em meio à grama alta, minha irmã faz um curativo no dedo de um monstro como se ele fosse seu bichinho de estimação, em vez de um gafanhoto bíblico projetado para torturar pessoas no mais verdadeiro estilo apocalíptico.

Debaixo da enorme camiseta, sei que as costelas de Paige despontam em linhas claras. Doeu vê-las esta manhã, quando eu a coloquei na cama. Ela está com os olhos fundos e as mãos não são nada além de ossinhos quando ela brinca de enfermeira de monstros.

Ela está sentada na grama, ao lado dos bichinhos de estimação. Notei que Paige se senta sempre que pode. Acho que é para conservar energia, porque está morrendo de fome.

Preciso me forçar a caminhar na direção deles. Não importa quanto tempo eu passe com os gafanhotos, não consigo ficar confortável perto deles. Conforme eu me aproximo, eles saem voando, para meu grande alívio.

Eu me sento ao lado dela na grama e lhe mostro a lata de atum.

— Lembra dos sanduíches de atum que o pai costumava fazer para a gente? Eram seus favoritos antes de você se tornar vegetariana. — Tiro a tampa da lata e lhe mostro o peixe rosado.

Paige se afasta.

— Lembra como o papai costumava passar o atum no pão e fazer uma carinha sorrindo com ele? A gente ganhava o dia.

— O papai vai voltar para casa?

Ela está perguntando quando ele vai voltar. A resposta é nunca.

— A gente não precisa dele.

Não seria ótimo se isso fosse verdade? Não tenho certeza se eu teria voltado, se fosse ele. O que será que ele pensa da gente?

Ela me olha com olhos de corça.

— Saudade dele.

Tento pensar em alguma coisa reconfortante para dizer, mas não me vem nada.

— Eu também.

Pego um pedaço de atum e o coloco em sua boca.

— Aqui, experimenta um pedacinho.

Ela nega com a cabeça tristemente.

— Vamos, Paige.

Ela olha para o chão, como se estivesse com vergonha. Os côncavos em suas faces e entre as clavículas me assustam.

Coloco o atum na boca e mastigo devagar.

— Está gostoso.

Ela me espia por debaixo dos cabelos.

— Você está com fome? — pergunto.

Ela faz que sim. Por um segundo, seus olhos baixam para o curativo no meu ombro. Está salpicado de sangue.

Depois desvia o olhar, parecendo perturbada, e mira os gafanhotos que circulam acima de nós. Seus olhos, contudo, não param de vagar para o meu curativo, e suas narinas se dilatam como se ela estivesse sentindo o cheiro de alguma coisa gostosa.

Talvez seja minha deixa para ir embora.

Estou colocando a lata no chão quando ouço o chamado de um animal. Parece uma hiena. Não sei se já ouvi uma hiena antes, mas meus ossos reconhecem o som de um predador selvagem. Os pelos da minha nuca se arrepiam.

Uma sombra salta por entre as árvores, à esquerda.

Outra sombra salta entre galhos, depois várias outras.

E, quando a seguinte pula perto da árvore mais próxima, vejo o formato de asas e dentes.

Endiabrados.

Um monte deles.

As árvores em volta começam a fervilhar de sombras que pulam de galho em galho, cada vez mais perto. A risada louca de hiena permanece em seus gritos, à medida que a multidão de sombras salta até onde estamos.

Os gafanhotos de Paige voam em direção aos endiabrados, mas eles são muitos.

Pego a mão de minha irmã e corremos para a casa principal. Sinto um arrepio nas costas, tentando avaliar quão perto estou daquelas garras invisíveis.

Grito em direção à casa.

— Endiabrados!

Raffe olha pela janela da sala de jantar.

— Quantos? — ele brada enquanto corremos.

Aponto para as sombras que saltitam cada vez mais perto de nós, vindas do bosque.

Raffe desaparece da janela e, um segundo depois, irrompe pela porta da frente e pisa duro pela varanda, carregando uma mochila com um cobertor volumoso atado a ela.

À medida que ele corre margeando a cerca branca, olhamos para as correntes quebradas de Beliel, penduradas no poste. Ele não está em nenhum lugar.

Imagino que os endiabrados o tenham libertado. Eles podem não se gostar, mas ainda fazem parte do mesmo time. Não foi por isso que Beliel me convidou para olhar seu passado, para que pudesse atrair os endiabrados para o ajudarem?

Raffe lança a mochila para mim. Imagino que o cobertor esteja envolvendo suas asas.

Deslizo as alças da mochila nas costas enquanto alguns gafanhotos pousam ao lado de Paige, silvando para as sombras que se reúnem ao redor deles. Dou um passo para trás. Ainda não consigo me aproximar muito desses ferrões de escorpião.

— Temos que ir, Paige. Você pode fazer um desses sobrevoar com a gente?

Meu coração dispara diante do pensamento de voar com um desses monstros, mas no momento me sinto mais confortável com essa ideia do que estar nos braços de Raffe. Ele deixou bem claro como se sente em relação a nós — ou melhor, ao fato de que não existe "nós".

Raffe me lança um olhar desagradável, passa o braço atrás dos meus joelhos e me levanta.

— Eu posso ir com um gafanhoto. — Fico rígida nos braços dele e tento me afastar do seu corpo.

— O diabo que você vai. — Ele corre alguns passos antes de abrir as asas.

Com dois movimentos das largas falanges, voamos alto.

Meus braços envolvem seu pescoço. Não tenho escolha a não ser me segurar firme. Não é hora de discutir.

Os gafanhotos estão logo atrás de nós e acompanham minha irmã.

Sombras saltam em nossa direção por entre as árvores. Angel Island deve ser um tipo de centro de convenções dos endiabrados. Ou é isso ou os endiabrados são muito bons em se organizar.

Raffe lidera o caminho para San Francisco. Atrás de nós, uma nuvem de endiabrados irrompe de trás das árvores e nos segue.

11

COMO DE COSTUME, há uma nuvem de gafanhotos rodopiando sobre a ilha de Alcatraz. Meu cabelo chicoteia no rosto por causa do vento gerado pelo bater de asas desses insetos. Conforme nos aproximamos, uma onda deles vem em nossa direção.

Eles se juntam a nosso pequeno grupo, que se transforma numa nuvem própria. As criaturas não nos cobrem de carinhos, mas também não nos atacam. Parecem se juntar a nosso voo por instinto.

A nuvem de endiabrados atrás de nós para. Não é nem de perto do tamanho da nuvem de gafanhotos. Ela paira no lugar por alguns segundos, como se avaliasse a situação, depois dá meia-volta e começa a se encolher.

Respiro fundo para liberar a tensão. Estamos seguros, por enquanto.

De cenho franzido, Raffe os observa partir, perdido em pensamentos. Olho para trás e percebo que os endiabrados estão indo embora. Então me dou conta de qual é o problema. Essas criaturas malignas não estão se comportando com a estupidez que se esperava delas.

Tenho uma preocupação incômoda sobre o que acabou de acontecer. O que foi que eu libertei no mundo?

O funil acima de Alcatraz começa a rarear à medida que gafanhotos se desgarram e seguem em nossa direção.

Esse novo grupo flui em uma formação pontiaguda, liderada por um gafanhoto com uma enorme cauda de escorpião curvada sobre a cabeça. Algo a respeito disso me deixa nervosa. Eles estão seguindo minha irmã por instinto, não estão?

Meu desconforto diminui quando observo uma nuvem de gafanhotos se aproximar.

Mas, passado um segundo, o líder da nuvem me mostra que tenho motivos para me preocupar. Agora ele está perto o bastante para eu ver a mecha branca em seus longos cabelos. Fico gelada quando o reconheço.

Foi ele que brincou comigo e me jogou em um contêiner repleto de pessoas famintas e desesperadas, a seu bel-prazer. Foi ele que Beliel disse ter sido criado e treinado para ser parte do grupo líder dos gafanhotos.

Ele é maior que os outros e lembro de Beliel dizer que o grupo líder era mais forte e bem nutrido que os demais. Por que ele está aqui? Paige não pode mandar os gafanhotos se voltarem contra ele? Esse gafanhoto é perverso e perigoso demais para viver. Não o quero em nenhum lugar perto de nós.

Quando nos alcança, ele agarra o braço do gafanhoto de que Paige cuidava momentos atrás e lhe dá um tranco que o faz parar. Mecha Branca parece ter quase o dobro do tamanho do gafanhoto de Paige.

Ele lhe arranca uma asa e o arremessa em direção à água.

Paige grita e assiste de olhos arregalados a seu bichinho de estimação guinchar e bater, impotente, a única asa que lhe restou, então cair no mar como uma pedra.

Minutos depois, a água o engole como se ele nunca tivesse existido.

Mecha Branca solta um rugido para os outros gafanhotos de Paige e golpeia o gigantesco ferrão ameaçadoramente no ar.

O pequeno grupo de gafanhotos de Paige voa em círculos, zunindo, parecendo confuso. Eles observam Mecha Branca e lançam olhares para Paige, que chora por causa de seu bichinho assassinado.

Mecha Branca ruge novamente.

Todos os gafanhotos, exceto quatro, batem asas e voam, relutantes, para a nuvem de insetos que seguem Mecha Branca.

Os gafanhotos de Mecha Branca fecham o círculo ao nosso redor. O barulho de suas asas é ensurdecedor, e nosso cabelo se debate para todos os lados. Mecha Branca voa para frente e para trás, com os olhos fixos em Paige.

Ela parece uma bonequinha costurada nos braços de um monstro, perseguida por um monstro ainda maior.

Raffe deve sentir minha tensão, pois voa no caminho de Mecha Branca em direção à Paige. As asas de demônio de Raffe cravam as garras no ar, a cada farfalhada. Ele para diante do gafanhoto inimigo, as duas asas reluzindo ao sol.

Mecha Branca arregala os olhos, parecendo louco. O que será que ele era no Mundo Antes? Um serial killer?

Ele bufa ao ver Raffe e o avalia. Depois lança um olhar para mim, provavelmente se perguntando se Raffe vai me largar para lutar contra ele.

Então ruge para os gafanhotos de Paige, mas não se atreve a enfrentar Raffe diretamente. Ele pode ser um assassino quando diz respeito a prisioneiros famintos e garotinhas, mas não está disposto a enfrentar um demônio-anjo.

Ele se vira, varre a cauda na direção de um dos gafanhotos de Paige e usa o ferrão para lhe abrir um talho no rosto, desenhando uma linha de sangue em sua face. O gafanhoto menor se encolhe, parecendo achar que Mecha Branca estava prestes a lhe cortar a garganta.

Mecha Branca nos dá as costas, como se quisesse nos mostrar que não tem medo. Agarra um bichinho de estimação de Paige e sai voando com ele, que sacode as asas sem jeito para permanecer no ar.

O monstro se vira e lança um olhar perturbado para Paige. Ele não quer ir embora, mas tudo o que minha irmã pode fazer é estender a mão e observá-lo sumir.

O embate é um desafio de lideranças, e a nuvem fica na expectativa para ver quem é que deve seguir. Seja lá o que ela fez na noite anterior para arregimentar os gafanhotos contra os anjos, não está funcionando com Mecha Branca.

Um serial killer contra uma menina de sete anos. Ela não é páreo para ele. Estou feliz que ele não tenha feito nenhum movimento para feri-la, graças a Raffe.

Paige é deixada com o gafanhoto que a carrega e os dois que a acompanham. Por sermos parte de um grupo menor, voamos sem ser notados ou feridos, mas não gosto da sensação de me sentir intimidada, ainda mais por um inseto arruaceiro.

Seguimos em frente.

Percebo a preocupação nos olhos de Paige. Ela não se importa de perder a supremacia, mas odeia ver seus gafanhotos serem punidos.

12

— PRECISAMOS IR ATÉ O ACAMPAMENTO da resistência — digo, agarrada ao pescoço de Raffe. — Talvez o doutor esteja lá e possa ajudar você e a Paige. — Minha mãe também deve estar no acampamento, esperando por nós.

— Um médico humano?

— Treinado pelos anjos. Acho que foi ele que costurou as asas do Beliel... Quer dizer, as suas asas nele.

Ele não diz nada enquanto bate as asas demoníacas no ar.

— Eu também não gosto da ideia — acrescento. — Mas que escolha temos?

— Por que não? — Há resignação em sua voz. — Por que não voar até o coração do inimigo, onde eu posso virar picadinho para resolver problemas de impotência sexual?

Meus braços ficam tensos ao redor de seu pescoço.

— Não somos mais tão primitivos assim.

Desconfiado, ele arqueia a sobrancelha perfeita para mim.

— Agora temos Viagra.

Ele me lança um olhar de soslaio, como se suspeitasse do que se trata.

Sobrevoamos o mar e a porção de terra a leste da baía enquanto o sol se põe. Fazemos um desvio para nos afastar do ninho da águia, pegamos a rota mais longa e seguimos para o quartel da resistência. Há um número surpreendente de anjos no céu. Eles voam em formação, em todas as direções, rumo a Half Moon Bay, local do novo ninho da águia.

Quando vemos um grupo particularmente grande no ar, pousamos em frente a um shopping e ficamos sob um toldo da Macy's.

— Acho que vieram para a eleição do Mensageiro — diz Raffe, com preocupação na voz, enquanto observa a hoste de anjos que voa acima de nós.

Desenlaço os braços de seu pescoço e me afasto de seu calor. Sinto frio agora sozinha.

— Você quer dizer que mais anjos estão vindo para essa área? Como se já não tivéssemos o suficiente...

À distância, os anjos parecem se aproximar pouco a pouco no céu. Raffe os observa voar. Seu corpo se mexe, como se estivesse fazendo um grande esforço para não se juntar a eles.

— Como era ser um deles? — pergunto.

Ele olha para o céu por um longo instante antes de dizer alguma coisa.

— Certa vez, eu e meus vigias estávamos numa missão de limpar uma área invadida por demônios. O problema é que não conseguimos encontrar nenhum deles. Mas Ciclone, um dos meus vigias, estava tão pilhado para guerrear que não aceitava que não havia ninguém com quem lutar.

Raffe faz um gesto com a cabeça na direção dos anjos.

— Estávamos voando naquela mesma formação quando Ciclone de repente decidiu que, se ele conseguisse causar uma cena grande o suficiente, os demônios seriam atraídos para o barulho e para a destruição e viriam até nós. Então ele começou a voar em círculos o mais rápido que podia, com a certeza de que causaria um ciclone.

Ele sorri ao se lembrar disso.

— Metade de nós se juntou a ele mais que depressa, enquanto o restante pousou para observar e vaiar. Começamos a jogar coisas neles, galhos, folhas, lama, qualquer objeto que encontrássemos, pois todo mundo sabe que um tornado precisa ter destroços voando.

Raffe tem um toque de travessura nos olhos quando se lembra disso.

— Os que estavam no ar voaram para uma árvore que eu juro que devia estar doente, pois tinha umas laranjas podres ainda penduradas nos galhos. Eles começaram a jogá-las em nós, e tudo se tornou uma luta gigante de lama e laranja. — Ele dá risada, olhando para o céu.

Seu rosto está relaxado e feliz de um jeito que eu nunca vi.

— Ficamos com laranja nas orelhas e cabelo durante dias depois disso.

Ele observa os anjos viajando para longe de nós.

Quase consigo ver os anos solitários vindo até ele sorrateiramente, como se fossem sombras no fim do dia. A felicidade se esvai de seu rosto e ele volta a ser o forasteiro endurecido viajando no meio do apocalipse.

— Tem certeza que esse médico humano consegue transplantar asas? — ele pergunta.

— Foi o que o Beliel disse. — Claro, Beliel disse um monte de coisas.

— E você tem certeza que ele está no acampamento da resistência?

— Não, mas posso quase afirmar que ele foi resgatado de Alcatraz pela resistência. Se ele não estiver lá, talvez alguém saiba onde está. — Para começo de conversa, tenho todo tipo de preocupação sobre ir até o acampamento e confiar no médico que deixou minha irmã desse jeito todo errado.

Suspiro.

— Não consigo pensar em um plano melhor. Você consegue?

Ele olha para os anjos, antes de se virar e entrar na Macy's.

Não é uma má ideia. Eu e Paige precisamos vestir roupas de verdade, então poderíamos muito bem fazer compras enquanto esperamos que o céu clareie. Deixamos os gafanhotos do lado de fora e seguimos Raffe até a loja.

Lá dentro não tem luz elétrica, mas o sol que entra pelas enormes janelas é o suficiente para iluminar a parte frontal da loja. Muitas araras estão tombadas ou simplesmente espalhadas pelo chão. Roupas de todas as cores e tecidos se derramam pelos corredores. Nas vitrines, os manequins estão uns em cima dos outros, em poses para lá de sensuais.

Alguém pichou o teto. Um soldado rusticamente desenhado está sozinho com a espada em punho, combatendo um dragão que cospe fogo, dez vezes maior que ele. A cauda do dragão desaparece na escuridão, onde a luz da janela desvanece para dentro da loja.

Ao lado do cavaleiro, a pergunta: "Para onde foram todos os heróis?".
Acho que o artista pensava que o cavaleiro não tinha a menor chance contra o dragão. Conheço exatamente essa sensação.

Olho em volta e tento me lembrar de como era fazer compras. Andamos por uma seção de vestidos para festas. As araras e o chão estão cobertos de tecidos sedosos e brilhantes.

Era para eu me formar este ano. Duvido que alguém teria me convidado para o baile, mas, mesmo se alguém tivesse feito isso, não poderíamos arcar com o custo de um desses vestidos. Passo a mão pelo tecido cintilante de um vestido longo, pendurado em uma arara. Como teria sido ir a um baile de formatura em vez de a um baile de máscaras repleto de assassinos?

Pego Raffe me observando. A luz atrás dele é como um halo ao redor dos cabelos escuros e dos ombros largos. Se ele fosse humano, as meninas da minha escola teriam morrido só para estar junto dele. Mas, é claro, ele não é humano.

— Esse ficaria bem em você — ele diz e indica com a cabeça o vestido de estrela de cinema que está na minha mão.

— Obrigada. Você acha que combinaria bem com botas de combate?

— Você não vai ficar lutando para sempre, Penryn. Vai chegar uma hora que você vai ficar entediada.

— Só posso sonhar. — Tiro o vestido e o coloco encostado no corpo, sentindo o tecido macio e brilhoso.

Ele se aproxima um pouco mais e me observa atentamente em meu vestido de mentira. Depois balança a cabeça com aprovação.

— Como você acha que as coisas teriam sido... — Engulo em seco e continuo: — Se você fosse humano ou se eu fosse anjo?

Ele estende a mão, como se não conseguisse se conter, e passa o dedo indicador pelo ombro do vestido.

— Se eu fosse humano, você teria a melhor fazenda de todas. — Suas palavras soam completamente sinceras. — Melhor do que a de qualquer outra pessoa. Eu plantaria os abacaxis mais doces, as uvas mais suculentas e os rabanetes mais saborosos do mundo.

Fico olhando para ele, tentando compreender se está brincando. Acho que está falando sério.

— Você não esteve em muitas fazendas, esteve, Raffe? Bom, a maioria de nós já não é mais fazendeiro.

— Isso não diminuiria meu pequeno comprometimento humano para com você.

Dou um pequeno sorriso.

— Se eu fosse anjo, faria cócegas nos seus pés com minhas penas e cantaria músicas angelicais para você todas as manhãs.

Ele franze a testa, como se fosse doloroso imaginar o que eu disse.

— Certo. — Balanço a cabeça. — Nenhum de nós tem a menor ideia de como seria estar no mundo um do outro. Entendi.

Ele baixa os olhos para mim e me observa com sinceridade.

— Se eu fosse humano, seria o primeiro da fila por você... — Ele desvia os olhos. — Mas não sou. Sou um arcanjo e o meu povo está em apuros. Não tenho escolha a não ser tentar consertar as coisas. Não posso me distrair com uma filha do homem.

Ele assente um pouco para si mesmo.

— Não posso.

Penduro o vestido cuidadosamente na arara e me forço a ouvir o que ele está me dizendo. Só preciso aceitar a situação. Dou uma boa olhada nele e fico séria para ver se há determinação ou pena em seu modo de agir. Mas, em vez disso, vejo transtorno. Há uma batalha pegando fogo em seus olhos.

Uma faísca de esperança se incendeia em meu peito. Nem sei mais esperança de que eu sinto. Meu cérebro parece que não consegue acompanhar meu coração.

— Só dessa vez — ele diz, mais para si do que para mim. — Só por um momento.

De repente, ele se inclina e me beija.

O tipo de beijo que desejei desde que nasci.

Seus lábios são macios e seu toque é terno. Ele acaricia meu cabelo delicadamente.

Lambe meus lábios, desliza a língua molhada, sondando, depois toca a minha com a sua. Uma onda de eletricidade dispara da ponta da minha língua até os dedos dos pés e sobe novamente.

Parece que estou me afogando nele. Quem imaginou que algo assim pudesse existir? Abro a boca e o agarro mais firme, quase subindo em seus braços.

Nós nos beijamos loucamente pelo que parece ser um ano, mas se resume a uma fração de segundo. Minha respiração falha e sinto que o ar me falta. Minhas entranhas estão se derretendo, fluindo como lava pelo meu corpo.

Então ele para.

Respira fundo e recua, me contendo à distância de um braço.

Completamente tonta, dou um passo em sua direção, instintivamente. Minhas pálpebras parecem pesadas, e só quero me perder na sensação que é ter Raffe colado ao meu corpo.

Há um misto de desejo e tristeza em seus olhos, mas ele não deixa que eu me aproxime.

Percebendo essa contradição, volto ao aqui e agora.

A invasão. Minha mãe. Minha irmã. Os massacres. Tudo volta numa torrente. Ele está certo.

Estamos em guerra.

À beira de um apocalipse recheado de monstros e tortura, em um mundo de pesadelos.

E eu estou aqui, uma adolescente sonhadora, sofrendo por um soldado inimigo. Será que eu enlouqueci?

Desta vez, sou a primeira a virar as costas.

13

A CAIXA-FORTE DA MINHA cabeça parece cheia, e minhas emoções estão tão confusas que preciso de uma trégua.

Entro mais fundo na loja, sem rumo, para longe de Raffe. Na área de penumbra antes de chegarmos à escuridão propriamente dita, encontro uma plataforma expositora e me sento nela. É clara o suficiente para eu enxergá-la, mas escura o bastante para ser apenas mais uma sombra, caso alguém esteja olhando. Às vezes, sinto que vivi a vida inteira nesse crepúsculo, entre a luz e a escuridão.

Eu me sento e fico pensando nas araras caídas e na destruição da nossa antiga civilização. Quando me canso, olho para a parte escura da loja. Não consigo ver nada, mas fico imaginando as coisas que podem estar se mexendo ou não. Mas então, quando olho em volta, vejo algo.

Atrás de uma placa inclinada, perto de um mar de sapatos e vários manequins caídos, encontro uma pequena lanterna. Está ligada, mas a luz é fraca, lançando mais sombras do que luz.

Coloco a mão no pelo macio de Ursinho Pooky e hesito entre sair correndo ou investigar. Não sinto vontade de correr para Raffe, então levanto e ando devagar na direção da lanterna.

Antes que possa chegar lá, alguém entra no espaço iluminado.

É Paige. Ela ainda veste a enorme camiseta, pendurada meio torta em um dos ombros, chegando abaixo dos joelhos. Seus tênis estão quase pretos por causa do sangue ressecado.

A luz fraca atinge as depressões do seu rosto, enfatizando as feições cadavéricas debaixo dos pontos e projetando as longas sombras dos cabelos que cobrem o pescoço. Ela caminha na direção dos manequins como se fosse sonâmbula. Parece hipnotizada por algo no chão.

Dou outra olhada nos manequins e percebo que um deles é um homem.

Está deitado de costas por cima dos sapatos espalhados, com a cabeça e os ombros misturados aos braços e pernas dos manequins, como se tivesse caído sobre eles. Uma mão pálida se estende na direção da lanterna enquanto a outra se fecha com força sobre um pedaço de papel sobre seu peito. Ele deve ter morrido de ataque cardíaco.

Paige está ajoelhada ao lado dele como se estivesse em transe. Se erguer os olhos, ela vai me ver, mas está preocupada demais com o homem. Talvez agora ela sinta o faro das pessoas, como um predador sente o cheiro da presa.

Eu sei o que ela está prestes a fazer.

Mas não a impeço.

Eu quero. Ah, Deus, como quero.

Mas não faço isso.

Meus olhos ardem por causa das lágrimas. Isso é demais para mim. Quero a minha mãe.

Todo esse tempo, andei pensando que sou a mais forte de nós três, que cabem a mim as escolhas mais difíceis e que carrego o fardo da responsabilidade pela minha família. Mas agora percebo como as escolhas mais difíceis, as que vão nos assombrar pelo resto da vida, são aquelas das quais minha mãe ainda me protege.

Não foi isso o que aconteceu quando a resistência capturou Paige como um animal? Eu ainda tentava alimentá-la com sopa e hambúrgueres, enquanto minha mãe já sabia do que ela precisava. Não foi ela que levou Paige para o bosque, para encontrar uma vítima para a minha irmã?

Não consigo nem desviar o olhar. Meus pés parecem feitos de chumbo e meus olhos se recusam a se fechar. Isso é minha irmã agora.

Seus lábios se curvam e mostram as pontas reluzentes dos dentes de navalha.

Ouço um leve gemido. Meu coração quase para. O gemido veio do homem ou de Paige? Ele está vivo?

Paige está perto o suficiente para saber. Ela ergue o braço dele até a boca, exibindo todos os dentes de navalha.

Tento chamá-la, mas o que sai é apenas um sopro do meu hálito. Ele está morto. Ele deve estar. Ainda assim, não consigo desviar os olhos, e meu coração palpita nos ouvidos.

Ela para com os braços à frente da boca, o nariz enrugado, os lábios arreganhados como os de um cachorro rosnando.

O pedaço de papel que o homem ainda segura está na frente do rosto dela. Paige para e olha.

Empurra a mão do homem para olhar melhor.

A pele de seu nariz se estica novamente e a boca se fecha para esconder os dentes. Seus olhos se aquecem quando ela olha para o papel. Sua boca começa a tremer, e ela move o braço dele de volta para cima do peito. Em seguida se inclina para trás e se afasta do homem.

Paige coloca as mãos para cima e segura a cabeça, oscilando o corpo para frente e para trás, como uma mulher desgastada por muitos problemas.

Então gira e sai correndo escuridão adentro.

Fico nas sombras, o coração destruído por tudo pelo que ela está passando. Minha irmã caçula está escolhendo ser humana, contra todos seus novos instintos animais. E está fazendo isso à custa de morrer de inanição.

Ando até o homem e me abaixo para ver o que ele está segurando. Dou a volta em sapatos de salto e estojos de maquiagem para chegar até ele. Ainda respira, mas está inconsciente.

Está vivo.

Trêmula, eu me sento ao lado dele, sem saber se minhas pernas vão me sustentar.

As roupas estão sujas e desgastadas, e a barba e o cabelo estão desmazelados, como se ele estivesse na estrada há semanas. Alguém certa vez me disse que infartos podem durar dias. Há quanto tempo será que ele está aqui?

Tenho o ímpeto mais insano de chamar a ambulância.

É difícil acreditar que costumávamos viver em um mundo onde completos estranhos teriam lhe dado medicamentos e o ligado a máquinas para monitorar seu quadro clínico. Completos estranhos cuidariam desse homem vinte e quatro horas por dia. Completos estranhos que não sabiam nada sobre ele, que nem sequer teriam vasculhado suas coisas para furtar algum objeto.

E todo mundo pensava que isso era perfeitamente normal.

Levanto seu braço para ver o que está escrito no papel que ele segura. Não quero tirá-lo de sua mão, pois seja lá o que for deve ter sido importante o bastante para ele pegar e segurar, mesmo nos últimos minutos de vida.

É um pedaço de papel manchado com um desenho infantil de crayon. Uma casa, uma árvore, um adulto em forma de palitinho, segurando a mão de uma criança de palitinho. Rabiscadas na base, em letras de forma trêmulas, as palavras "Te amo, papai", escritas em crayon cor-de-rosa.

Olho para ele por um longo tempo na penumbra, antes de colocar sua mão de volta ao peito.

Então o tiro de cima da pilha de manequins que estão sobre o piso de ladrilho e o arrasto cuidadosamente até o tapete.

Há uma mochila ali perto que também pego e coloco ao lado dele. Ele deve tê-la tirado quando começou a passar mal. Mexo dentro dela e encontro uma garrafa d'água.

Sua cabeça é quente e pesada sobre o meu braço, quando a inclino para ele tomar um gole d'água. A maior parte do líquido escorre ao redor dos lábios, mas consigo fazer um pouco cair dentro da boca. A garganta engole por reflexo, e me questiono se ele está completamente inconsciente.

Baixo sua cabeça outra vez e coloco uma jaqueta dobrada para lhe servir de travesseiro. Não consigo pensar em fazer mais nada. Então eu o deixo para morrer sozinho.

14

ENCONTRO AS ROUPAS MAIS comuns que consigo para Paige. Uma camiseta rosa com um coração cintilante, jeans, tênis de cano alto e um agasalho de zíper na frente. Eu me certifico de que todas as peças, com exceção da camiseta, sejam de cor escura, para que ela não seja vista à noite. Também garanto que o agasalho tenha um capuz grande o bastante para fazer sombra em seu rosto, caso precisemos passar despercebidas.

Para mim, botas pretas, jeans preto e uma blusa bordô, que vai esconder o sangue que acabará por manchá-la. Só espero que ele seja de outra pessoa, não o meu. É melhor eu escolher um look pós-apocalíptico prático. Também pego uma jaqueta leve como uma p... Eu a devolvo no lugar e pego um casaco de flanela escura em vez disso. Não estou a fim de lembrar de anjos nesse momento.

Raffe encontrou um boné e um blazer impermeável escuro para cobrir as asas. Ele fica bem de boné.

Em pensamento, reviro os olhos. Sou mesmo uma idiota. O mundo está acabando, minha irmã é um monstro devorador de gente, há um homem moribundo na mesma loja em que estamos e teremos sorte de sobreviver a outra noite. E eu aqui, babando por um cara que nem me quer, que não é nem humano. Que loucura é essa? Às vezes eu queria poder tirar férias de mim mesma.

Enfio a jaqueta e o boné de Raffe na mochila com mais força do que o necessário.

Quando saímos, os anjos já se foram e Raffe se adianta para me segurar para o voo.

Recuo um passo.

— Você não tem que fazer isso. Posso pegar carona com um gafanhoto. — Preciso forçar as palavras a sair. A última coisa que quero é estar nos braços de um monstro com rabo de escorpião.

Mas Raffe já deixou muito claro que seja lá o que possa haver entre nós não tem a menor chance de acontecer. Ele deixou claro que vai embora. E, se tem uma coisa que eu aprendi, é que tentar fazer uma pessoa ficar com a gente quando ela não quer é a receita certa para um coração partido. Minha mãe que o diga.

Aperto os dentes com força. Eu consigo. E daí se é absurdamente horripilante ficar nos braços de uma criatura com um ferrão afiado como agulha, que quase te matou? Uma menina precisa ter pelo menos um resquício de orgulho, mesmo no Mundo Depois.

Raffe me observa como se lesse meus pensamentos. Depois olha para os gafanhotos. Seus lábios se curvam enquanto ele avalia as criaturas, seus olhos varrem desde as pernas grossas até os troncos de inseto e as asas iridescentes. Por fim, olha para os ferrões curvados e faz um movimento negativo com a cabeça.

— Essas asas são tão frágeis que não confio nelas para te carregar. E essas garras superdesenvolvidas… Você pegaria uma infecção se fosse arranhada por elas. Acho melhor você voar com um desses depois que eles melhorarem o design. — Ele dá um passo adiante e, num movimento suave, me levanta no braço firme. — Até lá, você está presa ao meu serviço de táxi aéreo.

E levanta voo antes que eu possa discutir.

Uma rajada de vento sopra da baía, e é inútil tentar manter uma conversa. Por isso, relaxo os músculos e enfio o rosto na curva de seu pescoço. Talvez pela última vez, deixo seu corpo quente ser o meu refúgio.

À MEDIDA QUE O SOL SE PÕE, noto algumas faíscas de fogo brilhando abaixo de nós, provavelmente fogueiras escondidas que saíram do controle. Parecem minúsculas velas em uma massa de terra ensombrecida.

Temos de pousar quatro vezes no caminho para o sul para evitar sermos vistos pelos anjos. Nunca vi tantos no ar. Raffe fica tenso cada vez que avistamos as formações de voo.

Algo sério está acontecendo com seu povo, mas ele não pode chegar perto, que dirá se envolver. A cada minuto que passa, sinto sua urgência para costurarem de volta suas asas emplumadas, para ele mergulhar novamente em seu próprio mundo.

Tento não pensar no que vai acontecer em meu mundo quando ele fizer isso.

Algum tempo depois, sobrevoamos o quartel da resistência — o que antes foi o Colégio Paly. Ele está lá, como qualquer outro conjunto de prédios desertos, sem nenhuma indicação de que seja algo especial.

No estacionamento, todos os carros estão de frente para a rua, assim não precisam dar a volta para sair. Tomando como pressuposto que os planos de fuga de Obi foram bem-sucedidos, os carros estão abastecidos e prontos para partir, com a chave na ignição.

À medida que descemos, vejo corpos agachados atrás de pneus e árvores, deitados a céu aberto como mortos. Atrapalhadas, algumas pessoas correm aqui e ali sob o luar, mas parecem iguais às que se movimentam em qualquer outra parte no Mundo Depois. Obi fez um ótimo trabalho em treinar as pessoas para não chamar atenção para o quartel, mesmo que o acampamento esteja transbordando, agora que eles resgataram os refugiados de Alcatraz.

Voamos em círculos acima do bosque, do outro lado da rua do Colégio Paly. A lua sobe entre as sombras do crepúsculo, permitindo-nos ver sem sermos vistos. Ainda há luz suficiente para notarmos algumas sombras se espalharem nos arbustos, conforme descemos. Estou surpresa que haja pessoas aqui no pôr do sol, considerando como todos temem os monstros da escuridão.

Quando pousamos, Raffe me solta. O ar noturno é frio na minha pele, depois de eu ter sido carregada por ele durante tanto tempo.

— Você fica aqui fora — digo. — Vou ver se consigo descobrir se o doutor está aqui ou não.

— Sem chance. — Raffe pega minha mochila e tira o casaco impermeável e o boné.

— Sei que é difícil para você esperar aqui enquanto eu avalio a situação, mas eu consigo me virar. Além do mais, quem vai ficar de olho na Paige? — Assim que faço essa pergunta, sei que é a coisa errada a dizer. Não se diz para um soldado de elite ficar para trás e vigiar as crianças.

— Os bichos de estimação dela podem dar uma de babá. — Ele veste o casaco e arruma os ombros cuidadosamente, até as asas se acomodarem debaixo dele. Em seguida, põe a mochila por cima. As asas de plumas estão enroladas em um cobertor e amarradas à mochila, parecendo roupa de cama comum. Suas asas de demônio podem se moldar às costas, mas a mochila esconde qualquer volume estranho que possa chamar a atenção de alguém.

Tudo isso me deixa nervosa. Raffe está entrando em um acampamento cheio de inimigos. Paige não deveria estar tão perto de quem quer reduzi-la a pedacinhos. E da última vez que vi Obi, ele me prendeu.

Também tem uma parte de mim que não quer que Raffe ouça conversas alheias. É claro que já lhe confiei minha vida várias vezes, mas isso não muda o fato de que ele é o inimigo. A qualquer momento, podemos ter que escolher a quem destinar nossa lealdade. Quando isso acontecer, eu seria idiota de pensar que estaríamos do mesmo lado.

Mas meus instintos me dizem que neste momento essa é a última coisa com que devo me preocupar. Meu *sensei* sempre me dizia para confiar nos meus instintos, que minha intuição conhece coisas que a razão desconhece e que ela pode tomar decisões mais depressa.

Certamente meus instintos me contaram coisas sobre Raffe que não se provaram verdadeiras. Minhas faces esquentam ao pensar sobre o que aconteceu conosco hoje mais cedo na cama.

Ele ergue o colarinho do casaco e o abotoa até o topo para cobrir o peito nu, e depois põe o boné. Mesmo que tenha sido um dia quente, as noites de outubro podem facilmente cair uns dez graus em relação à temperatura do dia.

— Fique aqui, Paige. Vamos voltar logo, tudo bem?

Ela está ocupada acalmando seus gafanhotos e parece nem nos notar. Não gosto de deixá-la, mas também não posso levá-la para o acampamento. Da última vez em que Paige esteve aqui, as pessoas da resistência se assustaram e a prenderam como se ela fosse um animal. Sabe-se lá o que teriam feito se os gafanhotos não tivessem atacado. Não posso esperar que essa atitude tenha mudado desde então.

Assim que começamos a andar, sinto olhos me observando. Procuro em volta e percebo sombras se movendo.

— Vítimas de gafanhotos — sussurra Raffe.

Imagino que isso significa que eles não foram aceitos no acampamento. Não acho que sejam perigosos, mas, mesmo assim, toco minha espada, tentando extrair conforto do pelo macio. Respiro fundo e adentro a escuridão do bosque.

15

O PÁTIO DA ESCOLA ESTÁ silencioso e parece deserto. Meu palpite é que deve haver umas mil pessoas aqui agora, mas nunca se sabe.

Obi fez um trabalho tão bom em organizar o acampamento de refugiados que até os novatos seguem as regras e não andam no espaço aberto. A quantidade de lixo que há aqui não é maior nem pior do que aquele que flutua em qualquer outro lugar no Vale do Silício. O campo inteiro está tão silencioso que eu ficaria surpresa se visse alguém por aqui.

Mas assim que nos aproximamos dos prédios, vejo as luzes tênues brilhando do lado de dentro. As janelas estão cobertas por toalhas e cobertores, mas alguns foram pendurados com tanto desleixo que permitem que a luz e o movimento se infiltrem pelos cantos.

Caminho até a janela e dou uma espiada por uma fenda. A sala está abarrotada de gente. Todos parecem razoavelmente bem alimentados, alguns quase limpos. Não os reconheço — devem ser os refugiados de Alcatraz. Olho através de outra janela e vejo a mesma coisa. Com esse tanto de gente, o lugar todo deve estar caótico.

Através de uma janela, vejo um rapaz entrar em uma sala de aula com uma grande sacola de comida. Ele a entrega, e a sacola desaparece em questão de segundos. Ele ergue as mãos e diz algo para as pessoas que ainda estão com o braço estendido para ele, mesmo que a comida tenha acabado. Há uma discussão, mas o rapaz sai discretamente pela porta antes que os ânimos esquentem demais.

Os que têm sorte engolem a comida o mais rápido que podem, enquanto outros observam de um jeito desconfortável. A multidão gira e se amontoa, até que um novo grupo de pessoas fique no lugar privilegiado perto da porta, provavelmente à espera da próxima leva de comida.

— O que você está fazendo? — pergunta uma voz áspera.

Giro nos calcanhares e vejo dois caras vestidos de roupa camuflada, segurando rifles.

— Só... nada.

— Bom, faça seu nada do lado de dentro, onde os pássaros não podem te ver. Você não prestou atenção na orientação?

— Estou procurando uma pessoa. Você sabe onde estão os gêmeos, Dee e Dum?

— Tudo bem — diz o guarda. — Como se eles tivessem tempo de falar com cada adolescente que aparecesse chorando por causa de seu cachorrinho perdido. Quando a gente menos esperar, você vai pedir para ver Obadias West. Esses caras têm o acampamento inteiro para administrar. Eles não têm tempo para perguntas idiotas.

Só consigo piscar para eles, provavelmente os convencendo de que, sim, eu estava planejando fazer algumas perguntas idiotas. Eles apontam para a porta mais próxima.

— Voltem para o quarto designado para vocês. Alguém vai levar comida assim que possível, e vocês vão ser despachados para um bom quarto de hotel quando estiver escuro o bastante para esconder o comboio.

— Esconder do quê?

Eles me olham como se eu fosse maluca.

— Dos anjos. — E trocam um olhar, como se isso fosse óbvio.

— Mas eles enxergam no escuro — respondo.

— Quem te disse? Eles não enxergam no escuro. A única coisa que eles fazem melhor que a gente é voar.

O outro guarda diz:

— Eles também ouvem melhor que a gente.

— É, tanto faz — diz o primeiro. — Mas eles não enxergam no escuro.

— Eu estou falando para vocês... — Raffe me interrompe com um tapinha no ombro, faz um gesto com a cabeça indicando a porta e começa a andar. Eu o sigo. — Eles não sabem que os anjos enxergam no escuro. — Esqueço que sei coisas sobre os anjos que talvez as outras pessoas não saibam. — E precisam saber.

— Por quê? — pergunta Raffe.

— Porque as pessoas precisam saber que os anjos podem nos ver, se em algum momento tentarmos nos esconder deles no escuro. — *Ou atacá-los*, penso.

Ele me olha como se lesse meus pensamentos; mas, é claro, ele não precisa fazer isso. É óbvio por que seria benéfico aos humanos conhecer os poderes dos anjos.

Ao meu lado, Raffe sobe os degraus até a porta.

— Você pode falar até cansar, mas não vai adiantar nada. Esses soldados são de infantaria. A função deles é seguir ordens e nada mais.

Ele sabe disso. Ele próprio é um soldado, não é? Um soldado do exército errado.

De repente percebo que, embora Uriel esteja criando um falso apocalipse e esteja disposto a matar Raffe, isso não significa que Raffe deseja ajudar os humanos a vencer a guerra contra seu próprio povo. Uma porção de humanos já tentou me matar desde o Grande Ataque, mas isso não significa que eu esteja disposta a ajudar os anjos a erradicar os humanos. Longe disso.

Os guardas nos observam enquanto entramos no prédio.

Lá dentro, tenho de lutar contra uma onda de claustrofobia. O corredor está abarrotado de gente se movendo em diferentes direções. Quando se é do meu tamanho, estar no meio de uma multidão significa que tudo o que podemos enxergar são troncos e cabeças das pessoas mais próximas.

Raffe parece ainda mais desconfortável do que eu. Em uma aglomeração tão grande, é inevitável que as pessoas esbarrem nas asas enroladas no cobertor. Só podemos esperar que ninguém note nada estranho.

Ele está rígido, com as costas viradas para a porta. Parece tão deslocado que quase sinto pena dele. Então balança a cabeça para mim.

Tento me misturar ao máximo, mas acho que não vamos ficar aqui muito tempo antes de os guardas deixarem esta área.

Obi deve estar muito ocupado com todas essas pessoas novas. Eu joguei o resgate de Alcatraz no colo deles de última hora, então me admira que ele tenha conseguido até reunir barcos e organizar as pessoas para resgatar os reféns na ilha. Claro que ele não teve tempo de se preparar para quando todos chegaram aqui.

Imagino que tenha sido um dia e tanto para a resistência. Obi não está apenas coordenando os guerreiros da liberdade. Ele teve de erguer um acampamento de refugiados cheio de gente faminta e assustada, enquanto ainda mantém a organização o mais dissimulada possível.

Tenho minhas diferenças com Obi. Não posso afirmar que ele vai ser meu melhor amigo nem nada, mas tenho que admitir uma coisa: ele assumiu responsabilidades que ninguém mais assumiria.

Considero invadir o prédio para tentar ver se encontro o doutor ou Dee-Dum. Os gêmeos com certeza vão saber onde o doutor está. Mas tem gente demais aqui, está tudo muito caótico, e não gosto da ideia de ficar aprisionada no meio de um prédio cheio de refugiados em pânico se algo acontecer.

Estou prestes a dizer para Raffe que devemos ir assim que os guardas se mexerem, quando ouço meu nome. Não é uma voz que eu reconheço e não sei dizer quem foi que falou, já que ninguém está olhando para mim. Todos parecem ocupados com suas próprias conversas.

Então outra pessoa diz meu nome do outro lado do corredor. Ainda assim, não tem ninguém olhando para nós.

— Penryn.

Vejo o cara que falou. Ele tem cabelo enrolado e veste uma camisa enorme pendurada nos ombros de espantalho e uma calça muito larga, presa com um cinto. Parece que ele costumava ser enorme e ainda não se ajustou mentalmente a seu peso pós-apocalíptico. Há várias pessoas entre nós. Ele está mais adiante no corredor, mas ainda perto o suficiente para que eu o ouça. Não o reconheço, nem ninguém perto dele.

— Penryn? — pergunta a mulher que está conversando com o sujeito. — Que tipo de nome é esse?

Eles não estão me chamando. Estão falando de mim.

O cara dá de ombros.

— Provavelmente algum nome estrangeiro que significa "matadora de anjos".

— Sei, tudo bem. Então você acredita?

— No quê? Que ela matou um anjo?

Como eles sabiam disso?

Ele dá de ombros novamente.

— Não sei. — E então baixa a voz. — Só sei que seria incrível receber um passe de segurança dos anjos.

A mulher sacode a cabeça.

— Até parece que eles manteriam a palavra. Como vamos saber se eles estão mesmo colocando a cabeça dela a prêmio?

Troco um olhar com Raffe ao ouvir a palavra "prêmio".

— Uma gangue de rua pode simplesmente ter inventado essa coisa toda para matar a menina — ela diz. — Talvez ela seja inimiga deles ou algo assim. Quem sabe? O mundo inteiro enlouqueceu.

— Só sei uma coisa — continua outro cara mais perto de mim, que usa um par de óculos com uma grande rachadura em uma das lentes. — Tenham sido os anjos, as gangues ou os demônios do inferno que puseram a cabeça dessa menina a prêmio, não sou eu que vou entregá-la. — E faz um movimento negativo com a cabeça.

— Nem eu — diz outro homem próximo. — Ouvi dizer que foi a Penryn que nos salvou daquele pesadelo em Alcatraz.

— Foi o Obadias West que nos salvou — diz a mulher. — Ele e aqueles gêmeos engraçados. Como eles se chamam?

— Tweedledee e Tweedledum.

— Isso não pode estar certo.

— Não estou brincando.

— É, mas foi essa menina Penryn que falou para eles fazerem isso. Foi ela que fez os gêmeos resgatarem a gente.

— Ouvi dizer que ela ameaçou fazer aquela irmã-monstro dela atacá-los se eles não nos resgatassem.

— Penryn...

— Ela é minha amiga — diz uma mulher que eu nunca vi antes. — Somos como irmãs.

Abaixo a cabeça, na esperança de que ninguém me reconheça. Por sorte, ninguém nos nota. Enquanto sigo em direção à porta, vejo um folheto colado a ela. A única coisa que consigo ler enquanto passo é "Show de Talentos".

Tenho visões de tocadores de tuba amadores e dançarinos de sapateado. Um show de talentos é uma coisa estranha de se fazer durante o apocalipse. Mas, se pensar bem, é uma coisa estranha de se fazer em qualquer ocasião.

Raffe empurra a porta, e voltamos para a escuridão da noite.

16

DO LADO DE FORA, o ar está fresco e silencioso comparado ao clima abafado e ao barulho lá de dentro. Andamos sorrateiramente pelas sombras até alcançarmos o prédio de adobe que Obi usa como quartel-general. A porta exibe o mesmo folheto. Paro para ler.

SHOW DE TALENTOS

Não perca o maior espetáculo desde o último Oscar!
Maior que o Grande Ataque! Maior que o ego do Obi!
Maior que o cê-cê do Boden!
Venha um, venham todos
Ao maior show de todos os tempos!

Ganhe um trailer de luxo customizado e à prova de balas!
Com todos os suprimentos de sobrevivência imagináveis.
Sim. Até isso.

Próxima quarta, ao meio-dia, no Teatro Stanford,
na Avenida da Universidade.

Surpreenda seus amigos.
Deixe seus inimigos de queixo caído.
Exiba seus talentos.
Audições todas as noites.
Mulheres são bem-vindas!

A regra para apostas se aplica aos competidores.

~ Realização: Vocês Sabem Quem ~

O folheto tem comentários escritos em todos os cantos, com diferentes caligrafias:

"Nada pode ser maior que o ego do Obi."

"É assim que as mulheres estão chamando isso? Ei, Obi, deixe umas mulheres para nós, beleza?"

"Obadias West é um grande homem. Um herói. Até eu estou pensando em dar um beijo nele."

"É o show dos sem-talento!"

"É bom mesmo que seja legal, ou eu quebro a cabeça de vocês e tomo a lama que tem dentro."

"Os competidores vão estar vestidos?"

"Espero que sim. Você já viu os homens daqui? Peludos, cara. Superpeludos."

Acho que o pessoal está sentindo falta da internet.

Raffe abre a porta e entramos em um corredor fracamente iluminado. O prédio principal está cheio de gente, mas muito menos movimentado que o primeiro. As pessoas aqui caminham com confiança, enquanto o grupo no outro prédio parecia perdido e inseguro.

Provavelmente essas pessoas são das antigas, se comparadas aos refugiados de Alcatraz, que estão no outro prédio. Eu até reconheço algumas aqui e ali. Abaixo a cabeça, para esconder o rosto.

Ali está a mulher com quem lavei roupa quando fui capturada da primeira vez pela resistência. Ela está segurando uma prancheta, ticando itens. Ela adorava seu cão. Fico surpresa por ela continuar no grupo.

Ouvi rumores de que eles deixaram todos os cães que latiam escaparem quando descobriram que os anjos tinham uma superaudição.

O recepcionista do primeiro hotel do ninho da águia também está aqui. Ele sorri de um jeito cansado enquanto conversa com uma mulher. Parece muito mais relaxado do que quando estava lá, ainda que cada um carregue uma bolsa cheia de armas. Fico me perguntando se ele não era um espião da resistência.

E há também o cozinheiro do acampamento da floresta. Ele foi legal comigo e me deu uma concha a mais de ensopado quando descobriu que eu era nova ali. Ele empurra um carrinho com compotas e pacotes de bolachas salgadas pelo corredor.

Todos parecem exaustos e estão armados até os dentes — revólveres, rifles, facas, ferros de pneu e qualquer coisa capaz de cortar, esmagar ou retalhar. Carregam pelo menos duas armas.

Raffe abaixa mais o boné sobre o rosto. Percebo que está tenso. Está em território inimigo. Agora que penso a respeito, Raffe está sempre em território inimigo. Sem as asas de plumas, os anjos não vão aceitá-lo, e, independentemente de que tipo de asas ele tenha, os humanos também não.

Uriel ou alguém de sua turma certa vez disse que os anjos eram feitos para ser parte de um bando, mas não importa aonde Raffe vá, ele sempre parece ser o marginalizado.

Por sorte, ninguém está prestando atenção nele por aqui. Neste prédio, o nome que mais ouço é o de Obi.

— O Obi quer que a gente...

— Mas eu achei que o plano do Obi fosse...

— É, foi o que o Obi disse.

— Preciso da permissão do Obi para...

— O Obi autorizou.

— O Obi vai lidar com eles.

Os dois prédios definitivamente têm suas próprias características. Um abriga um acampamento de refugiados, enquanto o outro abriga um exército de guerreiros da liberdade. Obi certamente está muito ocupado mantendo as últimas escórias da humanidade unidas durante a pior crise na história.

E eu que achei que estava numa pior tentando manter minha família viva. Não consigo nem imaginar como ele deve se sentir pressionado sendo responsável por todas essas vidas.

Alguns caras com bronzeados e músculos de pedreiro se viram para me olhar conforme nos aproximamos. A meu lado, Raffe dá um rosnado baixo. Os rapazes dão uma olhada nele e desviam os olhos respeitosamente.

Paro para conversar com eles.

— Estou procurando pelos gêmeos, Dee e Dum. Sabem onde eles estão?

Um deles aponta para uma sala no fim do corredor. Caminhamos até lá e empurro a porta sem pensar no que pode haver do lado de dentro.

— ...hotéis — diz Obi na cabeceira da mesa de reunião. — Como vamos arcar com a comida e com os cuidados médicos... — Ele ergue os olhos e me nota ali. Parece tão cansado quanto os demais, mas seus olhos ainda estão brilhantes e alertas. Ele não é o maior nem o mais barulhento, mas ainda existe alguma coisa nele que exige atenção. Talvez seja sua postura ereta ou sua voz confiante.

Há mais ou menos uma dúzia de pessoas ao redor dele, sentadas na mesa de reunião. Eles parecem maltrapilhos e exaustos, com olheiras escuras debaixo dos olhos e cabelos sujos despontando em várias direções. Deve ter sido uma noite longa de salvamento dos refugiados em Alcatraz, e um dia mais longo ainda para acomodar todos ali. A sala cai no silêncio e todos se viram para olhar para mim. Lá se vai minha tentativa de ser sutil.

17

— DESCULPE — DIGO, tentando fazer uma reverência graciosa.

O doutor se levanta num salto e derruba a cadeira para trás com tanta força que ela faz barulho ao bater no chão.

— Penryn.

— Você a conhece? — pergunta Obi.

— Ela é a irmã da menina de quem eu estava te falando.

— A irmã da Penryn é a grande arma secreta? — pergunta Obi.

Uau. Não gosto de como isso soa.

— Você a encontrou? — O doutor margeia a mesa e vem em minha direção. Ainda parece um colegial de cabelos castanhos e camisa de botões, mas agora tem um olho roxo inchado. — Ela está aqui?

Os gêmeos estão sentados ao lado de Obi. O cabelo idêntico ainda é loiro oxigenado. Eu tinha esquecido que o haviam tingido. Ainda parecem espantalhos magrelos para mim, quer estejam ruivos ou loiros. Alguns dos outros parecem familiares, mas não conheço bem nenhum deles.

Obi faz um aceno para eu entrar. Hesito, sem querer atrair a atenção para mim ou para Raffe, mas, como não posso simplesmente sair correndo, entro na sala fazendo um gesto pelas costas, para Raffe não me seguir.

— Você só pode estar de brincadeira — diz um cara que eu reconheço. — A irmã dela é um monstro. Você não pode esperar que ela nos ajude. — Eu me dou conta de onde foi que o vi. Ele é um dos caras que prenderam Paige como um animal da última vez que ela esteve aqui.

— Martin, agora não — diz Obi.

Os gêmeos se inclinam em direções opostas para olhar atrás de mim.

— Aquele é o Raffe? — pergunta Dee.

— Aquele *super* é o Raffe — responde Dum.

Começo a fechar a porta.

— Não, não, não — insiste Dee, e os dois gêmeos se levantam e andam rapidamente até nós.

— Raffe, você está vivo — diz Dum.

Raffe ainda está com a cabeça baixa, os olhos ocultos pelas sombras do boné.

— É claro que ele está vivo — diz Dee. — Ele é um guerreiro. É só olhar para ele para saber. Quem vai matá-lo? O Godzilla?

— Ah, Raffe *versus* Godzilla. Essa sim é uma luta em que eu adoraria recolher as apostas — diz Dum.

— Deixa de ser bobo, cara. O Godzilla é todo turbinado no lixo nuclear. Como um pobre mortal vai conseguir derrotá-lo?

— Ele não é um pobre mortal — diz Dum. — Olha só para ele. Deve ter algum suco fodão de superforça no bolso dele neste exato momento. Um gole e os músculos dele vão inchar.

— É, e a gente não vai precisar assustar garotinhas se tivermos alguns como ele no nosso exército — completa Dee.

— O quê? Você acha que a irmã da Penryn poderia enfrentar o Godzilla no lugar dele? — questiona Dum.

Dee pensa a respeito.

— Nah. Provavelmente não. Mas talvez a mãe dela consiga.

Dum arregala os olhos.

— Ohh.

Dee estende a mão para Raffe.

— Tweedledee. Este é meu irmão, Tweedledum.

— Lembra da gente? — pergunta Dum. — Cuidamos das brigas e administramos as apostas.

— Que bom ter você aqui — Obi diz para Raffe. — Com certeza podemos usar um homem como você.

— Ah, mas ele não é um homem comum, Obi — diz Dee.

Tento não parecer um coelho assustado, mas tenho certeza de que meus olhos estão arregalados. Estamos nas profundezas do prédio e não sei como Raffe poderá fugir daqui.

— Podemos fazer de você uma estrela, Raffe — diz Dum, assentindo. — As mulheres ficariam todas em volta de você. — Ele mexe a boca exageradamente quando diz *em volta de você*, passando as mãos no peito e balançando os quadris.

— Ele não liga para isso — diz Dee. — Ele anda com anjos. Tem toneladas de garotas no ninho da águia em San Francisco.

Tento me lembrar de respirar. Maravilha. Um deles o viu no quarto de hotel no ninho da águia.

— Nunca é o suficiente, mano — continua Dum. — Nunca é o suficiente.

— O que você quer dizer com "anda com anjos"? — Obi questiona ao se levantar de trás da mesa.

Minha respiração se recusa a sair dos pulmões.

— Lembra? — diz Dee. — A gente te contou que a Penryn e esse cara estavam no hotel. Inclusive, eles estavam conversando com anjos.

— A Penryn não é a única que sabe coisas sobre eles — Dum enfatiza, balançando a cabeça para cima e para baixo.

Solto um longo suspiro. Eles se lembram de Raffe, mas apenas como humano.

Obi vem andando e acena para Raffe entrar na sala.

— É uma ótima notícia. Podemos usar toda ajuda e informação que pudermos. — Ele estende a mão para Raffe, mas este não a aperta.

— Oi, Obi — digo, acenando para ele.

— Penryn — ele responde, olhando de volta para mim. — Se eu não estivesse tão cansado, com certeza me lembraria de qualquer assunto não resolvido entre nós. Em vez disso, estou feliz de ver que está viva.

Ele se aproxima e me abraça.

Fico ali, imóvel e hesitante. Raffe mantém o rosto inexpressivo enquanto nos observa.

— Obrigada. — Permaneço parada na frente da porta. Eu me lembro dos nossos assuntos não resolvidos. Obi trancou a mim e a minha mãe em uma viatura de polícia, e nós fugimos na calada da noite. Apesar disso, ele está feliz em me ver.

Depois de tudo pelo que passamos, admito que também é bom vê-lo, assim como sua turma. Algumas pessoas podem dizer que é loucura, mas chamo isso de cuidar da família. Não que ele seja família, mas do jeito que as coisas estavam, fico feliz em ver qualquer ser humano.

— Onde está a sua irmã? — pergunta o doutor, estendendo a mão para a porta como se suspeitasse de que estou escondendo Paige do lado de fora.

— Engraçado você perguntar isso — digo, baixando a voz. — Posso falar com você um minuto lá fora? — Tenho uma esperança louca de que eu, Raffe e o doutor possamos conseguir sair de fininho.

— Não existem segredos entre nós — diz Obi. — O doutor nos contou tudo sobre o trabalho dele em Alcatraz e as esperanças que ele tem para Paige. Nós adoraríamos ouvir notícias da sua irmã. Ela está bem?

Olho para os rostos ao redor da mesa. Todas essas pessoas são mais velhas do que eu. Alguns parecem veteranos de outras guerras, outros parecem ter saído recentemente das ruas. O que eles fariam se soubessem que há um anjo na sala?

— O que você quer com ela? — questiono, sem conseguir tirar a suspeita da voz.

— O doutor falou que ela pode ser a nossa melhor esperança.

— O doutor é um cara otimista — respondo.

— Não faz mal darmos uma olhada, não é?

— Da última vez que você deu uma olhada nela, mandou amarrá-la como se ela fosse um animal raivoso. — Não consigo evitar o olhar que lanço para Martin. Sua mão ainda parece queimada por cordas quando ele tamborila o lápis entre os dedos.

— Não tenho nada a ver com isso — diz Obi. — Eu entrei em cena antes de você e só estava tentando descobrir o que tinha acontecido. As pessoas cometem erros. Às vezes somos motivados pelo medo e por uma completa estupidez. Não somos perfeitos como os anjos. Tudo o que nos resta é confiar uns nos outros e fazer o nosso melhor. Sinto muito pela forma como sua irmã foi tratada. Precisamos dela, Penryn. Ela pode virar essa guerra.

— Não se ela morrer de fome — digo. — Faça o doutor consertá-la, e podemos conversar sobre o que ela pode fazer por você.

— Consertá-la? — pergunta Obi.

Lanço um olhar para o doutor.

— Vou ver o que posso fazer — diz ele. — Primeiro, preciso verificar se está tudo bem com ela, o que significa que preciso vê-la. — O doutor me lança um olhar afiado.

— Você pode trazê-la até nós? — pergunta Obi.

Meneio a cabeça.

— Não acho uma boa ideia. — Olho novamente para Martin, que nos observa com olhos intensos.

— Está bem — diz o doutor, antes de Obi fazer alguma objeção. — Me leve até ela.

Eu me viro, na esperança de fugir rapidamente, mas Obi me chama.

— Tenho ouvido um rumor sobre uma adolescente que matou um anjo — diz Obi. — Dizem que ela tem uma espada disfarçada de ursinho. — Ele olha para a Ursinho Pooky presa no meu cinto, apoiada no quadril. — Você não sabe nada a respeito disso, sabe?

Pisco inocentemente para ele, sem saber ao certo se é melhor admitir ou negar.

— Vejo que precisamos estabelecer um pouco de confiança entre nós. Me deixa te mostrar as coisas por aqui para você ver qual é a nossa. Tenho lugar para guerreiros como vocês dois.

— Eu já vi o acampamento, Obi. — Eu me demoro perto da porta. — Sei que você resgatou as pessoas de Alcatraz. Isso foi incrível. Sério. Vocês são ótimos. Mas preciso cuidar da minha irmã neste momento.

Obi faz que sim.

— Está bem. Eu vou com você. Podemos conversar enquanto o doutor dá uma olhada na sua irmã.

Eu me esforço para não trocar olhares com Raffe. A menos que a gente consiga encontrar o doutor a sós, não há chance de falarmos com ele sobre recosturar as asas angelicais de Raffe.

— Eu aceito sua oferta para conhecer tudo aqui — diz Raffe. — Seria interessante ver o que vocês estão fazendo.

Congelo a expressão, tentando não trair os pensamentos. As coisas estão piorando a cada segundo.

O rosto de Obi se parte em um sorriso.

— Excelente. Vou te apresentar para algumas pessoas. Acho que você vai ter orgulho de chamá-los de irmãos de armas, se resolver se juntar a nós.

— Está bem — diz Raffe.

— Ótimo — diz Obi. — Você vai gostar do que vai ver. Lembre--se de que eles estão a cargo da nossa defesa.

Observo Obi e Raffe darem a volta na mesa. Por acaso Raffe acha isso engraçado? Afinal, Obi está prestes a apresentar o acampamento da resistência a um anjo.

18

O DOUTOR ENLAÇA O BRAÇO no meu e me guia para fora da sala.

— Ela está ferida? O que tem comido?

Olho para trás e vejo Obi conversando com Raffe, enquanto seguimos pelo corredor.

— Hum, minha irmã não anda comendo...

Os gêmeos nos acompanham de perto. Olham pelas janelas e vigiam à nossa volta, sempre alertas.

— Oi, pessoal. — Empurramos as portas do prédio e saímos para a noite. — O que o Obi está mostrando para o Raffe?

— As coisas de sempre — diz Dum.

— Nossos refugiados, nossas baterias de ponta, nossos carros elétricos incríveis e talvez um pouco do nosso suprimento de macarrão instantâneo seco. — Dee dá de ombros.

Caminho entorpecida pelo frio, a mente matutando na possibilidade de alguma dessas coisas oferecer perigo. Nada de mais, não é?

Não é?

Devo estar caminhando muito devagar enquanto conversamos, pois o doutor se vira e pergunta:

— Aonde estamos indo?

— Ao bosque do outro lado da rua — digo.

O doutor dá uma corridinha e desaparece. Estou prestes a correr atrás dele quando Dee coloca a mão no meu braço.

— Deixa ele ir. Ele vai esperar por você no bosque, de qualquer forma. Ele não sabe aonde está indo.

Ele está certo, e é bom rever os gêmeos. Eu me desfaço de minhas preocupações a respeito de Raffe. Afinal, não há nada que eu possa fazer neste momento.

Eu me viro para os gêmeos.

— Vocês são incríveis. Ninguém mais teria ido salvar aquelas pobres pessoas em Alcatraz.

— Não foi nada — diz Dum, andando ao meu lado, satisfeito.

— É, a gente salva centenas de pessoas o tempo todo — completa Dee.

— O tempo todo — diz Dum.

— Nascemos para isso.

— Às vezes até recusamos ofertas de mulheres que querem nos mostrar sua gratidão — diz Dum, demonstrando altivez.

— Uma vez — continua Dee, parecendo humilde.

— Tudo bem, beleza, mas se aconteceu uma vez significa que aconteceu "algumas vezes" — diz Dum.

— Não importa que era uma mulher de oitenta anos que parecia nossa avó — diz Dee.

— Mulher é mulher, cara, não importa a idade. E oferta é oferta — Dum assente.

Dee se aproxima e sussurra para mim:

— Ela se ofereceu para cozinhar couve-de-bruxelas para nós, mas recusamos.

— Ela ficou desolada. Acho que precisou encontrar algum cara sortudo para lhe dar carinho.

— Carência é uma merda. — Dee sacode a cabeça.

— Não que a gente vá saber como é isso um dia.

Os gêmeos batem os punhos fechados como verdadeiros campeões.

— E o Obi aceitou numa boa o resgate de Alcatraz? — pergunto.

— Aceitou. Quer dizer, talvez ele tenha tido uma pequena participação nisso. — Dee dá de ombros.

— Não que a gente não fosse sozinho resgatar aquelas pessoas na unha, mas, sabe, foi um tiquinho de nada mais fácil com o Obi coordenando a missão.

— Bom saber que ele não é cretino com todo mundo.

— Na verdade, você ficaria surpresa de ver como esse cara é bom — diz Dee.

— Dá para perceber que ele não prendeu vocês nem torturou sua irmã como se ela fosse o monstro do Frankenstein.

— Ele toma decisões difíceis para o resto de nós não precisar fazer isso — diz Dum.

Isso me faz calar. Eu não queria que outra pessoa tomasse decisões difíceis por mim?

— Ele é humano — diz Dee. — Ele tem defeitos.

— É por isso que estamos aqui — diz Dum. — Nós compensamos as imperfeições dele.

— Não leve para o lado pessoal — diz Dee. — Ele venderia o filho, os pais, a vovó que assa biscoitos, o verdadeiro amor, os dois braços, as pernas e a bola direita por uma chance de colocar a raça humana de volta nos trilhos.

— Ele é o cara mais dedicado que a gente conhece.

— E não tem sacrifício que ele pediria de qualquer um de nós que ele mesmo não faria.

— Com quem mais você pode contar quando está acorrentado numa ilha terrível como Alcatraz?

Eles têm razão. A resistência foi o único grupo que considerou planejar uma missão real de resgate.

— Na verdade, ele é um pouquinho como você — acrescenta Dee.

Ouvir isso quase me faz parar no meio do caminho.

— Como assim? Eu e o Obi não temos nada em comum.

— Você ficaria surpresa — diz Dum.

— Teimoso, leal, totalmente dedicado a concluir a missão dele.

— Basicamente, vocês dois são heróis malucos.

— E todo mundo acha que vocês dois são atraentes — diz Dee.

Faço um ruído de desdém.

— Agora eu sei que vocês são dois falastrões.

— Vai dizer que você não notou o jeito como os caras te olham?

— Que caras? Do que você está falando?

Eles trocam olhares.

— Menina — começa Dee —, mesmo antes da sua última peripécia, você era a lutadora mais requisitada de todas. Garotas corajosas sempre foram as mais atraentes, mas, nesse nosso mundo pós-apocalíptico, a coisa mais atraente que existe por aí são garotas que usam espadas, matam anjos e são boca-suja...

— Eu não sou boca-suja.

— Bom, ninguém é perfeito — diz Dum.

— Como foi que vocês ouviram que essa adolescente matou um anjo? Não que eu esteja dizendo que acredito nessa história maluca, nem nada.

— Os anjos puseram a cabeça dessa garota a prêmio. Qualquer um que lhes entregar essa matadora de anjos vai ter passe livre. Nem o Obi conseguiu isso. O prêmio pela cabeça dele não é nada comparado ao dessa menina.

— A notícia está se espalhando como um incêndio — diz Dum. — Estão rolando histórias malucas sobre ela conseguir controlar espadas angelicais e comandar demônios. Todo mundo ficou animado. Metade das pessoas está te procurando; quer dizer, procurando essa tal garota, para entregá-la e conseguir ter passe livre com os anjos. A outra metade está fazendo um brinde para você com a última cerveja deles. A maioria está fazendo as duas coisas.

— Então fica esperta — diz Dee. — Se você é ou não essa garota, as pessoas acham que foi você, e que pode ser suficiente te matar.

— Mesmo com a sua espada de ursinho, sua história com demônios e tudo o mais. — Dum ergue as sobrancelhas para mim.

— Foi você, não foi? — Dee pergunta, me analisando.

— Isso fica só entre nós, é claro — insiste Dum.

— A gente nunca vai contar. — Eles são assustadoramente idênticos quando dizem a mesma coisa juntos.

Parte de mim está morrendo de vontade de falar sobre isso, mas a outra simplesmente diz:

— Ah, com certeza. Eu não falei para vocês que eu podia matar anjos e comandar demônios? Eu também sei voar, mas não contem para ninguém.

— Ãhã. — Eles observam minha expressão em busca de pistas.

Vasculho a mente para mudar de assunto.

— Parece que vocês estão fazendo um bom trabalho aqui.

Eles continuam me olhando como se não soubessem se seria uma boa ideia me deixar mudar de assunto.

— Quer dizer, deve ser difícil construir um acampamento de refugiados e ao mesmo tempo comandar um exército de resistência.

— O Obi está tentando fazer tudo, mas finalmente conseguimos montar um conselho para ajudá-lo a cuidar melhor da parte logística. Nossa, cara, é muita logística.

— E tudo porque você teve que sair para passear e depois deu uma desculpa para o Obi ser o herói. Falando nisso, como foi sua viagem de ônibus?

— É. Da última vez que te vimos, você estava nos mandando bilhetinhos amorosos da sua pequena prisão.

— Pensamos em te libertar, mas o Obi achou que era mais importante tirar aquelas pessoas de Alcatraz.

— Não teríamos concordado se soubéssemos que a sua mãe estava lá.

— Um pé no saco, diga-se de passagem.

— Nem precisa me falar — respondo. — Eu sei como a minha mãe pode acabar se tornando um pé no saco.

Dee ri.

— Ela é tipo um pé no saco nível bomba atômica. A gente percebeu que podia fazer a sua mãe atacar os bandidos e ela se tornou uma grande vantagem.

— Deixou os guardas humanos apavorados até a gente chegar.

— Você sabia que ela pode se tornar realmente assustadora?

Balanço a cabeça afirmativamente.

— Ah, sim. Eu sei.

— A maioria de nós não tinha ideia. Pegou todo mundo de surpresa.

— Ela agora é uma das nossas capitãs.

— O quê? — É difícil imaginar minha mãe no comando de alguma coisa.

— É. Estou falando sério. Que tipo de mundo assustador é esse?

Pisco algumas vezes, deixando a ideia se assentar. Admito que se tem uma coisa que posso esperar dela é o inesperado.

— Sua mãe é demais. — Os gêmeos assentem como bonecos cabeçudos.

— Você sabe onde ela está? — pergunto.

— Sei — Dee responde. — A gente pode encontrá-la para você.

— Obrigada. Seria ótimo.

Entramos em El Camino Real e nos preparamos para saltar de carro em carro, quando alguém grita no meio da noite. O som é semelhante ao de uma luta, do outro lado da rua.

Paige está naquele bosque e corro rapidamente até ele.

19

ADENTRAMOS O BOSQUE, perseguindo o barulho. Não somos os únicos ali, mas está tão escuro que não consigo ver detalhes, somente sombras se mexendo na noite profunda.

Ouço vozes raivosas. Sei que endiabrados não falam com vozes humanas. Espero que hoje não seja diferente.

Abaixo da copa das árvores, um grupo de sombras ergue e abaixa os punhos, chuta e grita para alguma coisa curvada na terra. À medida que nos aproximamos, vislumbro a pele seca das vítimas de gafanhotos. Algumas vestem roupas rasgadas cobertas de terra, como se tivessem saído de covas recentemente.

Punhos voam e atingem a vítima, que simplesmente aceita tudo, gemendo a cada impacto.

— O que está acontecendo? — pergunto, correndo até lá, mas ninguém parece me ouvir.

— Oi! — grita Dee.

— O que está acontecendo? — questiona Dum, numa voz baixa, mas firme.

Vários gafanhotos olham para nós. Eles não param de chutar, e um deles diz:

— É aquele maldito de Alcatraz. Foi ele que fez isso com a gente. Criou os monstros e nos deu de comer para eles. — Com ferocidade, ele chuta o homem no chão. Não consigo ver nada, mas é óbvio que estão falando do doutor.

Os gêmeos devem ter chegado à mesma conclusão, pois saltam na multidão com os braços levantados.

— Ei, já chega!

— O conselho já disse para deixar ele em paz — diz Dee, tirando um cara de cima do doutor.

— O conselho da resistência não tem poder sobre nós. Não somos parte do seu acampamento, esqueceu?

— É — diz outro cara cujo rosto está enrugado como pele de salame. — Vocês nos rejeitaram graças a ele. — Outro chute vigoroso.

— O próximo que chutar ou bater nele vai ser banido de todas as apostas e ficar marginalizado para o resto da vida. Agora, para trás.

Por incrível que pareça, todos se afastam.

As vítimas dos gafanhotos podem ser rejeitadas, mas os gêmeos não discriminam ninguém nos bolsões de apostas.

Dee parece tão surpreso quanto eu, pois lança um olhar para o irmão.

— Cara, a gente é a nova HBO. — E abre um sorriso.

Dum se abaixa e ergue um homem que mal reconheço como o doutor. Ele segura o braço de um jeito esquisito. As faces, que já estavam roxas, estão tão inchadas que ele mal consegue abrir os olhos.

— Você está bem? — pergunto. — O que tem de errado com o seu braço?

— Eles o pisotearam. Não têm a menor ideia do que fizeram.

— Está quebrado? — Penso no que significa ter um cirurgião com o braço quebrado.

— Não sei. — Seu cérebro pode não saber, mas seu corpo com certeza sabe. — São pessoas assim que me fazem questionar por que me dou o trabalho de salvá-las.

O doutor parece furioso quando passa perto de mim. Dá apenas alguns passos antes de se apoiar em uma árvore. Dum o segura para ele poder andar.

— Temos outra médica — Dee me avisa. — Vamos ver o que ela pode fazer por ele.

— Eu vou com você. — Vejo o gafanhoto raivoso com novos olhos. O peito enrugado e os ombros ainda sobem e descem, com frustração. Vários deles choram com emoções reprimidas que vão muito mais fundo do que as provocadas pela luta.

Sigo os gêmeos enquanto eles ajudam o doutor a atravessar a rua.

20

NUMA SALA REPLETA DE PACIENTES, eu me apoio na parede, à espera de ver a médica do acampamento. O doutor recebe prioridade, afinal só há dois médicos por ali. Um dos gêmeos entra pelos fundos com ele, enquanto o outro sai para resolver um assunto. Espero com os outros numa sala.

Há somente uma vela em toda a sala, cujas janelas estão bloqueadas por cobertores. É particularmente enervante estar num quarto que tem mais sombra do que luz e ouvir pessoas tossindo e sussurrando.

A porta se abre, e a cabeça loira oxigenada de Dee aparece.

— Qual o veredicto? — pergunto. — Está quebrado?

— Bem quebrado — diz Dee assim que entra. — Provavelmente vai demorar um mês e meio para ele poder usar o braço de novo.

Um mês e meio. Parece que engoli um peso do tamanho de um chumbo.

— Ele consegue instruir a outra médica durante uma cirurgia? Tipo, como se ele estivesse operando com as próprias mãos?

— Ela não é cirurgiã. Além do mais, ninguém quer ser conhecido como capanga do doutor. Faz mal para saúde, entendeu?

— É, eu notei. — Mordisco o lábio enquanto reflito. Não consigo pensar em nada para fazer, exceto voltar para o bosque e levar a má notícia. O que vamos fazer agora? O doutor era nossa única esperança, tanto para Paige quanto para Raffe.

A porta de entrada se abre e Dum entra.

— Ei, eu vi a sua mãe. Falei para ela que sua irmã estava no bosque e que você estaria lá em um minuto também.

— Obrigada. Ela parece bem?

— Estava toda animada. Me deu um abraço e um beijo — responde Dum.

— Sério? — pergunto. — Você sabe quando foi a última vez que ela me deu um abraço e um beijo?

— Bom, a verdade é que muitas mulheres não conseguem resistir aos meus encantos. Elas começam a passar a mão em mim por qualquer motivo. — Ele toma uma golada de Gatorade verde-urina como se achasse isso sexy.

Vou até a porta, pensando no que fazer. Quando coloco a mão na maçaneta, algo estranho acontece e me faz parar.

Fico arrepiada antes de saber que alguma coisa está errada.

Ouço o barulho de passos apressados do outro lado da porta.

As pessoas na sala de espera se amontoam como ovelhas assustadas e olham para cima com um olhar de pavor.

Alguém grita do lado de fora.

— O que foi agora? — pergunta Dee, com a voz cheia de medo, como se alguém lhe dissesse para se esconder lá dentro também.

Não quero abrir a porta, mas os gêmeos a abrem para ver o que está acontecendo.

Lá fora, tudo parece quieto. Há confusão por toda parte: mesas e cadeiras viradas, roupas, cobertores.

Enquanto meus olhos se acostumam ao escuro, percebo que as pilhas de roupas espalhadas pelo gramado na verdade são pessoas. Pessoas mutiladas.

Não apenas com marcas de mordidas, mas sem braços, sem pernas, algumas até sem cabeça.

Uma mulher surge correndo. Uma silhueta sombria do tamanho de um lobo a persegue.

Um casal parado de pé nas sombras de uma calçada salta e gane, surpreso, quando outra coisa — ou mais precisamente, várias outras coisas — surge da escuridão sobre uma cobertura acima deles e agarra seu cabelo.

Então, como se tivesse sido dado um sinal, sombras saltam de dentro da noite e invadem o pátio.

Consigo ver uma dessas criaturas quando alguém a ilumina com o feixe de luz de uma lanterna. É um endiabrado.

Esse grupo é menor do que aquele que povoava o Abismo, mas ainda assim é apavorante. Caras de morcego, asas de morcego, criaturas demoníacas com braços e pernas esqueléticos e corpos emaciados.

Gritos enchem a escola à medida que as terríveis criaturas pululam, vindas de todas as direções.

Duas delas são especialmente grandes — cheias de pintas, corpulentas e de olhos muito vermelhos. Cordões de músculos se tensionam, acompanhando os ossos alongados, fazendo as demais parecerem atrofiadas. São aqueles dois endiabrados que me perseguiram, emergidos das memórias de Beliel do inferno.

Eles sabem que estou aqui. E trouxeram amigos.

Um deles ergue a boca para o alto e emite aquele mesmo grito de hiena que ouvi em Angel Island. Se for como da última vez, podemos esperar uma companhia numerosa.

Um homem salta das sombras, se contorcendo e berrando, com dois endiabrados nas costas. Em meio ao pânico, corre para um prédio lotado e mais dois endiabrados o atacam.

Um barulho de tiro ecoa dentro do edifício. Espero que tenham atirado nos endiabrados, não no homem.

Um grande número deles me segue.

Fui eu que os trouxe até aqui, então sou eu que tenho de levá-los embora.

Sem pensar, saio correndo noite adentro.

21

CORRO O MAIS RÁPIDO QUE POSSO. Berros rasgam o ar, intercalados com vazios de silêncio. Imagino as pessoas prendendo a respiração para não serem ouvidas pelos monstros. Minha pele se arrepia só de pensar no que pode estar acontecendo.

Meu plano é correr para longe da escola e encontrar um veículo pronto para arrancar.

Tem de haver carros por ali, de prontidão, no estacionamento. Obi e seus homens têm trabalhado duro para garantir que todos os carros tenham chaves na ignição e estejam abastecidos para situações de emergência como essa. Bem, talvez não tenham imaginado uma situação tão desesperadora assim, mas pelo menos parecida.

Quando eu entrar no carro, vou enfiar a mão na buzina, sem me importar com nada nem ninguém, e ir o mais longe possível, esperando atrair os endiabrados.

Não tenho ideia do que fazer se eles não me seguirem. Posso ser pega antes de chegar até o carro ou não ter como fugir quando eles me cercarem. É demais pensar nisso nesse estado de pânico.

E quanto a Paige, minha mãe e Raffe?

Balanço a cabeça. Foco.

Um homem começa a gritar.

Se eu continuar correndo, provavelmente ele vai morrer. Se eu parar para ajudá-lo, vou perder a chance de levar os endiabrados para longe. Não sobrou nenhuma boa opção no Mundo Depois.

Hesito, mas continuo correndo. Ursinho Pooky bate contra minha perna, presa pelas alças, como se exigisse participar da ação. Mas preciso chegar até o carro rapidamente e atrair os endiabrados em minha direção.

Escancaro a porta do veículo mais próximo. Não posso evitar de olhar para trás.

Sombras voam e me perseguem, a cada batida do coração, cada vez mais próximas. Atrás delas, pessoas correm em todas as direções, perto do prédio.

Pulo dentro do carro e fecho a porta, esperando que a chave esteja ali. Endiabrados colidem com o para-brisa.

Agradeço por tudo de bom que restou no mundo graças à paranoia e ao planejamento de Obi. As chaves estão aqui.

O pequeno Hyundai vermelho dá partida imediatamente. O motor ruge e ganha vida.

Saio cantando os pneus e derrubo as criaturas. No entanto, mais se amontoam assim que paro.

Toco a buzina.

Os endiabrados que não me notaram antes param de perseguir as pessoas e olham na minha direção. Sou tentada a atropelar todos eles e esmagar as horripilantes caras de morcego debaixo dos pneus.

Mas minha tarefa é atraí-los para longe dali rapidamente. Abro as janelas e grito:

— Ei, você! Hora do jantar! Estou bem aqui, seus ratos sarnentos! Venham me pegar!

O Hyundai balança com os endiabrados, que se amontoam no capô. Estou prestes a sair do estacionamento a toda — ou pelo menos me colocar em ação até atrair todos os endiabrados para mim para que deixem o restante das pessoas em paz —, quando sinto uma pancada. O carro abaixa de um dos lados. Em seguida vejo a borracha rasgada de um pneu voar sobre o capô.

Meu pneu dianteiro.

Olho sem reação para o pneu rasgado, que pula até finalmente parar.

Repentinamente há tantos endiabrados em cima do carro que não consigo mais ver o pneu.

Acaricio o pelo do meu ursinho. Não sei mais o que fazer.

Minha lâmina não pode me ajudar dentro de um veículo. Não há muito espaço para lutar ali dentro.

Isso significa que precisarei sair se quiser ter uma chance de me livrar de tudo isso.

Eu me endireito e penso quanto tempo vou aguentar ficar ali dentro.

Mas então, é claro, os endiabrados começam a bater no para-brisa.

As caras de morcego e os dentes afiados como agulhas raspam as janelas. Será que o vidro da frente vai suportar tamanha pressão?

Se eles conseguirem entrar, não vou poder usar a espada nem correr. Porém, se eu abrir a porta, eles vão me atacar antes que eu encoste o pé no chão.

Um endiabrado pula no capô e empurra os demais. É muito forte, e reconheço como um dos que me seguiram quando eu estava no Abismo.

Ele levanta uma pedra acima da cabeçorra feia e a joga violentamente contra o para-brisa. O vidro se estilhaça diante de mim. Respiro fundo quando ele levanta a pedra novamente. Seguro a maçaneta da porta e me preparo para fugir.

Quando a pedra atinge novamente o para-brisa, forço a porta para escapar.

Como a atenção dos endiabrados estava concentrada na pedra, consigo pegá-los de surpresa, derrubando vários deles ao sair. Isso me dá um pequeno espaço para fugir.

Mas, assim que meus pés tocam o asfalto, sinto garras me atacando. Esses endiabrados salivam sem parar e são repletos de dentes. Posso notar isso agora. Eles fogem de Raffe, para quem esses demônios são vítimas, ao passo que para mim são assassinos.

Os dentes de um endiabrado arranham o meu rosto. Mãos agarram meus braços e meu peito. Solto um grito.

Seguro o queixo da terrível criatura, afastando sua cabeça e sua boca. A monstruosidade é magrela e pequena, mas extremamente forte. Afasto seu corpo, ao mesmo tempo em que tento estrangulá-la.

A cabeça se move freneticamente para frente e para trás, para me morder. Chega tão perto do meu rosto que sinto seu hálito de peixe podre.

Ela me fere com as garras, desistindo de tentar salvar o próprio pescoço. Que coisa mais maluca. Não vou conseguir vencer esta batalha.

Estou encostada no carro. Pelo canto do olho, vejo outros dois endiabrados subindo pela porta para me pegar. Olho, desesperada, para um deles, depois para o outro. Não tenho arma de fogo, não posso sacar minha espada e estou presa no raio de abertura da porta.

O melhor que posso esperar é que essas pessoas corram, enquanto os endiabrados fazem picadinho de mim. Uma festa de Penryn.

Mas, de repente, todos eles param.

As caras de morcego se erguem no ar e as feias narinas farejam loucamente. Um deles balança a cabeça, feito um cão sacudindo o corpo para se secar.

Seja lá o que for que estava prestes a agarrar meu pescoço se afasta e me solta. Os endiabrados que estão subindo na porta não conseguem recuar rápido o bastante, e sinto o terror me cercar completamente.

Todos eles fogem.

Levo um segundo para me dar conta de que estou livre e viva.

Nos feixes de luz das lanternas do carro, um par de pernas caminha em direção à correria dos endiabrados, que fogem rapidamente. O feixe sobe pelo corpo dessa pessoa, à medida que as pernas se aproximam de mim. Logo consigo ver quem é.

É minha mãe.

Os endiabrados correm. Para longe da escola, das pessoas e da minha mãe.

— Que diabos está acontecendo? — Encaro à minha volta, perplexa.

Então o cheiro finalmente me atinge. O lugar está fedendo. O para-brisas está todo sujo com os ovos podres da minha mãe. Uma meleca ocre e preta que escorre como um grande pássaro esmagado.

O cheiro.

Eles estão fugindo do cheiro. Fugindo do mesmo terror do qual foram vítimas quando o demônio silvou para eles do Abismo. Será que o cheiro os faz lembrar daqueles chefões malvados? Será que, quando sentem o cheiro de ovos podres, eles acham que o senhor dos demônios está vindo atrás deles?

Olho fixo para minha mãe, que caminha até mim com ovos nas mãos.

Ela pode ser louca, mas já viu e vivenciou coisas. Coisas que outras pessoas nunca entenderam.

Quando ela me alcança, todos os endiabrados já fugiram.

— Você está bem? — ela pergunta.

Confirmo, balançando a cabeça.

— Como você fez isso?

— Fede um absurdo, não fede? — Minha mãe enruga o nariz para mim.

Fico olhando para ela, sem palavras, antes de soltar uma risada fraca.

22

CAMINHO ATÉ O BOSQUE, ao lado de minha mãe. Outra mulher nos segue a alguns passos de distância.

Eu me viro e a cumprimento:

— Olá.

Ela acena com a cabeça de leve. Parece ter a mesma idade da minha mãe e usa um casaco de comprimento médio e capuz sobre a cabeça. Debaixo do casaco, um vestido cai até os tornozelos, raspando na borda dos sapatos. Existe alguma coisa familiar nesse vestido, mas afasto o pensamento e o canalizo para coisas mais importantes.

— Ela está comigo — diz minha mãe. Não tenho certeza do que pensar. Minha mãe não costuma ter amigas, mas estamos num mundo completamente diferente, e talvez eu não saiba tanto sobre ela quanto pensava.

O bosque está em silêncio, exceto pelo ruído dos nossos sapatos e pelo som de alguém correndo em nossa direção. Olho para trás e vejo Raffe se aproximando depressa. Ele está quase invisível com o casaco impermeável e o boné na cabeça. Deve ter vindo correndo quando me ouviu gritar durante o ataque dos endiabrados.

Minha mãe e a outra mulher congelam no lugar quando veem sua silhueta, mas estendo a mão e anuo com a cabeça para mostrar que ele está comigo. Elas continuam adentrando o bosque, e diminuo o passo para esperar Raffe.

Minha mãe olha para trás e nos encara, sem nenhuma cerimônia. Ela está em estado de alerta total, fazendo uma varredura visual das sombras. Bom para ela.

— Você está bem? — A voz dele é baixa, quase um pedido de desculpas. Fico me perguntando se por acaso ele achou que seria melhor para mim se os endiabrados não o vissem lutando para me defender. Eles eram muitos para que Raffe matasse todos, então vários poderiam escapar em busca de reforços. Ou talvez Raffe não pudesse se dar ao luxo de que Obi e os outros o vissem lutando para valer.

— Sim, estou bem. Aquelas criaturas horrorosas ficaram com mais medo da minha mãe do que de qualquer anjo guerreiro, para falar a verdade. Ela é muito mais assustadora.

Ele assente, parecendo confuso e preocupado.

— O que o Obi te mostrou?

— Todo o acampamento.

— Ele te mostrou o suprimento de macarrão instantâneo?

— Ele me mostrou o estoque de armas, o plano de evacuação e o sistema de vigilância.

Quase tropeço num galho.

— Por que ele faria isso? — A pergunta sai com mais ímpeto do que eu pretendia e alarmes disparam na minha cabeça. — Ele era o sr. Paranoico da última vez que te viu.

— Ele está tentando me impressionar para me recrutar. Está muito mais desesperado por guerreiros desta vez. Ele sente que tenho experiência militar.

— Então você vai se juntar à resistência?

— Acho que não. Eu vi as mesas de dissecação deles.

— Que mesas de dissecação?

— Onde eles dissecam qualquer coisa que não seja estritamente humana. Eles têm uma mesa especial caso capturem um anjo.

— Ah.

Quero lembrar Raffe que estamos em guerra contra qualquer inimigo, mas é inútil discutir. Eu nunca vou estar de acordo com os experimentos de Uriel em humanos, sejam quais forem seus motivos. Sendo assim, por que Raffe entenderia nossas possíveis razões para colocar seu povo na faca?

— Eles também estão trabalhando numa praga contra os anjos. Eles esperam que isso vá erradicar toda a minha espécie.

— Sério?

— Eles invadiram o laboratório em Angel Island quando resgataram o povo deles e roubaram uma coisa com que podem brincar. Pelo visto, a Laylah está trabalhando numa praga contra humanos e gerando várias cepas para otimizar os danos. Tem uma cepa que eles esperam que funcione contra os anjos.

— Eles estão perto de criar essa praga angelical?

— Não muito. Se estivessem, eu teria que matá-los.

Caminhamos em silêncio. O conceito de matar ou ser morto pesa entre nós.

Estou aliviada quando alcançamos Paige. Pelo menos assim podemos interromper o silêncio.

Minha irmã está sentada ao lado de seus gafanhotos. Minha mãe e a amiga dela param a uma distância respeitosa e fitam os monstros.

Paige se levanta e manda os gafanhotos voarem para os galhos acima, então vem correndo até nossa mãe. Paige é a caçula da família e tem uma relação diferente da minha com nossa mãe. Ela acaricia o cabelo de Paige, que se aconchega no abraço dela.

— Como foram as coisas com o doutor? — Raffe sussurra.

Respiro fundo e lhe comunico as más notícias sobre seu ferimento no braço. Ele não fala nada, mas sei que a revelação o atinge em cheio. As asas amputadas murcham a cada segundo em que Raffe não está com elas, e tenho certeza de que não vão durar tanto quanto da última vez. E, agora, o único médico que é capaz de reatá-las não pode entrar em ação pelas próximas seis semanas.

E também tem minha irmã, morrendo de fome...

Eu me sinto exausta. Tem que haver outra resposta, mas estou emocionalmente exausta para pensar. Meu único desejo é me arrastar para a caixa-forte da minha cabeça e fechar a porta para o mundo.

Apoio o corpo em Raffe e sinto seus músculos de encontro ao meu braço. Fecho os olhos e relaxo em sua companhia. Ele parece tão firme. Não sei se eu o conforto ou o contrário.

Quando abro os olhos, a amiga da minha mãe está nos observando. Eu me apresso em me afastar de Raffe e fico ereta. É estranho que ela nos encare em vez de olhar para os gafanhotos ou para Paige, retalhada.

— Alguém está te procurando — ela diz.

Ah, maravilha.

— É, fiquei sabendo. — Os anjos, os endiabrados... Quem não quer tirar uma lasquinha de mim?

Ela acena com a cabeça na direção de Raffe.

— Estou falando dele.

Será que colocaram a cabeça dele a prêmio também? Ele estava com uma máscara vermelha no rosto quando lutávamos contra os anjos, então talvez eles devem ter pensado que se tratava apenas de algum demônio, certo?

— Tenho uma mensagem para você — a mulher diz para Raffe. — A mensagem é: "Liberdade e gratidão. Confie, meu irmão".

Raffe pensa a respeito por alguns segundos.

— Onde ele está? — questiona.

— Esperando por você no centro da cidade, na igreja de vitrais.

— Ele está lá agora?

— Sim.

Ele se vira para mim.

— Você sabe onde fica isso?

— Mais ou menos — respondo, com uma vaga lembrança de algumas igrejas diferentes em Palo Alto. — O que está acontecendo?

Ele não diz nada.

Fico pensando se os gêmeos não entenderam errado a mensagem. Talvez os anjos estejam procurando por Raffe, não por mim.

— Você precisa de mais alguma coisa de mim? — a mulher pergunta, me deixando apavorada com sua voz tão calma.

— Não, obrigado. — Os pensamentos de Raffe estão distantes.

A mulher tira o capuz. Sua cabeça está raspada, e ela parece especialmente pálida.

Tira o casaco e o deixa cair. Um lençol está enrolado em seu corpo, amarrado a um ombro. Seus olhos escuros parecem enormes na cabeça raspada e me observam com paz e serenidade. Suas mãos estão juntas, com os dedos entrelaçados à frente. A única coisa que macula sua aparência do velho mundo é o par de tênis brancos que ela calça debaixo do lençol.

Ela nos faz uma pequena reverência baixando a cabeça, antes de se voltar para minha irmã. Não recita nenhuma frase ensaiada que eu esperaria ouvir de alguém que parece pertencer tão claramente a uma seita apocalíptica. Apenas caminha silenciosamente até minha irmã e se abaixa na frente dela.

Minha mãe se curva para a mulher.

— Obrigada por seu sacrifício. Obrigada por se oferecer.

— Se oferecer para quê? — pergunto, apreensiva.

— Não se preocupe com isso, Penryn. — Minha mãe acena, me dispensando. — Eu cuido disso.

— Cuida do quê? — Não estou acostumada a ver minha mãe lidando com pessoas, quanto mais vê-la interagir com alguém, como está fazendo com essa mulher. — Cuida do quê, mãe?

Exasperada, ela se vira para mim, como se eu a envergonhasse.

— Quando você for mais velha eu explico.

Debaixo das árvores, pisco para ela várias vezes. É tudo que consigo fazer.

— Quando eu for mais velha? Está falando sério?

— Isso não é para você. Eu te conheço, Penryn. Você não vai gostar de ver isso. — Ela move os braços para me expulsar dali.

Recuo alguns passos e me junto a Raffe, para olhar das sombras. Minha mãe faz um gesto para nos afastarmos mais, e nós saímos. Deslizo atrás de uma árvore para observar de longe, quando minha mãe para de olhar para nós. Raffe fica a meu lado, sem se incomodar em se esconder.

A mulher baixa a cabeça e se ajoelha humildemente na frente de Paige. Uma parte de mim quer ir embora, sem saber o que está prestes a se desenrolar, mas a outra quer se interpor entre elas e acabar de vez com aquilo.

Está acontecendo alguma coisa, com a aprovação da minha mãe, que definitivamente precisa ser supervisionada. Será que estão tentando recrutar Paige para alguma seita? Não me sinto culpada de ficar espionando. Normalmente eu me importo com privacidade, mas preciso garantir que não haja nada doido rolando.

— Estou aqui para servi-la, ó Grandiosa — diz a mulher.

— Está tudo bem — minha mãe diz a Paige. — Ela se ofereceu. Temos uma fila de voluntários da seita. Eles sabem como você é importante e estão dispostos a fazer sacrifícios.

Não gosto da palavra *sacrifícios* e vou correndo até elas.

Paige está sentada sobre um tronco caído, olhando para a mulher agora ajoelhada diante dela. A mulher afrouxa o lençol e inclina a cabeça de lado para expor o pescoço vulnerável.

Fico paralisada, absorvendo a cena.

— O que você está fazendo?

— Penryn, fique fora disso — insiste minha mãe. — É um assunto particular.

— Você está oferecendo essa mulher como refeição?

— Isso aqui não é como antes — explica minha mãe. — Ela se ofereceu. É uma honra para ela.

A mulher olha para mim de um jeito estranho, com a cabeça ainda inclinada de lado.

— É verdade. Eu fui escolhida. Me sinto honrada por alimentar a Grandiosa, que ressuscitou dos mortos e vai nos levar para o céu.

— E quem é que quer ir para o céu? Só tem anjos lá. — Olho para ver se ela está brincando. — É sério que você se ofereceu para ser comida viva?

— Meu espírito vai se renovar quando minha carne alimentar a Grandiosa.

— Você está de brincadeira comigo? — Alterno o olhar entre minha mãe, que assente com seriedade, e a mulher, que deve estar drogada ou algo assim. — O que te faz pensar que ela é a Grandiosa? Da última vez que estivemos aqui, este acampamento tentou esquartejá-la.

— O médico de Alcatraz contou para o Obadias e para o conselho que ela é a Grandiosa, a escolhida, que vai ser a nossa salvadora. O restante do acampamento não acredita, mas nós, do Novo Amanhecer, sabemos que ela será a Grandiosa, destinada a nos salvar dessa tragédia sagrada.

— Ela é só uma garotinha. — Quero dizer a palavra *normal*, mas não consigo.

— Por favor, não interrompa — diz a mulher, com olhos suplicantes. — Por favor, não interfira. Se você me rejeitar, outra pessoa vai ter o privilégio, e eu vou cair em desgraça. — Seus olhos chegam a se encher de lágrimas. — Por favor, permita que minha vida tenha algum significado neste mundo. Esta é a maior contribuição e a maior honra que posso ter nesta vida.

Fico de queixo caído, tentando pensar em algo para dizer.

Minha irmã caçula, no entanto, não tem problemas em recusá-la. Ela balança a cabeça de um lado para o outro, tímida, e cruza as pernas, sentada em uma pose de monja. Sempre a chamamos de nossa pequena Buda, desde que ela decidira ser vegetariana, quando tinha apenas três anos.

Lágrimas escorrem pelas faces da mulher.

— Eu entendo. Você tem planos diferentes para mim. — Ela leva a rejeição para o lado pessoal. Em seguida, se levanta devagar, amarra o lençol com firmeza de volta no lugar e me olha feio.

Então se curva e se afasta, impedindo-se de dar as costas para Paige.

Minha mãe suspira a meu lado, exasperada.

— Isso não muda nada, sabia? — ela me diz. — Só vou ter que voltar e pegar a próxima pessoa da fila.

— Mãe, não.

— Eles querem fazer isso. É uma honra para eles. Além do mais — ela se vira para seguir a mulher —, eles vêm com o próprio lençol. Facilita a limpeza.

23

— VOCÊ SABE ONDE É ESSA IGREJA DE VITRAIS? — Raffe me questiona.

— O quê? — pergunto, ainda pensando na crença do messias que gira em torno de Paige.

— A igreja — Raffe repete, com cara de quem quer balançar a mão na frente dos meus olhos. — De vitrais?

— Existem algumas igrejas no centro. Podemos ir a pé até lá. O que aconteceu?

— Pelo visto tem uma pessoa querendo se encontrar comigo.

— Tudo bem, isso eu entendi. Mas quem e por quê?

— É isso que eu quero saber. — Pela expressão fechada de Raffe e pelo tom de voz, percebo que ele já deve ter um palpite.

— Será que é um anjo que sabe onde fica o acampamento da resistência?

— Acho que não. Pode ser alguém que transmite mensagens usando os humanos, mas não é provável que saiba sobre o acampamento. Provavelmente foi enviado para a igreja por alguém como ela. — Raffe aponta a cabeça na direção que a mulher careca seguiu.

Acredito que é preferível levar Raffe até essa pessoa misteriosa a arriscar que ela encontre o acampamento enquanto estiver procurando por ele.

Lanço um olhar para Paige, que cantarola a canção de desculpas da nossa mãe para os gafanhotos empoleirados nos galhos acima dela. Vou até lá.

— Se eu sair um pouquinho, você vai ficar bem sozinha?

Ela faz que sim. Das sombras, minha mãe caminha em nossa direção. Não estou totalmente certa se Paige vai ficar melhor com ou sem ela, mas já que minha mãe está sozinha, o que significa que devemos ter pelo menos um tempo antes do próximo episódio mirabolante.

Volto para junto de Raffe.

— Vamos lá. Vamos encontrar essa igreja.

Não estou tão familiarizada com o centro de Palo Alto como com o de Mountain View, então preciso de mais tempo do que eu imaginava para encontrar as igrejas. A primeira tem só uma tirinha de vitral, portanto acho que não era a ela que estavam se referindo. Quando alguém diz "a igreja de vitrais", imagino que esteja querendo dizer uma igreja *repleta* de vitrais.

O centro de Palo Alto costumava ser o lugar da moda, famoso por abrigar os restaurantes mais concorridos e as melhores empresas de tecnologia. Meu pai adorava vir aqui.

— Quem está te procurando?

— Não tenho certeza.

— Mas você tem um palpite.

— Talvez.

Andamos por uma rua ladeada de lojas de artesanato. O charmoso bairro de subúrbio parece ter sobrevivido, a não ser por alguns quarteirões onde as casas foram aleatoriamente destruídas.

— Então é um segredo militar? Por que você não compartilha esse seu palpite?

Viramos numa esquina e lá está a igreja de vitrais.

— Rafael — diz uma voz masculina.

Uma forma fantasmagórica flutua em nossa direção, vinda do telhado da igreja. Um anjo dolorosamente branco pousa diante de nós.

É Josias, o Albino. A pele tem a tonalidade estranhamente branca de que me lembro, e os olhos são de um vermelho horripilante, mesmo sob a luz do luar. Parece o mal em pessoa. Cretino assustador vira-casaca.

Meus lábios se moldam num esgar, e tiro o ursinho de pelúcia para segurar a espada.

Raffe pega minha mão.

— Que bom que você está bem, arcanjo — diz Josias. — Ontem à noite foi uma cena e tanto.

Raffe arqueia a sobrancelha de um jeito arrogante.

— Eu sei o que você está pensando — continua Josias. — Mas não é verdade. Escute, me dê dois minutos para explicar. — É incrível como um cara que traiu Raffe tão descaradamente pode parecer tão sincero e amigável.

Raffe analisa os arredores. Vê-lo agir assim me faz lembrar de que isso pode ser uma armadilha e que não devo me distrair com sentimentos odiosos contra essa escória.

Olho em volta e não vejo nada a não ser sombras do que um dia foi um bairro pequeno e agradável.

— Estou ouvindo — diz Raffe. — Fale rápido.

— Conversei com a Laylah e a convenci a colocar suas asas de volta — diz Josias. — Desta vez, de verdade. Ela me prometeu.

— E por que eu deveria acreditar nela?

— Ou em você? — acrescento. Foram Josias e Laylah que enganaram Raffe e o fizeram ficar com asas de demônio, diga-se de passagem. Portanto, não há motivo para acreditar que eles vão fazer alguma coisa que não seja enganá-lo novamente.

Josias mira os olhos cor de sangue em mim.

— O Uriel culpa a Laylah pelo fato de os gafanhotos terem se voltado contra nós, ontem à noite. Ele diz que nenhuma outra pessoa, a não ser o médico que os criou, podia ter esse tipo de controle sobre eles. O Uriel a trancou no laboratório. Ele a teria matado, mas ela está desenvolvendo um processo de criação de pragas que o beneficiará. Isso e o fato de que ela é a única que pode sustentar seu crescente exército de monstros.

— Pragas? — pergunto. — Por que está todo mundo tentando criar pragas?

— O que é o apocalipse sem pragas? — ironiza Josias.

— Ótimo — comento. — Então temos que confiar numa mentirosa que está desenvolvendo pragas apocalípticas? E por que a gente deveria se importar com o que acontece com a Laylah? Bem feito para ela por ter colocado asas de demônio no Raffe e por brincar de dra. Frankenstein com seres humanos. Não somos somente corpos para ela modelar e brincar feito bonecos.

Josias olha para mim e depois para Raffe.

— Ela precisa estar aqui?

— Aparentemente, sim — diz Raffe. — Acontece que ela é a única em quem posso confiar para me dar cobertura.

Estufo um pouco o peito quando ele diz isso.

— A Laylah não sabia. — Josias vira o corpo para deixar claro que está falando com Raffe. — Eu a alertei para não se envolver, mas você sabe como ela é ambiciosa. Escute, pode confiar nela dessa vez, porque você é a única esperança que ela tem para sair dessa confusão. O Uriel vai acabar com a Laylah quando conseguir tudo o que precisa.

— Acabar com ela? Você quer dizer armar uma emboscada para ela cair?

— Não, quero dizer matar mesmo. Ele ficou furioso e não acreditou quando ela disse que não tinha nada a ver com os gafanhotos se voltarem contra nós. Ele ficou totalmente descontrolado e disse que tinha matado o Mensageiro e que poderia matá-la também. O Mensageiro, Raffe. O Uriel o matou.

Cruza a minha mente a imagem do homem alado que chamava a si mesmo de arcanjo Gabriel, o Mensageiro de Deus, levando um tiro sobre os escombros do que se tornara Jerusalém. A cena foi repetida durante dias na televisão.

Josias balança a cabeça como se não conseguisse acreditar.

— O Uriel disse que o Gabriel tinha enlouquecido, que ele não falava com Deus havia milênios e que ele tinha inventado todas as leis que Deus supostamente tinha ordenado que ele fizesse. O Uriel disse que não tinha motivos para ele próprio não poder ser o Mensageiro e que ele era capaz de mentir tão bem quanto o Gabriel. Então o Uriel o matou. Matou. Ele admitiu.

Os dois se encararam, Raffe parecendo tão chocado quanto Josias.

— Então qual é o problema? — pergunto. — Era comum nossos reis também serem assassinados.

— Nós não matamos nossos superiores — diz Josias. — A última vez que isso aconteceu, Lúcifer e seu exército caíram. — Ele inclina a cabeça para mim como se não tivesse certeza se a mensagem tinha sido transmitida. — Foi meio que um grande problema.

— É, eu já ouvi falar dele — respondo.

Raffe solta um suspiro frustrado.

— De fora, não posso fazer nada quanto a isso.

— Eu sei — diz Josias. — É por isso que você precisa deixar a Laylah consertar as suas asas. O Uriel não pode vencer essa eleição. Tentamos encontrar o Miguel, mas creio que não vai ser possível encontrá-lo a tempo.

— Por que a Laylah acha que eles votariam em mim e não no Uriel?

— Você ainda tem seguidores leais. Há rumores de que você voltou, e estou intercedendo a seu favor. Você tem muitas chances.

— Não me admira que o Miguel prefira ficar de fora. Conhecendo-o do jeito que conheço, se tornar o Mensageiro é a última coisa que ele quer. Ele não pode liderar exércitos se continuar alisando penas, enterrado em trabalhos administrativos.

— Você é o único arcanjo que pode desafiar o Uriel neste momento. Mesmo que o Miguel vença, um arcanjo precisaria ficar no lugar dele até ele voltar. Se você puder fazer isso, a Laylah vai ficar do seu lado. Agora ela tem todas as razões para querer que você tenha suas asas de volta.

— Raffe, você não pode confiar nele. Não depois do que ele fez.

— Sei que soa falso — diz Josias —, mas eu não fiz um juramento? Uma vida por uma vida. Você me libertou da escravidão eterna e me deu a chance de viver uma vida que valha a pena. Eu te fiz um juramento.

Viro o rosto para ele.

— Você não pareceu tão feliz assim de ver o Raffe de volta em San Francisco.

— Eu achei que ele estivesse morto. Achei que eu estivesse livre do meu juramento, livre para fazer as coisas do meu jeito. Mas eu nunca trairia o Rafael. Por que você acha que ele veio até mim? Sou o único leal a ele. O único sem clã, sem linhagem, que não precisa zelar por uma honra que supere o juramento que fiz, entendeu?

Ele olha para Raffe.

— Eu não sabia o que eles iam fazer com você. Achei que simplesmente iam reatar as suas asas. A Laylah ia seguir com o plano, mas o Uriel descobriu que você estava aqui e ela perdeu a coragem. Só que agora ela não tem escolha. Não tem a quem se aliar a não ser você. Ela é a única que pode costurar suas asas de volta.

Essa última parte faz sentido. Com o doutor ferido, quem mais pode fazer essa cirurgia?

— Seu tempo está se acabando, arcanjo — ele diz. — A eleição está prestes a acontecer. E, se você não pode parar o Uriel, vamos ter um louco assassino como nosso Mensageiro. A palavra dele vai ser lei, e todos que se opuserem vão cair. Pode ser o início de uma guerra civil. Podemos ter um extermínio generalizado não apenas de humanos, mas de todos os anjos que se opuserem a Uriel.

Sinto a tensão se irradiar de Raffe. Como ele pode dizer não? Essa é a chance de ele conseguir as asas de volta e consertar as coisas. Ele pode ter tudo o que deseja. Pode inclusive se tornar o Mensageiro e salvar todo o mundo dessa confusão apocalíptica.

E então ele pode ir para casa e nunca mais voltar enquanto eu viver.

24

— ONDE VAI SER A CIRURGIA? — Raffe questiona.

— No ninho da águia — responde Josias. — A Laylah está sob guarda. Ela não pode sair, mas posso colocar você lá dentro.

— Então vá. Eu te sigo com as asas em um minuto — ele diz, tirando a mochila que abriga o cobertor com as asas.

— Vou com você — digo.

— Você não pode. — Ele tira o casaco e coloca a mochila virada para a frente, encostada ao peito. Mexe a alça da cintura, ajustando para garantir que esteja no lugar. Usar a mochila assim pode não ficar bem em outras pessoas, mas nele parece um artefato militar perfeitamente ajustado no peito largo.

— Você precisa de alguém para te dar cobertura.

Ele arqueia as costas e abre as asas do mesmo jeito que eu esticaria as pernas depois de ficar sentada por muito tempo.

— O Josias vai ter que servir. É perigoso demais para você. Além disso, você precisa cuidar da sua família.

Um pensamento me ocorre.

— Será que a Laylah também pode ajudar a Paige? — Odeio dizer isso, mas, com o doutor ferido, a quem mais podemos recorrer?

— Se as coisas derem certo para mim, vou ver se ela ajuda a sua irmã.

— A Paige tem tanta pressa quanto você.

— Vai ser mais seguro para ela se soubermos primeiro que podemos confiar na Laylah.

Ele está certo, mas minha mente não para de girar. Faço que sim.

— E quanto à sua espada?

— Não posso voar com ela se ela não me aceitar. E isso não vai acontecer até eu ter minhas asas de volta. Cuida dela para mim até eu voltar?

Confirmo com a cabeça e um calor invade meu peito.

— Então você vai voltar?

Ele me olha, preocupado.

Sei que já nos separamos antes, mas dessa vez parece para sempre. Ele está prestes a retornar para o mundo dos anjos. E, quando fizer isso, vai esquecer completamente a filha do homem que foi sua parceira por alguns dias. Ele deixou claro que não pode ficar comigo.

— Isso é um adeus? — pergunto, e ele assente.

Olhamos nos olhos um do outro. Como sempre, não tenho a menor ideia do que ele está pensando. Eu poderia dar um palpite, mas não passaria disso.

Ele se abaixa e seus lábios param à distância de um fio de cabelo dos meus. Fecho os olhos, sentindo o arrepio da expectativa.

Então ele me beija suavemente. Seu calor se espalha e desce pelo meu peito. O tempo para, e me esqueço de tudo — do apocalipse, dos inimigos, dos olhos que me vigiam, dos monstros da noite.

Tudo o que sinto é o seu beijo.

Sou sua garota. Apenas isso.

Mas então ele recua.

Pressiona a testa à minha, e sinto que estou prestes a chorar.

— Você vai ter suas asas de volta. — Engulo em seco e começo a falar muito rápido para não ter tempo de minha voz vacilar. — Você vai se tornar o Mensageiro, e eles vão te seguir como o líder deles. Então você vai levar os anjos para casa, para bem longe daqui. Promete para mim que, quando você se tornar o Mensageiro, vai levá-los para longe de todos nós.

— Não acho possível me tornar o Mensageiro, mas, sim, vou fazer o que puder para levá-los daqui.

E com certeza ele vai ser o primeiro a partir.

Eu me esforço para não desabar.

Ficamos assim por alguns instantes, nossa respiração se misturando.

O vento sopra mais forte, e parece que somos os únicos seres vivos no mundo.

Em seguida, ele endireita o corpo e se afasta.

— A questão não é o que eu quero ou o que eu preciso. Meu povo e minha sociedade estão a ponto de se desfazer. Não posso deixar que isso aconteça.

— Eu não pedi para você deixar. — Passo os braços em volta de mim. — Você também é a melhor esperança para o *meu* povo, sabia? Se você assumir o controle e levar os anjos para o lugar de onde vieram, o meu mundo também vai ser salvo. — *Mas você não vai estar comigo.*

Ele sacode a cabeça, tristemente.

— Nós vivemos de acordo com essas leis. Somos soldados, Penryn. Soldados lendários que fazem sacrifícios lendários. Nós não perguntamos. Nós não escolhemos. — Ele diz as palavras como se fosse um lema, um juramento que repetiu milhares de vezes.

Então me solta devagar, mas com firmeza.

Afasta meu cabelo do rosto, acaricia minha face e a olha como se tentasse memorizá-la. Um meio-sorriso se forma em seus lábios.

Depois baixa a mão, se vira e salta no ar.

Coloco a mão sobre a boca para me impedir de chamá-lo de volta.

Os ventos de outubro bagunçam meu cabelo. Folhas secas flutuam, perdidas e abandonadas.

25

PRECISO DAR MEIA-VOLTA e ir embora deste lugar.

Mas meus pés parecem plantados na calçada. Fico parada, preocupada. Tensa com a possibilidade de ser uma armadilha, de eu não vê-lo nunca mais, de que ele esteja mais uma vez nas mãos de inimigos.

Estou tão perdida em meio a todas as coisas que podem acontecer que não ouço os passos atrás de mim, até estarem perto demais para eu poder fugir.

Pessoas saem de trás de prédios. Uma, cinco, vinte. Estão todas vestidas com lençóis, de cabeça raspada.

— Vocês os perderam — digo. — Não que eles fossem grande coisa de olhar.

Eles vêm em minha direção de todos os lados.

— Não estamos aqui por causa deles — diz alguém com o topo da cabeça mais escuro que o dos demais, como se já a raspasse há algum tempo. — Os mestres gostam de fazer as coisas com privacidade. Nós entendemos.

— Os mestres?

O grupo continua fechando o cerco ao meu redor, e começo a me sentir aprisionada. Mas são membros de uma seita, não gangues de rua, conhecidos por atacar pessoas. Ainda assim, coloco a mão no ursinho, pendurado no quadril.

— Não, não estamos aqui por causa deles — uma mulher diz. — Ninguém pôs a cabeça do seu amigo anjo a prêmio. — Então eu a reconheço. Trata-se da mulher que se ofereceu a Paige.

— Acho que eu devia ter deixado minha irmã te devorar.

A mulher me fita como se eu a tivesse humilhado quando salvei sua vida.

Então toco o cabo da espada. Está frio e duro, pronto para a batalha. Mas hesito em usá-la contra eles. Nós todos já temos inimigos suficientes tentando nos matar, sem que nos enfrentemos diretamente.

Eu me afasto de Cabeça Bronzeada e o círculo se fecha mais.

— Vocês vão mesmo fazer mal à irmã da Grandiosa? — Espero que eles acreditem em sua própria história.

— Não, nossa intenção não é fazer mal — diz Cabeça Bronzeada, estendendo as mãos para mim.

Eu me afasto e saco a espada.

Uma mão segurando um tecido úmido surge atrás de mim e cobre meu nariz e minha boca com força. O pano fede a alguma coisa horrível, e eu fico zonza.

Tento lutar.

Eu sabia que era uma armadilha. Só não imaginei que era para mim.

Meus pensamentos se transformam numa confusão atropelada.

O cheiro forte de produto químico e a queimação dos vapores descem pela minha garganta — são as últimas coisas de que me lembro conforme meu mundo desvanece em meio à escuridão.

26

ACORDO SOB A LUZ DO SOL, no banco traseiro de um Rolls-Royce clássico. Tudo é muito polido e reluzente. Uma banda de jazz toca com gloriosa fidelidade. O motorista veste um terno preto com um chapéu de chofer. Ele me observa pelo espelho retrovisor enquanto eu, completamente tonta, recobro a consciência.

Minha mente parece encoberta e minhas narinas ainda estão impregnadas com o cheiro do produto. O que aconteceu?

Ah, sim. A seita... Levanto a mão e toco meus cabelos para me certificar de que ainda estão ali. Nunca se sabe.

Ainda tenho cabelos, mas a espada sumiu. Apenas o ursinho está pendurado na alça do ombro. Acaricio o pelo macio, me perguntando o que fizeram com minha espada. Ela é valiosa demais para terem-na deixado e pesada demais para terem-na levado muito longe. Espero que a tenham guardado no porta-malas ou em algum lugar próximo, como prova de que pegaram a garota certa para receber a recompensa.

O carro onde estou parece parte de uma caravana de carros clássicos — um segue à frente, outro atrás.

— Para onde estamos indo? — Minha garganta parece cheia de areia.

O motorista não responde. Seu silêncio me deixa arrepiada.

— Oi? — chamo. — Não precisa se preocupar se alguém vai nos ouvir. Os anjos não gostam da tecnologia humana. Eles não vão ter nenhum tipo de escuta aqui dentro nem nada.

Silêncio.

— Você está me ouvindo? Você é surdo? — O motorista não responde.

Talvez os anjos tenham se dado conta de que não fomos feitos à perfeição deles. Talvez tenham percebido o valor de algumas falhas nossas e contratado um motorista surdo para ele não poder me ouvir para ser persuadido.

Curvo o corpo para a frente e bato em seu ombro. Quando faço isso, vislumbro o outro lado do seu rosto pelo retrovisor.

A carne vermelha das gengivas e bochechas está bem visível. É como se a pele da metade do rosto tivesse sido arrancada. Os dentes estão expostos como se pertencessem a um esqueleto vivo. Os olhos me fitam pelo espelho, observando minha reação.

Congelo. Quero recuar de susto, mas ele está me encarando. Os olhos não são de um monstro. São de um homem que espera ver o horror estampado na expressão de mais uma pessoa que com isso vai se afastar dele.

Mordo o lábio para me impedir de fazer algum ruído. Minha mão ainda paira sobre seu ombro. Hesito e então toco seu ombro para chamá-lo.

— Com licença — digo. — Você pode me ouvir? — Continuo olhando para ele pelo espelho para mostrar que vi seu rosto.

Seu ombro parece sólido, como tantos outros. É um alívio, tanto para mim quanto para ele. Provavelmente ele não é nenhuma assombração que os anjos criaram, mas um homem comum que eles machucaram.

No começo, acho que vai continuar me ignorando, mas então ele confirma de leve com a cabeça.

Penso se devo ignorar o que é evidente ou lhe perguntar o que aconteceu com seu rosto. Após ter passado algum tempo com os amigos da minha irmã, sei que as pessoas com deficiência às vezes desejam que os outros simplesmente façam a pergunta que não quer calar e sigam em frente. Outras vezes desejam ser tratadas normalmente, sem deixar que a deficiência as defina. Escolho partir para o que interessa.

— Aonde estamos indo? — pergunto, mantendo o tom de voz o mais amigável e casual possível.

Ele não diz nada.

— Vocês pegaram a menina errada, sabia? Muita gente tem armas. Só porque eu tinha uma espada, não significa que sou a garota que os anjos estavam procurando.

Ele continua dirigindo.

— Tudo bem, já entendi. Mas você acredita mesmo que os anjos vão te dar o passe da liberdade depois? Mesmo que eles não te matem hoje, como você vai saber que não vão te matar na semana que vem? É muito improvável que os anjos recebam uma notificação com a sua foto dizendo que foi você que capturou a menina que eles queriam.

A música da banda invade o carro, e ele continua dirigindo.

— Qual é o seu nome?

Nenhuma resposta.

— Você pode ir um pouco mais devagar? Talvez muito? Talvez até parar e me deixar sair? Houve um engano. Meu lugar não é aqui. Pensando bem, nem o seu.

— Qual é o meu lugar, então? — Sua voz é dura e cheia de raiva.

É difícil entendê-lo. Acho que não é fácil falar quando nossos lábios foram arrancados. Levo um minuto para traduzir o que ouvi.

Tenho mais experiência do que a maioria das pessoas em compreender o que alguém com problemas de fala está dizendo. Paige tinha alguns amigos com deficiência que não se comunicavam com clareza. Foi a paciência com os amigos dela e as traduções que ela fazia que me permitiram entendê-los. Agora eu entendo, sem pestanejar.

— Seu lugar é com a gente — digo. — Com a raça humana.

Não é o que Raffe tem dito desde o início? Que eu pertenço à raça humana e ele não? Afasto o pensamento.

Surpreso, o motorista olha pelo retrovisor. Ele não esperava que eu o entendesse. Provavelmente só falou para me assustar e desviar minha atenção de sua esquisitice. Ele estreita os olhos, desconfiado de que eu esteja lhe pregando uma peça.

— A raça humana não me quer mais. — Então me observa como se suspeitasse de que foi um golpe de sorte o fato de eu o entender.

Estranhamente, ele diz as coisas que o próprio Raffe não admite sobre ele e sua situação. Será que Raffe se acha deformado assim aos olhos dos anjos?

— Você parece humano para mim.

— Então você deve estar cega — ele diz com raiva. — Todo mundo grita quando me vê. Se eu fugisse, para onde iria? Quem seriam os meus? Até minha mãe sairia correndo se me visse agora. — Há um mundo de tristeza por trás de sua voz revoltosa.

— Não, ela não sairia. — A minha não sairia. — Além do mais, se você acha que é a coisa mais feia que eu já vi, tem muito o que aprender sobre o que está acontecendo por aí no mundo.

Ele lança um olhar para mim pelo espelho.

— Desculpa. Francamente, não se trata de uma competição. Você vai ter que se contentar em ser classificado como perfeitamente humano, como o restante de nós.

— Você já viu uma pessoa mais horrível do que eu?

— Ah, com certeza. Eu vi pessoas que fariam *você* sair correndo. E uma delas é uma amiga minha, a Clara. Ela é muito doce e bondosa, e eu sinto falta dela. Mas ela voltou para a família, e isso é o melhor que posso esperar para ela agora.

— A família dela a aceitou de volta? — ele pergunta com descrença, mas com esperança nos olhos.

— Foi preciso insistir um pouco, na verdade. Mas eles a amam, e isso vai além do que existe por fora. Bom, mas aonde estamos indo?

— Por que eu deveria te contar? Você só está fingindo ser legal para conseguir que eu faça o que você quer. Depois vai sair correndo para os seus amigos e contar como eu era uma aberração. Que até acreditei que você não sentia repulsa por mim.

— Cai na real. Estamos todos em perigo. Precisamos trabalhar juntos para nos ajudar. — Dizer isso pareceu um pouco demais com o discurso de Obi. Talvez os gêmeos estejam certos e precisemos fazer alguma coisa em comum. — Além disso, eu ainda não te pedi para fazer nada. Só estou procurando informação.

Ele me analisa através do espelho.

— Estamos indo para o novo ninho da águia, em Half Moon Bay.

— E depois o quê?

— E depois a gente te entrega para os anjos. Os membros do Novo Amanhecer vão poder receber a recompensa deles, considerando que os anjos estejam de bom humor, e continuar vivendo.

— Tudo por causa dos nossos invasores.

— Você quer saber o que aconteceu com o meu rosto?

Não quero. Não é uma história que quero ouvir.

— Eles o arrancaram por diversão. Metade do meu rosto. Esfolado vivo. Foi a coisa mais terrível que eu poderia ter imaginado na vida. Aliás, eu não poderia nem imaginar. Você sabe como é ter sua vida transformada desse jeito? Em um momento, você é normal; no outro, uma aberração monstruosa? Sabia que eu era ator? — Ele faz um ruído de desdém com o nariz. — É, eu ganhava a vida graças ao meu sorriso encantador. Agora não tenho nem mais boca para sorrir.

— Sinto muito. — Não consigo pensar em mais nada para dizer. — Olha, eu sei que é difícil.

— Não sabe, não.

— Você ficaria surpreso. Só porque você tem um problema, não significa que eu não seja zoada. Isso pode ser tão difícil de lidar quanto o seu caso.

— Me poupe da sua angústia adolescente. O que você sente não é nada comparado ao que eu sinto.

— Nossa, tudo bem — digo. — Você não se sente nem um pouco deprê porque é zoado. Agora eu entendi.

— Escuta, menina. Eu não falo com ninguém há semanas. Achei que eu sentia falta, mas agora você me lembrou de que na verdade eu não sinto.

A música preenche o carro ao estilo do Mundo Antes, até que ele fala:

— Por que eu deveria te ajudar quando ninguém dá a mínima para mim?

— Porque você é um ser humano decente.

— E que quer viver. Se eu te deixar ir embora, eles vão vir atrás de mim e me matar.

— Mas, se não me deixar ir embora, você não vai mais se sentir muito humano. Ser humano não é questão de se encaixar ou não entre nós. É saber quem você é e o que está disposto a fazer ou não.

— Os humanos matam o tempo todo.

— Não os decentes.

Do lado de fora, o mundo deserto vai passando. Acho que ninguém quer chegar perto do novo ninho da águia. A notícia da festa do apocalipse deve ter se espalhado.

— Você matou mesmo um anjo? — ele pergunta.

— Sim. — Eu matei dois.

— Você é a única pessoa que conheci que já fez isso. O que vai acontecer se eu te soltar?

— Eu vou voltar para a minha família e tentar manter todo mundo vivo.

— Todo mundo? Você tentaria manter todos nós vivos?

— Estou falando da minha família. Isso já é difícil o bastante. Por onde eu começaria para manter *todo o mundo* vivo?

— Se a única pessoa capaz de matar um anjo não pode fazer isso, então quem pode?

Boa pergunta. Demoro um minuto para encontrar uma resposta.

— O Obadias West pode. Ele e os guerreiros da liberdade. Eu sou apenas uma adolescente.

— A história está cheia de adolescentes que conduziram batalhas. Joana D'Arc. Okita Soji, o samurai. Alexandre, o Grande. Todos eram adolescentes quando começaram a liderar o próprio exército. Acho que estamos de volta a esses tempos, menina.

27

SEGUIMOS UM CAMINHO SINUOSO entre carros abandonados na estrada. De vez em quando, vejo pessoas fugirem sorrateiramente quando avistam nosso carro. Deve ser uma visão estranha, uma caravana de luxo deslizando pela pista. Não que todos já não tenham experimentado andar num carro caríssimo, mas essa fase praticamente acabou nas primeiras semanas. Depois disso, o negócio foi sempre se esconder ao máximo.

Os quilômetros passam e tento descobrir quando e como minha fuga deve acontecer. Estamos indo depressa demais para eu saltar do veículo em movimento. Bem quando decido que não vou conseguir sair correndo, diminuímos a velocidade e paramos.

Há um bloqueio de carros adiante.

À primeira vista, parece um escaravelho de grandes dimensões para preencher a rua inteira. Os carros estão artisticamente deitados de lado para parecer que foi obra do acaso, mas minha intuição me diz que se trata de algo estratégico.

Meu motorista baixa a mão e saca uma pistola. Não estou com minha espada, então só posso contar comigo.

Verifico a porta de trás para ver se consigo fugir por ali, mas, antes que eu faça qualquer movimento, homens armados surgem de trás dos carros, com tatuagens rabiscadas no pescoço, rosto e mãos. Uma gangue de rua.

Eles vêm para cima de nós com bastões e barras de ferro. Um deles bate uma dessas barras no para-brisas com uma pancada estrondosa que me faz saltar no assento.

O vidro se racha ao redor da área do impacto.

Bastões de beisebol atingem o capô e as portas. A gangue se espalha para atacar os outros carros. Nosso reluzente Rolls-Royce de época aos poucos se torna um carro de demolição.

O vidro da janela do passageiro do veículo que segue diante do nosso abaixa antes que os homens possam alcançá-lo e de dentro surge o cano preto de uma Uzi.

Abaixo a cabeça assim que o tiroteio começa. O ruído da Uzi é ensurdecedor, mesmo cobrindo os ouvidos.

Quando para, alguns segundos depois, tudo que ouço é um zumbido forte. Poderia passar um trem neste momento lá fora que eu não conseguiria ouvir.

Levanto a cabeça para ver o que está acontecendo. Dois membros da seita — um homem e uma mulher —, de cabeça raspada e vestidos de lençol, estão ao lado do nosso carro, segurando metralhadoras idênticas e vasculhando a área.

Três homens estão deitados na estrada, sangrando. Um caiu ao lado de um memorial de beira de estrada. Esses santuários de rua brotaram em toda parte desde o Grande Ataque. Fotos de entes queridos perdidos, flores secas, bichos de pelúcia, bilhetes escritos à mão, derramando palavras de amor e perda.

Sangue fresco brilha num porta-retratos, com a foto de uma menina exibindo um sorriso sem o dente da frente.

Sempre pensei que memoriais de beira de estrada eram para pessoas mortas nas mãos dos anjos. Agora me pergunto quantos deles morreram por causa de outras pessoas.

Os demais agressores não estão em nenhum lugar.

Pouco depois, o homem e a mulher da seita pulam para dentro dos dois carros maiores, que estão no bloqueio. Dirigem lentamente na direção dos veículos desligados, empurrando-os do meio do caminho como tanques, para nos dar passagem. Quando terminamos, pulam de volta nas limusines e continuam dirigindo.

QUANDO CHEGAMOS AO NINHO DA ÁGUIA, sinto o medo exalar do motorista. Ele está mais amedrontado que eu, por sinal.

Paramos com o carro ao lado do prédio principal do hotel. Parece mais uma chácara do que um hotel, com uma mansão espalhada, um campo de golfe e um caminho circular que leva os carros até a entrada. Há guardas a postos. Parece coisa séria.

Congelo quando penso que estou neste lugar novamente. Das duas últimas vezes, saí viva por muito pouco.

Os carros param e o pessoal da seita desce. Um deles abre a minha porta como se fosse chofer, e eu, uma dama pronta para ir para o baile. Deslizo para o lado oposto e me encolho no canto. É inútil fugir, com tantos anjos no lugar, mas não preciso facilitar para eles.

Chuto o cara que se abaixa para me tirar do carro. Agora eles começam a parecer envergonhados, além de assustados. Alguns instantes depois, no entanto, abrem a porta na qual estou apoiada e me arrastam para fora. Esperneio e grito.

É preciso quatro deles para me tirar de lá, e fico feliz que meu motorista não seja um deles. O cara que me segura está tremendo, e não acho que seja por medo de mim. Seja lá o que a nova religião deles prega sobre os anjos, com certeza são violentos e impiedosos.

— Trouxemos a menina para ser trocada pela sua promessa de segurança — diz Cabeça Bronzeada.

O guarda me observa. Seus olhos parecem talhados em pedra — desprovidos de emoção, alienígenas. As penas das asas farfalham na brisa.

Um deles faz um gesto para o seguirmos até a entrada principal.

— Ou você anda, ou a gente te droga e te arrasta até lá — diz Cabeça Bronzeada.

Levanto as mãos, derrotada. Eles me soltam, mas ficam a centímetros de mim, bloqueando meu caminho, deixando livre apenas o que leva ao ninho da águia. Caminhamos pela via circular até a entrada, com anjos a postos no telhado e nas sacadas, de olho em nós.

Paramos diante de enormes portas de vidro. Um dos guardas entra. Esperamos em silêncio sob o olhar predatório de uma multidão de guerreiros. O pessoal da seita corre para o porta-malas de um dos carros e levanta a espada com dificuldade. São necessários dois deles para arrastá-la até nós.

As portas de vidro se abrem e vários anjos saem. Um dos recém--chegados é o lacaio de Uriel, que o ajudou a se arrumar para a última festa.

Os homens fazem uma profunda reverência para os anjos.

— Trouxemos a menina, mestres.

O lacaio assente para os guardas, que me pegam pelos braços. Quando colocam a espada diante do lacaio de Uriel, ele diz:

— De joelhos.

Os homens se ajoelham na frente dele como prisioneiros que esperam a execução. O anjo marca a testa deles com uma tinta preta.

— Isso vai garantir sua segurança perante os anjos. Nenhum de nós vai fazer mal a vocês, enquanto tiverem essa marca.

— E quanto aos demais? Nosso grupo é leal — diz Cabeça Bronzeada, olhando para o anjo.

— Tragam-nos. Vamos marcá-los. Saibam que podemos ser generosos com aqueles que nos servem.

— Saibam que eles dizimaram o último grupo de criados — digo para os membros da seita.

Temerosos, os homens olham para mim, parecendo preocupados. Eu me pergunto se eles ficaram sabendo do massacre que aconteceu aqui.

Os anjos me ignoram.

— Continuem fazendo um bom trabalho e pensaremos na hipótese de nos servirem no céu.

Os homens se curvam ainda mais.

— É uma honra servir nossos mestres.

Eu zoaria esse pessoal se não estivesse com tanto medo.

Eles me jogam para dentro do prédio e minha espada raspa o asfalto quando um anjo a arrasta atrás de nós.

28

DO LADO DE DENTRO, o saguão está barulhento e apinhado de anjos. Ou estão todos ali, ou se multiplicaram da noite para o dia.

Eles devem ter se reunido para a eleição. Isso explicaria a hoste angelical que vimos voando nesta direção.

A multidão abre caminho para me deixar passar. Deve ser o som da espada arrastando atrás de mim que chama a atenção de todo mundo. Todos olham quando passamos. Eu me sinto como uma bruxa levada em procissão pela cidade. Acho que tenho sorte por não jogarem tomates podres em mim.

Em vez de me levarem para um quarto, eles me levam para o quintal gramado onde o massacre aconteceu e me exibem para os anjos.

Ainda há lugares manchados de sangue no terraço. Pelo visto, não sobrou ninguém para limpar essas coisas. Está tudo uma bagunça. Confete e fantasias cobrem o chão, e, por algum motivo, a grama está revirada, como se um exército a tivesse remexido com pás.

Brotaram placas por todo o gramado. Da última vez em que estive aqui, só havia uma cabine, mas agora há cabines por toda a parte. Parecem ter sido juntadas em grupos de três: vermelhas, azuis e verdes. Não sei ler os símbolos nas faixas coloridas, mas reconheço o de Uriel, quando Raffe o apontou para mim. A faixa dele é a vermelha.

As outras duas são azul-celeste, com pontos e símbolos de linhas curvas, e verde-névoa com linhas retas, finas e grossas. Embora eu não consiga lê-las, gosto mais dessas duas do que da de Uriel, com todos seus ângulos, num tom vermelho-sangue.

Anjos voam por todo o céu e caminham pelo gramado, que outrora fora um campo de golfe. Começam a se reunir ao redor das faixas coloridas, parecendo times distintos. Muitos dos anjos torcem: "Uriel! Uriel! Uriel!", em torno das cabines de faixas vermelhas, como se estivessem em um jogo de futebol.

O segundo maior grupo se reúne ao redor das faixas e cabines verdes. Eles entoam: "Miguel! Miguel! Miguel!"

E alguns outros se reúnem ao redor das cabines azul-celeste e gritam: "Rafael! Rafael! Rafael!"

A maior parte dos anjos está reunida no céu ou entre as cabines, como se ainda refletisse a respeito. Mas, à medida que os apoiadores de Raffe continuam torcendo, mais soldados se juntam a ele e começam a gritar seu nome.

Estou tão surpresa que tropeço e paro no meio do gramado. Meus guardas são obrigados a me empurrar para me fazer andar novamente.

— Rafael! Rafael! Rafael!

Espero que ele esteja em algum lugar próximo, ouvindo seu povo chamar seu nome.

O lugar dele é aqui.

O pensamento ecoa pela minha mente, pois ainda tenho dificuldade de acreditar. Os anjos não foram feitos para ficar sozinhos, e ele está sozinho há tempo demais.

Será que ele sonha com isso? Ter suas asas de volta e ser acolhido novamente na hoste? Liderar seus soldados e ser parte de sua tribo de novo?

— Rafael! Rafael! Rafael!

É claro que sim. Não é o que ele vem me dizendo esse tempo todo? Raffe tem que ficar com eles, não comigo.

Eu me pergunto se ele já recolocou as asas angelicais. Será que ele está prestes a ter de volta tudo o que quer? A voltar para o seu mundo?

Tento trancar os pensamentos na caixa-forte da minha cabeça. Não consigo muito bem. Isso anda acontecendo com muita frequência ultimamente.

Uma briga irrompe no agrupamento de cabines à minha direita. Alguns anjos levantam voo, outros se agarram no chão. Anjos que vagavam pelo gramado voam para assistir à briga.

Quatro guerreiros batalham contra uma dúzia deles, enquanto espectadores torcem. Ninguém usa espada. Mais parece uma competição que uma briga.

O grupo menor arremessa os outros anjos como se fossem bonecas de pano. A briga acaba em questão de segundos.

Quando o último anjo está preso ao chão, com outro guerreiro sentado em cima dele, o vencedor grita:

— Rafael! O primeiro voto vai para o arcanjo Rafael!

Os quatro guerreiros vencedores levantam num salto, com os braços erguidos em sinal de vitória, e berram no ar. É quando me dou conta de uma coisa. Apesar de os apoiadores de Raffe estarem em menor número, eles são os guerreiros mais ferozes e habilidosos.

Quase no mesmo instante, os anjos espectadores se juntam em outro grupo de cabines. Outra briga está começando ali.

Em questão de segundos, a próxima rodada é anunciada, quando alguém berra:

— Miguel! O segundo voto vai para o arcanjo Miguel! — A plateia vibra.

É o caos absoluto, mas, de alguma forma, todos parecem conhecer as regras. Suponho que a equipe vencedora de cada luta ganha um voto para seu candidato favorito. O arcanjo com o maior número de lutas vencedoras deve vencer a eleição. Portanto, a eleição deles não é apenas uma questão de número de anjos apoiadores, mas de contar com os melhores guerreiros.

Meus guardas me empurram para a frente, sem olhar para mim. Estão observando os guerreiros alados enlouquecidos colocarem em prática sua versão de eleições.

Alguns anjos têm algo parecido a sangue manchado no rosto, como pintura de guerra. Outros rosnam ao voar diante dos outros, sobre pratos quebrados e taças de champanhe esmigalhadas. Os que ainda vestem os casacos do jantar de gala da última festa os rasgam nos ombros, desfazendo as costuras do tecido.

Eles pararam de fingir que são civilizados e agora libertam o lado selvagem que guardam dentro de si.

Não me admira que Uriel tenha recorrido a tamanha corrupção moral. Raffe e Miguel possuem exércitos que lhes são leais. Uriel é apenas um político e provavelmente não tem a menor chance, a menos que oferecesse algo como um apocalipse lendário, um agrado em troca de guerreiros enlouquecidos e sedentos de sangue.

Ser a única humana no meio de toda essa violência deixa em mim a sensação de que meu destino está selado. Provavelmente tenho até o fim da votação antes de ser executada. Queria saber quanto tempo vai demorar para isso acontecer.

Quando meus guardas me jogam em meio ao caos e me levam até o palco elevado, minhas entranhas ficam trêmulas e luto para manter as pernas em movimento. Estou cercada por um mar de anjos desvairados e não consigo ver uma saída.

29

ATÉ AGORA, A ELEIÇÃO ESTÁ surpreendentemente apertada, considerando que Uriel fez campanha por muito tempo e Raffe e Miguel não estavam presentes.

— Detesto interromper as festividades — Uriel grita do alto —, mas isso é algo que vale a pena ver. — Ele flutua até o palco, na extremidade do campo.

Meus guardas me arrastam pela escada para encontrá-lo. Anjos sobem os degraus do outro lado, arrastando duas gaiolas lotadas de endiabrados, guinchando e batendo nas barras.

Outro grupo de anjos sobe com uma terceira gaiola. Entre os endiabrados que esperneiam atrás das grades, está Beliel.

Não o vejo desde Angel Island. Parece que se unir aos endiabrados não funcionou para ele. O demônio seco se segura às barras, com mãos enrugadas. Em seguida olha em volta, prestando atenção na hoste reunida.

Uriel fica de frente para a multidão.

— Antes que vocês decidam por qual candidato lutar, tenho duas informações cruciais que talvez queiram considerar — diz, como se fosse imparcial. — Primeiro, encontramos endiabrados perambulando muito próximo ao ninho da águia. Certamente podemos esperar por eles num buraco infernal como a Terra, mas eu gostaria que dessem uma boa olhada nesses dois.

Dois anjos dão um passo adiante, cada um segurando um endiabrado sarapintado que extraíram de uma gaiola. As criaturas são consideravelmente maiores e lutam e se debatem com mais energia que as demais.

— Esses não são da raça local — diz Uriel. — Olhem bem para eles. Esses endiabrados saíram direto do Abismo.

E saíram mesmo. Eu os reconheço. São os que me seguiram do inferno de Beliel. Os anjos ficam em silêncio.

— Vocês lembram que exterminamos essa espécie astuta. Nós a erradicamos para nos livrar de sua intensa ferocidade e de seu asqueroso hábito de organizar os demais — diz Uriel. — O único lugar onde eles podem existir ainda é no Abismo. — Seus olhos fazem uma varredura entre os espectadores. — Todos nós sabemos que nada sai do Abismo sem que alguém permita isso. Os endiabrados que infestam este mundo se tornaram fracos e burros. Estes outros, no entanto, são recém-saídos de seu lar infernal e estão sendo liderados por este demônio. — Ele aponta para Beliel.

Beliel ainda não está curado, embora tenha porções de pele rosada começando a aparecer em seu rosto. Ele parece horrível, como se devastado por uma doença. A pele ainda exibe feridas, mas é entrecortada por faixas rosadas de pele nova. As costas estão sangrando, como se o corpo não conseguisse se recuperar das asas decepadas.

— Em algum lugar, foram abertos portões para o Abismo — diz Uriel. — Em algum lugar, a besta está à espreita, libertando suas criaturas. Em algum lugar, o apocalipse está começando sem nós. — Ele para por um instante e continua: — Como prometi no passado, e reitero a promessa hoje, me elejam agora e, de manhã, vocês serão guerreiros lendários para o apocalipse. Rafael está ausente, Miguel também. Se elegerem um deles como Mensageiro, a glória do apocalipse pode ter acabado quando eles forem liderá-los em batalha. Vocês podem estar mortos a essa altura, ou talvez estejam fracos e despreparados. Nunca se sabe. Tudo é possível.

Uma risada obediente se propaga na multidão.

— A segunda coisa que eu queria apresentar é esta menina — Uriel continua.

Meus guardas me empurram para o centro do palco.

— Se vocês acabaram de chegar, eu agradeço por terem viajado de tão longe para participar desta eleição. Muitos de vocês não estavam presentes durante a luta na praia, quando um dos nossos foi morto por esta filha do homem. Mas eu sei que todos já ouviram essa história. Estou aqui para lhes dizer que é tudo verdade. Esta menina humana, por mais frágil e insignificante que pareça, de alguma forma conseguiu convencer uma espada angelical a permitir que ela a usasse. — Uriel faz uma pausa para criar efeito. — O mais impressionante é que ela usou esta espada para matar um dos nossos.

Ele deixa a informação assentar, e noto que não diz nada sobre minha espada comandar a deles a não entrar em ação. Se ao menos eles soubessem que a espada que dominou as armas deles se chama Ursinho Pooky...

— Eu a capturei e a trouxe para que a justiça seja feita. É hora de vingarmos o nosso irmão.

A multidão vai ao delírio.

30

— **O URIEL ASSASSINOU O ARCANJO** Gabriel! — Aponto o dedo para Uriel. — Ele está inventando um falso apocalipse para se tornar o novo Mensageiro!

A multidão cai em silêncio. Nem por um segundo penso que eles acreditam em mim. Mas suponho que ofereço entretenimento suficiente para que me ouçam, pelo menos por enquanto.

— Pelo menos vão investigar, se não acreditam em mim.

Uriel ri.

— O Abismo é uma punição boa demais para ela. Ela devia ser dilacerada pelos endiabrados. Que conveniente que temos alguns aqui.

— Não vou ganhar nem um julgamento de fachada? Que tipo de justiça é essa? — Eu sei que isso não vai me levar muito longe, mas estou pilhada demais para ficar calada.

Uriel ergue as sobrancelhas.

— A ideia é essa. Devemos conceder um julgamento a ela?

Para minha surpresa, os anjos começam a gritar:

— Julgamento! Julgamento! Julgamento!

Da forma como dizem isso, parecem romanos num estádio, exigindo a morte do gladiador.

Uriel estende a mão para silenciar a multidão.

— Então que se faça o julgamento.

De repente não estou mais tão empolgada para ter um.

Meus guardas me empurram até eu ficar no meio do que costumava ser o campo de golfe.

Dou a volta, me dando conta de que estou no centro de um grande círculo de anjos. O círculo rapidamente se torna um domo, quando corpos angelicais me ladeiam e me sobrevoam.

A luz do sol se tinge de asas e corpos. Estou num domo vivo e sem saída.

Uma brecha se abre na muralha de corpos. Através dela, os endiabrados são lançados sobre mim. Eles voam ao redor, tentando encontrar uma saída, mas não há espaços vazios.

Todos repetem:

— Julgamento! Julgamento! Julgamento!

De alguma forma, acho que nossa ideia sobre o assunto é diferente.

A última gaiola de endiabrados jogada dentro da arena abobadada é a de Beliel. Quando é despejado no chão, ele lança um olhar irônico para Uriel.

Por um segundo, parece raiva, como se se sentisse traído. O medo chega ao auge antes de rir com escárnio outra vez. Sua declaração de estar sempre sozinho e ser indesejado parece provar-se repetidas vezes. Por um instante, esqueço como ele é horrível e sou tomada por uma onda de compaixão.

Ele vai até o centro do domo, hesitante, em princípio, depois confiante, com ares de desafio.

Os anjos dão vivas, como se ele fosse seu jogador de futebol americano preferido numa final de campeonato. Suspeito de que a maioria deles nem saiba de quem se trata. Eu sei quem ele é e o que lhe aconteceu, e mal o reconheço.

Os endiabrados se arrastam, loucos de pânico. Pulam de um lado para o outro do domo, tentando desesperadamente encontrar uma brecha entre os corpos.

— Que tipo de julgamento é este? — pergunto, suspeitando da resposta.

— Um julgamento de guerreiro — responde Uriel, voando acima de mim. — Mais do que você merece. A regra é simples. O último que sobreviver ganha a liberdade.

A multidão vai à loucura novamente, com berros de aprovação.

— Tente deixar isso divertido — diz Uriel. — Pois, se não for, a multidão é que vai decidir se o último que permanecer de pé deve viver ou morrer.

Os anjos gritam:

— Morra! Morra! Morra!

Acho que isso responde à pergunta.

Não tenho ideia se os endiabrados entendem as regras, mas eles guincham e tentam atacar a muralha de guerreiros. Os anjos agarram um deles e o jogam no chão, e ele sacode a cabeça, atordoado. Os outros anjos rugem para os endiabrados quando se aproximam. Os monstros param no ar e recuam.

— Endiabrados — diz Uriel. — Somente um de vocês poderá viver. — E ergue o indicador para dar ênfase. — Matem os outros. — Aponta para todos os presentes, falando alto e devagar, como se falasse a um cachorro confuso. — Matem aquela garota! — Então aponta para mim.

Todos os endiabrados olham na minha direção.

Recuo, hesitante. O que faço agora?

Caminho de costas até tocar o corpo duro de um anjo que é parte da arena viva. Ele se curva e rosna em meu ouvido. Olho em volta, desesperada, em busca de uma saída, quando os endiabrados começam a me rodear.

Por incrível que pareça, vejo minha espada no chão, entre mim e os endiabrados que se aproximam. Tenho certeza de que isso não foi por acaso. Eles querem ver a filha do homem acabar com os endiabrados, valendo-se de uma espada angelical.

Corro até a espada, a apanho do chão, giro para dar conta do impulso e começo a brandir a lâmina ao mesmo tempo em que me coloco de pé num salto.

Ataco quando o primeiro endiabrado me alcança. Ele guincha e começa a jorrar sangue de sua barriga.

145

Sem pensar, avanço sobre o segundo endiabrado que vem em minha direção.

Está tão próximo que sinto o cheiro de carniça de seu hálito. Ele dá uma guinada e por muito pouco erro o alvo.

Recupero o equilíbrio e planto os pés no chão. Nos movimentos seguintes, eu me acalmo e deixo a espada liderar. Isso é fácil para ela. Ursinho Pooky já matou milhares de endiabrados. Mamão com açúcar.

A diferença é que esses terríveis seres estão se comportando de um jeito que a espada não está acostumada a lidar. Os dois endiabrados do Abismo emitem aqueles seus ruídos de hiena, chamando os outros. Os demais, por sua vez, param, ouvem e começam a me rodear.

Eles se demoram além do alcance da minha lâmina. Dou um giro no lugar, tentando vê-los, sem saber ao certo o que está acontecendo.

Nesse meio-tempo, percebo que Beliel recua. Ele agarra um endiabrado e quebra o pescoço dele como se fosse uma galinha.

Então, silenciosamente, ele solta o corpo e agarra o próximo. Os outros estão todos focados em mim. Todos, exceto os endiabrados sarapintados do Abismo. Estes parecem mais espertos e engenhosos, e o observam com olhos inteligentes.

Beliel não está tentando me salvar, eu sei disso. Ele só está matando essas criaturas enquanto sou a distração deles. Depois, quando ele terminar comigo, só vai precisar enfrentar mais alguns.

Tudo bem. Não preciso que ele seja meu amigo, contanto que mate meus inimigos.

Os endiabrados sarapintados fazem os chamados de hiena novamente e os outros voam para incluir Beliel no círculo. Eles diminuem o raio de voo, nos encurralando.

Eu e Beliel somos forçados a recuar até ficarmos muito próximos um do outro. É claro que nenhum de nós gosta disso, mas como a maior ameaça para nós são os endiabrados, temos de escolher lutar juntos ou separados.

Ficamos de costas um para o outro, de frente para nossos inimigos. Juntos, podemos ver todos os endiabrados vindo para cima de nós.

Conto com Beliel para sobrevivermos. Nós dois sabemos que, se tivermos sucesso em matar os endiabrados, serei eu contra ele, mas por enquanto somos nós contra eles.

Os endiabrados hesitam, temendo dar início ao confronto. Então um mergulha em nossa direção.

Beliel o apanha.

Outro mergulha, enquanto Beliel quebra o pescoço do primeiro.

Faço um movimento e o atravesso com a espada.

Mais dois vêm em nossa direção.

Então quatro.

Depois seis.

Começo a brandir a lâmina freneticamente, surpresa com a velocidade dos golpes. Ursinho Pooky está trabalhando dobrado. A espada é quase um borrão. Ela está no comando. Minha missão é me manter firme e apontá-la na direção certa.

Mesmo se um endiabrado ultrapassar a espada, o jogo acabou.

Esse pensamento coloca um pouco mais de gosto nos meus movimentos, e retalho três criaturas, num giro completo. Uma na garganta, outra no peito e a terceira na barriga. A melhor parte é que os dois feridos se contorcem no ar, impedindo que os outros se aproximem demais.

Sinto um arrepio nas costas com a sensação de vulnerabilidade, mas preciso confiar que Beliel está segurando seu lado da briga. Nossa maior vantagem neste momento é que os endiabrados estão entrando uns na frente dos outros, não restando espaço para todos virem correndo em nossa direção.

Como estou de posse de uma arma e Beliel não pode contar com uma, enfrento mais da metade dos endiabrados que nos rodeia. Balanço a espada de um lado para o outro, atingindo muitos deles num mesmo golpe. Mas não posso cobrir as costas. Se Beliel tombar, logo me juntarei a ele.

Mas ele segura a barra, mesmo desarmado. Sua força é ferrenha, e ele chuta e soca os endiabrados furiosamente.

Eu e Beliel matamos os dois últimos demônios locais, enquanto os dois do Abismo nos observam, do alto. Desferimos os golpes finais simultaneamente: com minha espada atravesso um e Beliel quebra o pescoço do outro.

Em seguida Beliel recua, deixando o espaço livre para os dois endiabrados do Abismo.

Embora sejam espertos, estão só em dois e não podem me cercar. Na verdade, nem tentam. Em vez disso, apontam os dedos de macaco para mim, olham para Beliel e assentem com a cabeça.

Dou alguns passos para trás com a espada em riste. Preciso de tempo para reagir a seja lá o que estiver prestes a acontecer.

Beliel pode ter sido meu parceiro de luta por alguns minutos, mas esses endiabrados o libertaram das nossas correntes em Angel Island.

Ele faz um sinal afirmativo para os endiabrados. Não há nenhuma alegria nisso, apenas uma sombria determinação. Pelo menos estou orgulhosa de saber que ele me avaliou como uma ameaça maior do que esses endiabrados do Abismo.

As duas aberrações com cara de morcego nos rodeiam — uma acima e uma nas laterais —, enquanto Beliel caminha para ficar um pouco além de seu alcance. Posição perfeita para me atacar de frente assim que eu me distrair.

Se os dois endiabrados estivessem posicionados no chão, eu poderia girar e manter os três acuados. Mas, com um endiabrado me sobrevoando, só posso cobrir duas direções, sendo vulnerável ao terceiro oponente.

Antes que eu pense numa boa estratégia para atacar, dentes e garras vêm em minha direção, do alto e do flanco esquerdo. Beliel permanece imóvel, forçando-me a me mover.

Risco a forma de um arco com a espada, visando o que está mergulhando para me atacar, depois giro e golpeio o que está me atacando pela lateral. Ao mesmo tempo, tenho certeza de que Beliel vai vir para cima de mim.

Mas ele não vem. Em vez disso faz uma finta, como se pretendesse avançar na minha direção, mas se contém.

Ao mesmo tempo, os endiabrados recuam tão logo entram no raio de alcance da minha espada. Ainda assim, consigo ferir um na altura do tronco e o outro na cara, mas os golpes não são fortes o suficiente para matá-los.

Beliel solta uma risadinha quando volto para minha posição de ataque. Todos eles tentaram um movimento enganoso contra os adversários.

Se todos tivessem mergulhado na minha direção, eu estaria morta. Mas, se um tivesse traído os demais ao fingir um ataque, então provavelmente eu teria matado um e ferido o outro. E o traidor seria o único sobrevivente dessa luta.

Agora todos sabem que ninguém é digno de confiança. A aliança acabou.

Os dois endiabrados do Abismo voam para o alto, em direções opostas. Já perceberam que, se ficarem ali, eu e Beliel vamos ter que nos enfrentar no chão. Um de nós vai morrer, e o outro estará tão cansado que poderá sucumbir muito mais facilmente.

Beliel arreganha a boca com uma expressão de repulsa.

— Enganado por endiabrados e ameaçado por uma filha do homem magrela. Insulto em cima de insulto.

Então nos preparamos para o confronto direto. Agora somos só eu e Beliel.

31

— PAREM!

Todos se viram para ver quem gritou a ordem. O tom é quase irresistível.

Fico de olho em Beliel ao mesmo tempo em que tento ver o que está acontecendo. Entra sangue em meu olho, e tenho de piscar várias vezes para ver o que todos veem.

Agora há um vão no domo, que permite a entrada de luz. Um grande par de asas brancas como a neve desliza no ar e atravessa a fenda, bloqueando o sol.

A forma perfeita de Raffe entra em meu campo de visão.

Sua aparência é simultaneamente a mesma a que estou acostumada quanto a de um estranho aterrorizante. Parece um semideus enfezado. Eu só o vi uma vez nessa forma angelical perfeita.

As asas são magníficas e varrem o ar atrás dele — brancas num fundo azul.

Todos os anjos o encaram. Pairam no ar, imóveis e em silêncio, exceto pelo lento farfalhar das asas. Um sussurro ecoa por toda a multidão alada: *Arcanjo Rafael*.

— Ouvi dizer que está acontecendo uma eleição não sancionada — diz Raffe.

— Não há nada de não sancionado a respeito dela — diz Uriel. — E, se você estivesse aqui, saberia disso. Aliás, você é um dos candidatos.

— Verdade? E como estou indo?

Alguns anjos gritam em apoio a Raffe.

— Você ficou tempo demais fora, Rafael. — Uriel ergue a voz, dirigindo-se ao restante dos anjos. — Ele é inacessível demais para lidar com a maior batalha da história. Será que ao menos sabe que o lendário apocalipse está prestes a começar?

— Você quer dizer o apocalipse que você criou artificialmente com suas mentiras e truques de salão? — Agora Raffe se dirige aos anjos: — Ele está mentindo para todos vocês. Forjando monstros e manipulando eventos para pressioná-los numa eleição suja e precipitada.

— Ele é que está mentindo — contradiz Uriel. — Posso provar que eu é que deveria ser o arcanjo escolhido. — Ergue os braços para a multidão. — Deus falou comigo.

Um lento burburinho irrompe entre os espectadores, que começam a falar ao mesmo tempo.

— Isso mesmo — diz Uriel. — Eu já sou o Mensageiro aos olhos de Deus. Deus falou comigo e me escolheu para liderar o grande apocalipse. Eu esperei para comunicá-los disso, pois sei que é um choque. Mas não tenho escolha, agora que Rafael voltou e tenta desafiar a vontade de Deus. Quantos sinais mais vocês precisam para se convencer de que o Fim dos Dias está acontecendo sem nós? Quanto disso estão dispostos a perder porque ainda não temos um Mensageiro eleito para nos liderar em batalha? Não permitam que Rafael os impeça de terem a glória que é de vocês por direito!

Os anjos mais próximos de Uriel escancaram a boca e começam a emitir um canto melodioso. Não é uma canção com palavras, apenas melodia. É um som lindo e sagrado, tão inesperado vindo desses guerreiros sedentos de sangue.

O som vibra através de partes da multidão, à medida que dezenas de vozes celestiais se juntam ao coro por todo o domo. Então um grupo de anjos se movimenta e abre espaço por onde entra um raio de sol.

A luz atinge um ponto bem ao lado de Uriel. Ele se mexe sutilmente para se iluminar. O rosto se abre num sorriso genuíno. Parece que Uriel é um bom showman.

Ele baixa os braços e se curva com humildade. Algo a respeito do raio de luz que resplandece na cabeça e nos braços, a forma como se curva, o jeito como se posiciona, sugere que ele está se comunicando com Deus. A cena me faz prender a respiração. Os demais parecem sentir a mesma coisa, pois há uma expectativa silenciosa no ar.

Quando ele ergue a cabeça, diz:

— Deus acabou de falar comigo. Ele diz que o Fim dos Dias começa *agora*.

Uriel movimenta os braços no ar como um maestro.

Um estrondo atinge o penhasco, à beira do campo de golfe. Imagino que é o quebrar de uma onda enorme, mas não consigo ver muito bem com todos os anjos bloqueando meu caminho. Depois, todos se viram para olhar e então consigo ver a praia, através dos espaços que se formam entre seus corpos.

A água está fervendo perto da costa. Algo se ergue do mar. Parece um aglomerado de animais, mas, quando as cabeças irrompem da água, percebo que é uma única monstruosidade. As ondas quebram ao seu redor como se o oceano se rebelasse contra essa coisa fantasmagórica.

O monstro sacode a água com um urro e corre em nossa direção.

A velocidade é chocante. Quase instantaneamente, está perto o bastante para eu dar uma boa olhada nele.

Laylah se superou nesse aí. Tem sete cabeças agrupadas ao redor dos ombros, mas uma delas parece morta. É a cabeça de um homem. O rosto está partido e da fenda escorre sangue, como se o homem tivesse sido morto recentemente, com uma machadada.

O restante das cabeças está vivo. Cada qual parece uma mistura de humano e animal — um leopardo, uma enguia, uma hiena, um leão, uma mosca gigante e um tubarão de olhos mortiços. O corpo do monstro parece vagamente o de um urso.

— E uma besta se erguerá do mar — diz Uriel, em tom profético.

— E, sobre suas cabeças, a blasfêmia. Vamos contar o número da besta, pois é o número do homem. E o número dele é seiscentos e sessenta e seis.

Cada uma das cabeças do monstro tem números tatuados, numa cicatriz enrugada na testa.

666.

32

SÃO APENAS NÚMEROS, digo a mim mesma.

Apenas números.

Sei que esse monstro foi criado por Laylah, de acordo com as instruções de Uriel. Sei que Uriel copia seus monstros das profecias apocalípticas. Sei que isso é uma falsificação. Uma *falsificação*.

Então por que minha pele está toda arrepiada?

Os números são bem claros e vão deixar qualquer um que os veja apavorados. Meu palpite é que tatuar o número na testa da estranha criatura foi ideia de Uriel.

A besta ruge, grita e gane de todos os rostos, exceto no do morto. Ela para perto de nós, antes de correr e desaparecer na paisagem destruída.

Uriel ergue o braço mais uma vez, como se estivesse em transe.

O solo se move e se abre debaixo dos meus pés. É como se vermes fervilhassem freneticamente no chão.

Dedos emergem do solo.

A mão que se ergue para o céu parece um zumbi recém-nascido.

Uma cabeça sai de dentro da terra.

Por todo o antigo campo de golfe, corpos cobertos de terra cravam as unhas no chão e saem de dentro do solo para o gramado. Milhares deles.

Os anjos abrem as asas e levantam voo. Raffe olha para mim, mas entendo que ele não pode me levantar sem demonstrar fraqueza. Uma mão sobe no ar perto da minha perna, tentando agarrar alguma coisa. Dou um pulo e tento me livrar das mãos, desejando que também pudesse voar.

Quando os corpos saem de dentro do solo, estão tão sujos que só sei que são humanos por causa da forma dos corpos e dos soluços ofegantes.

— E os mortos se levantarão — diz Uriel, e a voz é carregada pelo vento.

Alguns corpos se deitam no chão, tentando recuperar o fôlego. Outros se arrastam do buraco de onde saíram, claramente com medo de que alguma coisa os arraste de volta para dentro da terra. Outros apenas se encolhem em posição fetal por cima do solo revirado, choramingando.

O que achei primeiramente que era só terra se mostra ser terra sobre pele ressequida e enrugada. Essas pessoas são vítimas de gafanhotos. Parecem traumatizadas e apavoradas, olhando seus braços e pernas como se notassem a pele murcha pela primeira vez. Talvez seja mesmo.

Uriel deve tê-los enterrado vivos quando ainda estavam paralisados. Ele estava preparado para impressionar os anjos reunidos antes mesmo da chegada de Raffe. Se alguém cronometrou algo assim, com certeza foi ele. Sua equipe sabia exatamente quanto veneno usar para manter as vítimas paralisadas até a hora do espetáculo.

Fico me perguntando se os que foram atingidos por ferrões de gafanhotos sabem o que lhes aconteceu e se pensam que estão *de fato* se erguendo dos mortos.

— Ressurretos! — Uriel exclama, com aspecto assustador. A cabeça baixa e as asas abertas brilham no facho de luz. — Eu sou o Mensageiro de Deus.

Muitos anjos trocam olhares desconfortáveis entre si quando Uriel se declara o Mensageiro.

— Vocês foram escolhidos para compartilhar da glória do apocalipse. Punam a blasfêmia que é a humanidade e serão recebidos no céu. Fujam de seu dever e serão arrastados de volta para o inferno de onde vieram. — Ele aponta para o leste. — Vão. Encontrem os humanos e os matem. Limpem a terra, tornem-na justa novamente.

Os ferroados pelos gafanhotos o encaram, atônitos. Em seguida se entreolham. Parecem assustados e desorientados.

Uma pessoa se vira para seguir rumo ao leste.

Alguém a segue, depois outra e mais outra, até o grupo todo migrar.

Levas de ressurretos cravam as unhas no solo para se libertar da terra. Assim que conseguem se manter sobre as duas pernas, seguem a multidão.

Rumo ao acampamento da resistência.

33

— BELO ESPETÁCULO — diz Raffe, pairando no ar, entre os anjos. Ele não parece nem um pouco impressionado com o exército de ressurretos ou com o monstro de várias cabeças. — Mas vocês cometeriam um erro enorme se acreditassem nele. Qualquer um que siga Uriel vai cair quando a verdade vier à tona.

— Sua tática de medo não vai funcionar aqui — diz Uriel.

— Se Uriel estiver mentindo, então só ele vai cair — diz um guerreiro. — O restante de nós estará apenas seguindo ordens.

— Você acha que os anjos de Lúcifer tiveram leniência só porque estavam seguindo ordens quando se revoltaram contra o céu? — pergunta Raffe. — Acha que eles entendiam a política dos arcanjos que havia por trás da revolta e sabiam o que estava realmente acontecendo? Eles eram apenas soldados de infantaria alada , como você. Muitos provavelmente acharam que estavam lutando para defender o Mensageiro, mas não adiantou de nada quando a poeira baixou. Todos caíram.

Os anjos se entreolham. Um murmúrio baixo se propaga na multidão e asas farfalham com nervosismo.

— Se Gabriel ainda está vivo em algum lugar por aí — diz Raffe —, ele não terá misericórdia pelos anjos que perderam a fé nele. Se Miguel voltar e souber o que aconteceu, ele não terá escolha a não ser declarar todos vocês caídos para anular a eleição. E, se a notícia dos acontecimentos aqui na terra voar até eles, meus irmãos, isso pode ser o início de uma sangrenta guerra civil. Os anjos aqui não terão escolha a não ser ficar do lado de Uriel como seu Mensageiro escolhido.

— Como saber em quem acreditar? — pergunta um anjo.

— Não há como saber — diz outro.

— Julgamento por competição — um declara.

— Julgamento por competição — afirma outro, ao qual se seguem murmúrios em concordância.

Não gosto quando anjos murmuram em concordância. Nunca sai nada de bom.

— Deus falou comigo. Eu sou o seu Mensageiro e lhes dei uma ordem. — A voz de Uriel é estrondosa e cheia de promessa de retaliação.

— Isso é o que você alega — diz Raffe. — Mas a eleição não acabou. — Ele se vira para os anjos. — É uma bela sequência de coincidências, não é? O Mensageiro Gabriel é morto sem informar a nenhum de nós por que estamos aqui, e Uriel é o único arcanjo disponível para a eleição. Sempre que há alguma dúvida, surge outro monstro apocalíptico como sinal. — Raffe olha para Uriel. — Que conveniente para você, Uri. Sim. Eu concordo com um julgamento por competição.

Os anjos assentem e ecoam:

— Julgamento por competição.

Como assim? O vencedor leva tudo e é declarado o portador da verdade? Por acaso estamos vivendo na Idade Média?

Uriel faz uma varredura visual sobre a multidão de espectadores.

— Certo — diz Uriel. — Que seja. Eu conclamo Sacriel como meu segundo.

Todos olham para o maior anjo no grupo, com suas asas enormes.

— Eu aceito — ele diz.

Raffe olha para os anjos, avaliando-os. Quem é leal o bastante para apoiá-lo como segundo? Alguns anjos votaram nele, mas votar e morrer por ele são duas coisas bem diferentes.

— Fico lisonjeado que você precise do guerreiro maior e mais malvado do seu lado para me vencer, Uri. Vejamos, qual o tamanho do guerreiro que eu preciso como segundo para derrotar você e Sacriel? Hum...

vou ficar com... a filha do homem. Ela deve equilibrar as coisas entre nós.

Os anjos dão risada.

Eu me mantenho no lugar sobre o chão revirado, atônita.

Uriel franze os lábios.

— Você ainda acha que tudo é uma brincadeira, não é? — Uriel cospe as palavras, definitivamente odiando que riam dele. — Divirta-se, Rafael, pois ela vai ser a única a te seguir quando você cair. Talvez você tenha esquecido que já não tem mais seus vigias.

Uriel me lança um olhar sagaz. Percebo que ele sabe que Raffe não me escolheu à toa.

— Você tem até o amanhecer para reunir sua equipe antes de nos encontrarmos para decidir a contenda.

Ele levanta voo para se afastar da multidão e seu séquito o segue numa explosão de asas farfalhantes. Os anjos estão em polvorosa, ansiosos e entusiasmados, quando se dispersam e seguem para o edifício principal do ninho da águia.

Alguns guardas de Uriel encurralam os dois endiabrados restantes e os jogam de volta na gaiola de onde tinham saído. Trancafiam Beliel com eles.

Mas me deixam sozinha no campo. Deve ser porque sou o segundo de Raffe, seja lá o que isso signifique. As pontas de suas asas são aveludadas, o que lhe confere um leve brilho sob a luz.

Não posso acreditar que ele recuperou as asas. Ficam lindas nele. Perfeitas em todos os aspectos, com exceção do talho que dei em uma delas quando o conheci. Imagino que as penas vão crescer novamente com o tempo e todos os vestígios da minha presença vão desaparecer.

Quero dizer algo sobre suas asas e lhe agradecer por me manter viva, mas não quero que me ouçam. Sei que ele vê tudo isso em meus olhos, de qualquer forma, assim como noto que ele se pergunta como diabos vim parar aqui. Acho que tenho um talento especial para aparecer onde eu não deveria estar.

Assim que o último anjo levanta voo, Josias pousa ao lado de Raffe. Sua pele branca fantasmagórica combina com as penas de Raffe.

— Bem, foi uma escolha inesperada de segundo — diz Josias, observando Raffe com os olhos vermelhos.

Raffe lhe mostra uma expressão sombria.

— Quais as chances de recrutarmos uma boa equipe?

— Muito baixas — responde Josias. — Quer o apoiem ou não, muitos estão convencidos de que Uriel vai vencer. Se isso acontecer, ele vai se certificar de que qualquer opositor caia, e ninguém quer arriscar uma coisa dessas.

Os ombros de Raffe se curvam. Ele deve estar exausto por causa da cirurgia.

— Como você está se sentindo? — pergunto.

— Como se tivesse voado com as minhas asas um mês antes do que deveria. — Ele respira fundo e depois expira. — Nada que eu já não tenha feito antes.

— Quantos anjos Uriel vai ter na equipe dele? — pergunto.

— Uns cem, talvez? — responde Josias.

— Uns cem? — repito. — Contra nós dois?

— Não, na verdade você não vai lutar — diz Raffe. — Ninguém espera que lute.

— Ah, então são cem contra você? Por que é preciso um segundo no duelo, se teoricamente você teria um time do seu lado?

— É uma tradição para garantir que ninguém fique sozinho — diz Josias.

Ele lança um olhar compreensivo para Raffe.

— Ninguém declina da honra de ser o segundo, mas é opcional se juntar a um time para um julgamento por competição.

Ver pena nos olhos de Josias me faz querer chutar alguma coisa. Raffe me ajudou, mas agora não posso ajudá-lo. Uma menina que não pode voar, não pode desempenhar os jogos dos anjos.

Olho para as gaiolas no campo. Os dois endiabrados restantes estão se atacando ao redor de Beliel. Eles provavelmente teriam me jogado ali também se Raffe não tivesse me nomeado seu segundo. Quanto tempo eu duraria ali?

— Uriel está certo — diz Raffe. — Eu não tenho mais meus vigias. Não posso contar com ninguém para cumprir ordens.

160

— Os guerreiros ainda falam sobre eles, sabia? — diz Josias. — Nenhum grupo chegou nem perto de ser a equipe guerreira de elite que os vigias eram. Eles se tornaram lenda. — Ele balança a cabeça. — Que desperdício. E tudo por causa das... — Josias me observa com certa hostilidade nos olhos e engole qualquer insulto que pensou em dirigir às filhas dos homens.

— Não culpe as mulheres pelo fato de os anjos terem violado suas leis idiotas. As mulheres deles não quebraram nenhuma regra e foram punidas mesmo assim.

— Os vigias ainda estariam aqui se não fosse pelas filhas dos homens — afirma Josias. — Perdemos nosso grupo de elite de guerreiros porque eles se casaram com gente do seu tipo. O mínimo que você pode fazer é ter a decência de...

— Chega — diz Raffe. — Os vigias se foram, e discutir quem é que deve levar a culpa não vai trazê-los de volta. A única pergunta que resta é: podemos encontrar substitutos?

— Onde eles estão agora? — Minha suspeita é de que estejam no Abismo, mas como saber? Acho que o que vi na memória de Beliel aconteceu há muito tempo.

Os dois olham para Beliel. Ele golpeia os endiabrados, que se enfrentam perto de seu ombro. Os dois voam para longe e se aproximam das barras, nos encarando.

Não, nós não.

Minha espada.

Os endiabrados do Abismo querem voltar para casa. Por pior que seja lá, deve ser melhor que ficar engaiolado, esperando para serem mortos.

Casa.

— E se a gente puder entrar no Abismo e resgatar os vigias? — pergunto.

É um pensamento maluco, que eu não consideraria se a raça humana inteira não dependesse disso. Se Raffe destronar Uriel, então a guerra acabou, certo?

Os rapazes olham um para o outro como se avaliassem minha sanidade mental.

— Ninguém iria voluntariamente até o Abismo — afirma Raffe, fazendo uma careta para mim.

— E, se você entrar lá, não vai poder sair sem a permissão de um dos senhores do Abismo — diz Josias. — Esse é o problema com aquele lugar. Se não fosse assim, anjos que acabaram de cair seriam resgatados a torto e a direito.

— Além do mais — continua Raffe, olhando para Beliel —, os vigias não são o que costumavam ser.

— E se pudéssemos trazer os vigias de que você se lembra? — pergunto, fazendo um gesto com a cabeça na direção de Beliel. — Os vigias de que ele se lembra?

Raffe olha de volta para mim e vislumbro uma faísca de interesse.

34

ARRASTAMOS A GAIOLA DE BELIEL sobre a grama destruída, em direção ao prédio externo, fora da vista do hotel principal.

— Temos alguma razão para acreditar que vai funcionar nas duas direções? — Josias pergunta.

— Eu tinha esperança de que vocês soubessem — respondo.

— Existem histórias antigas de endiabrados que pularam de lá com a ajuda de espadas muito poderosas — menciona Raffe. — Mas nunca houve motivo para pular *dentro* do Abismo.

— Você quer dizer que eu descobri um talento das suas queridas espadas que nem vocês conheciam? — Puxo as barras com o máximo de força que consigo.

— Parece que você consegue extrair novas dimensões tanto de mim quanto da Ursinho Maluco.

— Ursinho Pooky.

— Tudo bem.

Passo por cima do buraco pelo qual alguém deve ter saído.

— Vamos. Pode falar, Raffe. — Mostro um meio-sorriso. — Eu adoro quando você diz Ursinho Pooky. Fica perfeito na sua boca.

— Quem sabe ela te mate durante o sono um dia desses, só para se livrar desse nome.

— Ela não pode ter outro nome, agora que talvez fique com você de novo?

— Você foi a última portadora da espada, por isso ela vai estar presa ao nome até conseguir um novo portador.

Fico esperando que ele vá pedir a espada, uma vez que recuperou suas asas angelicais, mas isso não acontece. Não sei se Raffe continua irritado por sua espada ter me mostrado seus momentos íntimos. Sinto que ela anseia para ser empunhada por Raffe, mas não digo nada. Preciso ficar de fora dessa luta.

Colocamos a gaiola no chão, atrás do prédio externo. O lugar está deserto e silencioso.

Josias balança a cabeça de um lado para o outro, mas parou de argumentar contra a ideia. Ele está certo. Todos nós concordamos que é um plano terrível, mas, quando Raffe pediu para ele sugerir outra ideia, ele não teve nenhuma.

Minhas mãos tremem quando saco a espada.

Minha mente procura desesperadamente por um plano melhor, mas não consigo encontrar nenhum. Poderíamos fugir agora que Raffe tem suas asas de volta, mas ele está em julgamento tanto quanto eu. Eles não vão nos deixar sair voando daqui.

Se Raffe perder esse julgamento, vou morrer. Não sei o que vai acontecer com ele, mas sei o que vai acontecer comigo. Por outro lado, se Raffe puder vencer seu julgamento por competição e assumir o controle dos anjos, ele vai levá-los embora. E tudo estará encerrado.

Vale a pena o risco de perder Raffe para o Abismo e tê-lo aprisionado lá?

Mordo o lábio, evitando saber a resposta. Provavelmente vou escavar uma trincheira de três metros na frente desta gaiola enquanto espero que ele volte.

— Tudo bem, vamos lá — diz Raffe. Suas asas estão firmemente fechadas ao longo das costas, e ele está rígido, pronto para o pior.

Antes que eu desista, faço um movimento afirmativo com a cabeça. Ele destranca a porta da gaiola, que se abre com um rangido. Os dois endiabrados do Abismo se afastam de Josias.

Tomara que eles saibam usar a espada para voltar ao seu mundo. Só precisamos pegar um endiabrado para Raffe usar como carona.

Beliel bloqueia a passagem para a extremidade da jaula, parecendo um zumbi enrugado.

— O que vocês estão fazendo? — Ele nos observa, desconfiado.

— Cheguem mais, endiabrados. Vocês querem ir para casa, não querem? — murmuro, estendendo a espada para dentro da gaiola.

Os endiabrados do Abismo rastejam devagar em minha direção. Observam a espada avidamente, farejando, como se tentassem descobrir uma armadilha.

No entanto, assim que Raffe se move contra eles, os dois disparam para os cantos mais distantes da gaiola. Não sei como fazer as criaturas viajarem pela espada se elas não quiserem.

— Eles estão com medo de você. — Estendo a mão livre na frente de Raffe. — Fique atrás de mim.

Entro na gaiola. Levanto a voz e converso com eles num tom amigável.

— Venham, coisinhas feias. Vocês querem voltar para casa, não querem? Humm, casa.

Eles se aproximam devagar, observando Raffe com cautela.

— Eu vou abrir a porta para a casa de vocês assim que me deixarem segurar sua mão. — Tenho de me conter para não sair correndo de medo só de pensar.

— Não! — diz Beliel. Seus olhos são ferozes, como se acabasse de perceber que está mergulhado num pesadelo do qual não consegue acordar. — Saiam daqui...

Agarro o endiabrado mais próximo.

Ele segura meu antebraço, cravando as garras. A dor me perfura, mas fico firme.

Então Raffe pula e agarra o outro endiabrado.

É o caos.

Com uma intensidade que beira ao pânico, Beliel empurra Josias e tenta saltar para fora da gaiola. O endiabrado de Raffe começa a surtar e tenta fugir pela porta da jaula, batendo asas feito um louco.

Instintivamente, uso a espada para conter a fuga de Beliel e acabo perfurando seu flanco.

Ao mesmo tempo em que ele solta um rugido, o endiabrado de Raffe pula na espada.

A criatura desliza pela lâmina enquanto Raffe continua a segurá-la pela perna. E desaparece dentro de Beliel.

Ainda segurando a perna do endiabrado, Raffe desaparece logo em seguida.

Num piscar de olhos, o endiabrado que estou segurando mergulha igualmente na espada e me leva consigo.

Primeiro tento me soltar — Raffe é o único que deveria entrar no Abismo —, mas o endiabrado ainda está agarrado ao meu braço. Um segundo antes de o endiabrado me libertar, minha mão desliza para dentro de Beliel e eu caio.

Eu me seguro com tanta força que quase arranco o braço do endiabrado.

Batemos contra o corpo de Beliel e resfolego. Por um terrível instante, o choque de atravessar a barreira quase me separa da minha carona. Mas me seguro, torturada pela ideia de que, se eu me soltar dele, posso acabar num lugar ainda pior do que esse para onde estou indo.

Caímos numa escuridão que parece eterna.

Eu me viro e vejo o rosto perplexo de Josias me fitando no fim de um túnel que se estreita rapidamente.

Fecho os olhos, convencida de que há algumas coisas que nós, humanos, não devemos ver. A expressão chocada de Josias se apaga da minha mente quando um pensamento começa a dominar.

Estamos indo para o inferno.

35

A SENSAÇÃO QUE TENHO NÃO É IGUAL à da última vez em que entrei na memória de Beliel. Agora dói.

Cada célula do meu corpo grita de dor. Espero que seja porque meu corpo físico está fazendo a viagem com a minha mente.

Bem quando acho que meus olhos vão estourar de tão forte que os fecho, despencamos no chão.

Não me admira que os endiabrados estivessem tão desorientados quando pousaram em Angel Island. Sinto como se tivesse sido esticada com um rolo de pizza e depois jogada no chão.

Parece que estou sendo assada num forno. Um forno muito fedido, repleto de ovos podres.

Eu me forço a rolar e abrir os olhos. Realmente não há tempo para recuperação quando acabamos de aterrissar no inferno.

O céu — se é que isso é um céu — é preto-arroxeado, craquelado por manchas mais escuras. A luz fraca projeta uma cobertura roxa sobre as sombras pesadas acima de mim.

No campo periférico da minha visão, rostos me observam do alto.

Não sei ao certo para que estou olhando. Eles me lembram anjos, mas não sei o que são. Também me lembram demônios, mas não acho que realmente sejam.

As asas abertas parecem sarnentas, e o que sobrou das penas se assemelha a folhas secas de uma árvore morta. As partes expostas parecem rachadas, lembrando a textura de couro. Os ossos das asas estão fraturados e há pedaços despontando dolorosamente nas beiradas. A maioria deles se curvou em forma de foice, não diferindo muito dos ganchos das asas demoníacas de Raffe.

Mas o que mais me choca, mesmo que provavelmente não devesse, é que um desses sujeitos é Beliel. Isso não deveria me surpreender, já que saltei na memória dele ou em um mundo no qual ele tem memória. Portanto, é claro que ele estaria aqui.

Mas ele está diferente. Para começar, as asas não são nem de demônio — com as quais estou familiarizada — nem as de penas originais. São meio escuras e cobertas de tufos de penas da cor do sol poente.

Acho que, como estou fisicamente aqui, devo ter atravessado o tempo e o espaço, mas tudo isso é demais para meu cérebro assimilar sem pirar. Além do mais, não tenho tempo para pensar nessas coisas.

Quando meus olhos se ajustam à luz roxa, percebo que Beliel me encara com as órbitas vazias.

Ele está cego.

Levo um segundo para me convencer de que é mesmo ele. Ele exibe uma marca profunda de chibata na bochecha e no nariz. Foi chicoteado no rosto e tem marcas de goivas ao redor das órbitas oculares.

Os outros não estão com aparência muito melhor. Um deles tem um rosto cuja metade parece de um deus grego e a outra parece ter sido comida. Sem os ferimentos, noto que seriam espécimes perfeitas, iguais a quaisquer outros anjos.

Entre corpos feridos, noto que estamos em uma zona de guerra ou, pelo menos, o que sobrou de uma. Os edifícios estão queimados, as árvores quebradas estão chamuscadas, e os veículos estão esmagados e revirados. Pelo menos, imagino que sejam prédios, árvores e veículos. Não são como os nossos, mas as formas enormes parecem que costumavam ser habitadas muito tempo atrás. Como um vilarejo de algum tipo. Algo semelhante a cactos atarracados que foram pisoteados e revirados ainda permanece enraizado no chão. E há escombros espalhados que parecem vagamente as rodas de uma carroça.

Um não anjo com penas amarelo-canário estende as mãos para mim. A pele foi arrancada do braço, e agora só mostra os músculos úmidos que havia por debaixo. Eu me encolho, mas ele me agarra pelo cabelo e me puxa até eu ficar em pé.

— O que é isso? — questiona Beliel. — Dá para comer? — Não sei se já vi algo mais perturbador do que órbitas vazias, ainda mais em alguém que eu conheço, mesmo que seja Beliel.

Ele coloca uma orelha pontuda na boca e mastiga. Parece bastante a orelha de um endiabrado. Eu queria saber o que aconteceu com o endiabrado que me deu carona até aqui.

Então vejo o que sobrou dele no chão. Está todo esmagado. Mal dá para reconhecer.

Onde o Raffe está?

— É uma filha do homem — diz meu captor, com a voz agourenta, como se as palavras tivessem um profundo significado.

Há um longo silêncio e todos me encaram.

— Qual? — Beliel finalmente pergunta.

O que está me segurando olha em volta, sem soltar meu cabelo.

— Esta aqui é uma das suas? Ela não é minha.

— Não tem por que acreditar que ela seria uma das nossas, Ciclone — diz Beliel, com a voz áspera, como se tivesse gritado até ficar rouco ou sido enforcado.

— Não quero mais saber delas — um deles diz. — Só de pensar já me revira o estômago.

— É, talvez o Grande B esteja certo — diz outro. — Talvez seja melhor nós a devorarmos. Uma carninha seria ótimo para a gente se recuperar.

Eu me contorço, tentando sair da mão do não anjo. Onde está Raffe?

— Deixe a garota ir — diz outro, exibindo penas azuis.

— Thermo, tenho certeza que até ela preferiria ser comida a ser libertada. Libertá-la aqui não é um ato de misericórdia.

Isso não é o que eu queria ouvir.

— E isso é uma espada? — Vários deles se abaixam para ver minha espada, que está no chão, um pouco além do alcance.

Um deles tenta levantá-la e emite um grunhido ao perceber o peso. Então a solta.

169

Todos me encaram atentamente.

— O que você é? — Ciclone pergunta.

— Ela é uma filha do homem, não está vendo? — diz Thermo.

— Se ela é uma filha do homem, onde está seu bando de endiabrados? — pergunta um sujeito de penas pretas e olhos afiados. — Onde estão suas correntes? Por que ela parece tão saudável e inteira?

— E como ela pode ter uma espada angelical? — pergunta um não anjo de asas castanhas com listras amarelas.

— Não pode ser dela. De alguma forma, a espada veio parar aqui. É impossível que esse lugar tenha nos deixado tão perturbados para acreditar em coisas tão malucas. — Todos olham esperançosos para Ursinho Pooky, mas nenhum tenta pegá-la do chão.

— Então de quem é? — Os não anjos olham para mim.

Dou de ombros.

— Sou apenas uma filha do homem. Não sei de nada.

Ninguém questiona esse comentário.

— Onde eu estou? — pergunto. O puxão no meu cabelo está se tornando insuportável. Dois anjos estão com o escalpo parcialmente arrancado, e estou começando a me perguntar se esse é o motivo.

— No Abismo — diz Thermo. — Bem-vinda ao distrito de caça.

— Isso é o mesmo que o inferno? — pergunto.

O que tem as penas pretas encolhe os ombros.

— E por acaso isso importa? É infernal. Por que você está preocupada se isso se equipara ao seu mito primitivo?

— O que vocês caçam aqui? — pergunto.

O anjo de asas castanhas e amarelas ri sem humor.

— Nós não caçamos. Somos a presa.

Isso não soa nada bem.

— O que vocês são? — pergunto. Suponho que sejam os vigias de Raffe, mas é melhor ter certeza. — Vocês não parecem anjos e também não parecem... — E por acaso eu sei que cara os demônios têm?

— Ah, por favor, nos perdoe por não nos apresentarmos — diz o que tem as asas castanhas e amarelas, enfatizando seu sarcasmo com uma mesura para mim. — Somos novos caídos. Vigias, para ser preciso.

E provavelmente seus executores. Não que vá precisar de mais do que um de nós para cumprir o feito. Bem, você entendeu. Sou Grito.

Grito aponta para o que tem asas negras e pele marrom.

— Este é Falcão. — Ele aponta para o que tem as penas manchadas de azul e depois para vários outros. — Thermo. Voador. Grande B. Pequeno B. E o que está segurando você é o Ciclone. — Ele olha em volta. Há gente demais para apresentar e eu também não me lembraria.

— A gente se importa com quem ela é?

— É claro — diz Voador. — Talvez nos dê algo em que pensar quando estivermos loucos de tédio pelo próximo milênio. Quem é você?

— Eu sou... — Hesito em lhes dizer meu nome. Raffe disse que nomes têm poder. — Sou a matadora de anjos.

Aos meus ouvidos isso soa meio ridículo, agora que eu disse. Soou melhor na minha cabeça, mas que se dane.

Por um momento, todos eles me encaram.

Então, como se esperassem a deixa, começam a gargalhar.

Grito se dobra sobre as costelas esquerdas, protegendo-as com as mãos como se as tivesse quebrado.

— Ah, não me faça rir. Isso dói.

Ciclone dá risada atrás de mim e finalmente solta meu cabelo. Meu escalpo fica dolorido.

— Santa Mãe de Deus, eu não sabia que ainda era capaz de rir.

— É, fazia muito, muito tempo — diz Pequeno B.

— A matadora de anjos, hein? — repete Grito.

— Bem, que ótimo — diz Beliel, que aparentemente é o Grande B. — Agora a gente já pode comer?

— Ele tem razão — diz Pequeno B. — Nem lembro da última vez que fizemos uma refeição completa. Ela é magrela, mas estou desesperado por comida para lidar com toda essa recuperação...

Algo o agarra — um tentáculo — e o puxa para trás com um tranco. Ele grita, esperneia, chuta e se contorce, mas não consegue se soltar.

A coisa o arrasta para trás de uma pilha de escombros e, no movimento, bate a cabeça e os ombros de Pequeno B em fragmentos irregulares pelo caminho.

Todos os vigias entram em alerta total, prontos para a batalha. Esses caras têm passado poucas e boas por aqui.

Fico paralisada. Se esses guerreiros lendários estão com medo, o que eu devia sentir? Estou começando a me arrepender de ter aberto a boca sobre vir para cá. Morrer numa arena de gladiadores está começando a parecer misericordioso agora.

Todos voam atrás de Pequeno B, ainda que haja uma boa dose de estresse no rosto deles. Todos chutam, sacodem e tentam tirá-lo da dominação do tentáculo.

Depois, um outro é sugado para trás. Até onde eu sei, a coisa que o capturou foi o vento escaldante.

Ele é sacudido de encontro a uma janela de um prédio em ruínas. Em questão de segundos, gritos irrompem do lado de dentro.

Os vigias mais próximos correm para a janela e olham. Então desviam o olhar, como se quisessem não ter visto o que acabaram de ver.

Em algum lugar, outro grito é propagado em nossa direção. É um guinchado enlouquecido, que deixa meus nervos à flor da pele.

Os vigias se afastam para trás com Pequeno B, que chuta para se livrar do domínio que o tentáculo tinha sobre ele. Eles se viram e começam a fugir às pressas do prédio e de onde vêm os gritos enlouquecidos.

Alguém agarra meu braço e me puxa. Para minha surpresa, é Beliel.

— Fica com a gente. Somos sua melhor chance.

Noto que ele não diz melhor chance do quê. Eu me abaixo para apanhar a espada do chão, sem me importar se algum deles vai me ver fazendo isso. Eles estão ocupados demais, entrando em formação e vasculhando os arredores em busca de perigo, para prestar alguma atenção em mim.

Nós nos espalhamos, correndo com as costas viradas uns para os outros. Esses caras já trabalharam juntos antes. É uma pena que não pareça adiantar muito aqui.

Onde o Raffe está?

Onde foi que eu me meti?

36

ATRAVESSAMOS O DISTRITO CORRENDO, ziguezagueando para cá e para lá, feito uma matilha de lobos fugindo do caçador. Este lugar está cheio de tijolos quebrados e ossos velhos. Fragmentos chamuscados e retorcidos de madeira estão jogados entre pedaços enferrujados de metal, em meio a detritos espalhados.

Tento acompanhar os vigias. Alguns correm e outros voam baixo, próximo ao chão, como se estivessem preocupados de ser vistos se voassem mais alto. Deve ser preciso muita confiança para voar às cegas. O Beliel que eu conheço teria muita dificuldade para fazer isso.

Eles provavelmente vão me matar assim que tiverem chance, mas vou lidar com essa parte do problema depois que conseguirmos fugir de seja lá o que estiver tentando nos matar agora. Cometo o erro de olhar para trás para ver de que estamos fugindo.

Há três demônios enormes como os que vi da última vez em que estive no Abismo. Todos são gigantescos, com músculos enormes envoltos em correias de couro que lhes cruzam o corpo. Fora isso, seu tronco está nu, e é o máximo que consigo ver.

Eles não devem ter vacas aqui no Abismo. Tento não pensar em que tipo de animal eles usam para fabricar couro.

Os demônios andam em bigas puxadas por uma dúzia de novos caídos, atados por correntes sangrentas. Os caídos batem as asas freneticamente em resposta às chicotadas que recebem de seus senhores demônios. Percebo que são novos caídos porque ainda têm a maior parte das penas, embora estejam esmagadas e retorcidas. Não preciso olhar para saber que as bigas provavelmente também têm anjos quebrados amarrados às rodas, exatamente como Beliel estava na minha última visita.

Os demônios usam aqueles bastões com um monte de cabeças, como o que vi da última vez, para chicotear e morder os anjos escravos que vão puxando as bigas. Esses bastões são encimados por círculos de cabeças enrugadas e encolhidas, todas com o mesmo tom de cabelos vermelhos e olhos verdes. Os cabelos flutuam como se estivessem debaixo d'água, exatamente como os que vi antes. De modo semelhante às outras cabeças, estas também gritam sem emitir sons.

Sempre que os mestres movimentam os bastões, as cabeças voam guinchando na direção dos caídos, mordendo e arrancando retalhos de pele e penas, quando os encontram.

Um demônio olha para mim. Não deixo de pensar que é o mesmo que me viu da última vez em que eu visitei o Abismo. As asas estão pegando fogo, e o corpo brilhante reluz num vermelho lustroso por causa do reflexo. Ele arremessa o chicote de cabeças na minha direção quando as bigas avançam para mais perto.

Desesperadas, as cabeças gritam e vêm para cima de mim. Todas como bolas de dentes, olhos e cabelos serpenteantes.

Há um alçapão numa parede em ruínas. Eu o abro com força.

Estou prestes a descer correndo a escada de degraus de pedra na escuridão abaixo, quando um vigia desaba no chão diante de mim.

É Beliel. Um chicote de cabeça morde suas costas.

Mais duas cabeças berram e pousam em cima dele. Uma crava os dentes e lhe arranca um naco de carne do braço. A outra se agarra em seu cabelo e começa a sacudi-lo, até arrancar seu escalpo.

Beliel apanha a cabeça que está lhe mordendo e a esmaga.

Salto e dou um chute feroz na cabeça acoplada em suas costas. Beliel é meu bilhete de saída deste lugar, e não posso deixar que ele seja morto. Minha cabeça dói só de tentar entender o que seria feito de mim se ele morresse agora.

A última cabeça monstruosa sobe a mordidas pela pele rasgada de seu braço. Puxo a criatura e arranco sua pele com ela, ignorando o urro de dor de Beliel. Em seguida, pisoteio a cabeça até ela ficar imóvel.

Beliel se levanta com dificuldade. Eu o jogo escada abaixo, no escuro, e bato a porta do alçapão atrás de mim.

Tento não ofegar alto demais quando passo o trinco na porta.

Parece que estamos no porão de um prédio em ruínas. A única luz é a que penetra pelas frestas da abertura. Está escuro demais para ver se existe outra saída.

O chão vibra. Grandes porções de escombros desabam sobre a porta do alçapão.

Fico rígida e me preparo para agir, agarrando a espada com as duas mãos. Uma sensação de sentença de morte vibra de Beliel quando ele se levanta, a orelha voltada para o alçapão, como se tivesse vindo a este lugar mil vezes antes e tivesse perdido a batalha todas as vezes. Ao ver como ele e os outros vigias estão feridos e desmazelados, esse pensamento não me parece tão distante.

O alçapão estremece e tilinta ao ser atacado por cabeças dentadas. O barulho de dentes e batidas contra a porta continua pelo que parece uma eternidade, até que finalmente cessa.

Em seguida, um enorme estremecer e o som de chicotes retumbam do lado de fora. Os demônios não devem ter visto por onde escapamos, ao contrário das cabeças-chicotes.

O ruído trêmulo de bigas desvanece ao longe.

Com cautela, solto a respiração e olho em volta. Estamos em um tipo de habitação precária e subterrânea. Há roupa de cama esfarrapada jogada nas sombras, um assento elevado feito de lama e resquícios de uma lareira há muito usada.

— Você sabe o que eles teriam feito com você? — pergunta Beliel, num sussurro áspero ao meu lado.

Pulo de susto. Não tinha percebido como ele estava próximo.

— Aquelas cabeças — ele diz. — Você sabe por que elas gritam?

Respondo que não, depois me lembro de que ele não pode me ver.

— Um novo corpo. Elas estão desesperadas por isso. — Ele se apoia contra a parede do cômodo e vira as órbitas vazias para mim. — Bem-

-vinda ao Abismo. Goste ou não, você acabou de se juntar à iniciação dos novos caídos.

— Quanto tempo dura a iniciação?

— Até nos tornarmos consumidos ou algo tão horrível quanto. Ou é possível que os senhores do Abismo sintam vontade de nos promover ao status de vermes. Aí é que a verdadeira diversão começa.

— Fica pior se vocês são promovidos?

— Foi o que eu ouvi dizer.

Alguma coisa bate do lado de fora da porta. Fico em silêncio até seja lá o que atingiu o alçapão ir embora.

— E quanto a essas cabeças berrantes presas no chicote? Elas também foram iniciadas?

— Elas são os consumidos, os que não passaram pela iniciação. Existe um banquete lendário que acontece com os senhores do Abismo. Os consumidos são os que foram sacrificados para o banquete. — Ele sacode a cabeça. — Podemos fazer várias coisas crescerem de novo, mas não um corpo inteiro ou as partes mais importantes.

Ele esfrega as órbitas vazias.

— Mas quando se está no Abismo, as oportunidades para mais sofrimento são infinitas. Os consumidos berram aos milhares para serem incluídos num chicote de cabeças, pela chance de conquistarem um corpo novo.

Nunca vi Beliel tão falante. Vou precisar de algum tempo para me acostumar a essa versão mais nova dele.

— Se eles cravarem os dentes em você, vão te enterrar antes que você possa piscar. Eles vão te roer até chegar à cabeça, e então vão roer até sua cabeça cair. Depois vão se plantar no seu pescoço. Às vezes eles brigam e dois ou três se plantam antes de tudo terminar. Essa é uma visão que vai fazer você desejar que seus olhos tivessem sido arrancados.

Olho para ele para ver se aquilo é uma piada, mas sua expressão permanece inalterada.

— Um corpo caído é um prêmio, mas eles aceitam tudo o que tiver membros. Comem até corpos de ratos na esperança de subir na cadeia alimentar, enquanto saem à procura da próxima vítima. Por isso, fique de olho nos seus pés.

Ele desliza pela parede e se senta de encontro a ela.

— Dizem os rumores que alguns dos senhores mais poderosos do Abismo já foram consumidos. É claro, quando chegaram à categoria de senhor do Abismo, eles estavam para lá de loucos.

Gosto de pensar que posso lidar com a insanidade, mas isso leva a loucura a uma categoria totalmente nova.

— Então, fique sempre alerta — ele diz. — Neste lugar você pode perder muito mais do que imagina.

Beliel está mesmo tentando me proteger? Deve haver um motivo ulterior, mas não consigo pensar em nenhum neste momento.

— Por que você está me contando tudo isso? — Talvez não seja Beliel, mas alguém que se parece com ele. Com certeza não parece que é ele quem está falando.

— Você me salvou lá fora — ele diz. — Eu pago o que devo, seja bom ou ruim. Além disso, tenho um fraco por filhas dos homens. Minha esposa era uma de vocês. — Sua voz some ao final, e mal consigo ouvir a última frase.

— Você está se oferecendo para me proteger? — A incredulidade transparece claramente em minha voz.

— Ninguém pode protegê-la, garota, certamente não um novo caído cujos olhos ainda não cresceram de novo. Qualquer um que diga que pode te proteger está mentindo. É apenas uma questão de amigo ou inimigo. Só isso.

— E você está dizendo que é meu amigo?

— Não sou seu inimigo.

— Em que tipo de mundo bizarro eu estou? — sussurro para mim mesma.

Não espero que Beliel responda, mas ele o faz:

— Você está nas ruínas do mundo dos endiabrados.

Penso nisso por um minuto. O mundo dos endiabrados? Não é o mundo dos caídos? Os endiabrados e os caídos parecem muito diferentes.

— Eles não são da mesma espécie, não é?

— Os caídos e os endiabrados? — Ele ri com escárnio. — Não deixe ninguém te ouvir sugerir uma coisa dessas. Os dois lados te fariam em pedaços e te dariam de comer para os consumidos.

— Este era o mundo dos endiabrados antes de os anjos caídos chegarem? Os endiabrados são os nativos do Abismo?

— Duvido que eles fossem muita coisa antes de os caídos chegarem. Eles só servem para causar dor e sofrimento. Ratinhos nojentos. Estão abaixo até dos consumidos, que não os comem porque, mesmo sem corpo, um caído se recusa a chegar tão baixo.

Eu me lembro de como os endiabrados torturaram Beliel e sua esposa e vejo por que ele os odeia. Mas pode haver dois lados nessa história.

Olho ao redor no porão obscuro.

Há restos de cerâmica quebrada, pedaços de tecido desbotado, estilhaços de metal e madeira. Alguém morava aqui. Uma família, talvez. Muito tempo atrás.

37

BELIEL INCLINA A CABEÇA, ouvindo o que há do lado de fora.

— Abra o alçapão. Os outros vigias estão vindo.

Não concordo muito com a ideia de deixar os outros saberem onde estamos. Não quero que me matem antes de Raffe os recrutar.

Raffe. Ele devia ter aterrissado perto de Beliel, assim como eu. Por que ele não está por aqui?

— Vamos logo, menina. Eles são nossa única esperança de sobrevivência.

Hesito por mais um momento. Ele pode estar certo ou pode estar criando uma armadilha.

Enfim, Beliel toma a decisão por mim.

— Estamos aqui dentro!

Sem falar nada, deslizo a espada de volta para a bainha e coloco o urso de pelúcia por cima. Não posso lutar contra tantos vigias, fazer o quê? Melhor tentar manter Ursinho escondida.

Alguém bate no alçapão.

— Sabíamos que você estava vivo, Grande B. Não seja tímido.

A madeira chacoalha.

— Você quer viver, pequena matadora de anjos? — Beliel indica a porta do alçapão com um movimento da cabeça. — Esta é a sua chance.

Eu poderia ser teimosa e esperar até eles a forçarem para abrir. Mas qual o sentido disso? Relutantemente, subo os degraus de pedra e abro a porta.

Os vigias descem e ocupam o pequeno cômodo.

— Belo achado — diz Thermo, olhando em volta.

— Talvez a gente possa relaxar aqui por alguns segundos — emenda Pequeno B.

— Oops, o tempo acabou — diz Grito, batendo no ombro de Pequeno B. — De volta à tensão e à caça.

O restante simplesmente esquadrinha a habitação, absorvendo silenciosamente a imagem de tudo.

Mais de uma dúzia de vigias se aperta num único espaço. Alguns estão sentados no chão, enquanto outros se encostam na parede, fechando os olhos como se não tivessem descansado há anos. Ninguém fala. Ninguém se mexe. Apenas descansam como se tivessem certeza de que não vão ter outra chance em anos.

Um ruído de pancada no alçapão interrompe o silêncio.

Todos ficam tensos e se viram para a abertura.

Um endiabrado bate as asas, desaba e rola ao lado do alçapão aberto. Um anjo desliza atrás dele, num emaranhado de penas brancas e xingamentos.

— Raffe! — Corro escada acima até ele. — Onde você estava?

Ele ergue os olhos para mim, desorientado. O endiabrado sarapintado escapa de suas mãos. Apavorada, a criatura cai num movimento confuso dentro do porão, e os vigias a chutam até ela voar, desesperada.

Raffe pisca para mim algumas vezes e se levanta devagar.

— Você está bem? — Eu nunca o vi tão perturbado, a exemplo de mim, quando cheguei aqui.

Em seguida penso que talvez ele tenha acabado de chegar. A princípio, acho uma grande coincidência ele pousar perto de mim, mas, é claro, não sou eu a conexão — é Beliel. Nós entramos aqui por intermédio dele, por isso aterrissamos perto dele.

— Você acabou de chegar? — pergunto.

Mas ele não olha para mim. Ele e os vigias se entreolham enquanto saem do porão. Eles se posicionam em círculo ao redor de Raffe, como num sonho.

— Sim — digo. — Acho que vocês já se conhecem. — Sem jeito, eu me afasto para trás.

— Não pode ser — diz Voador.

— Comandante? — pergunta Falcão, com dúvida na voz. — É você?

— Como assim, *comandante?* — Beliel pergunta ao virar as órbitas vazias para Raffe.

— É o arcanjo Rafael — diz Thermo.

— Como diabos você conseguiu descer até aqui? — pergunta Ciclone.

— Suas asas... — diz Grito. — Como elas estão intocadas?

É irônico que, agora que Raffe finalmente tem suas asas angelicais de volta, ele esteja na terra dos demônios.

— Você está aqui numa missão com Uriel? — pergunta Thermo, cético. — Eu achei que ele era o único arcanjo que podia descer aqui. Você não se tornou um diplomata, se tornou?

— Talvez seja um truque — diz Falcão. — Talvez não seja ele de verdade.

— Qual era o tamanho da maior criatura que você já matou? — pergunta Ciclone.

— Trinta centímetros mais alto e mais largo do que a maior que você já matou, Ciclone. — Raffe passa as mãos no corpo para tirar a poeira.

— É você mesmo — diz Ciclone.

— O que aconteceu? — indaga Voador. — Como você está aqui?

— É uma longa história — Raffe responde. — Temos muito assunto para colocar em dia.

— Traidor! — Beliel grita, furioso, se jogando para cima de Raffe.

Os dois caem e se agarram, e Beliel tenta socar Raffe.

Os outros o pegam e o tiram de cima.

— Você jurou! — berra Beliel, num esforço para se desvencilhar dos companheiros. — Eu a deixei aos seus cuidados! Você sabe o que fizeram com ela? Sabe?

Os vigias subjugam Beliel, tapam sua boca e sussurram em seu ouvido para ele se acalmar.

— Precisamos conversar — diz Raffe, levantando-se. — Será que este é um bom lugar?

— Nenhum lugar é bom aqui no Abismo — diz Falcão.

— Temos que ir para algum lugar com rotas de fuga fáceis — acrescenta Thermo. — Qualquer coisa faminta acabou de ouvir o sininho do jantar.

Algo berra, ao longe. É difícil saber se está perto ou não.

Beliel para de se contorcer, mas sua respiração é forte e rápida. Ele pode estar cego, mas não há nada de errado com seus ouvidos.

— Vamos sair daqui — diz Ciclone, tomando a dianteira, e o restante de nós o segue.

Embora Beliel esteja furioso com Raffe, ele sai com as costas viradas para ele, como se não fossem arqui-inimigos. E também segue o grupo como se nunca lhe ocorresse não cooperar. Seus músculos avantajados começam a relaxar, e a tensão em seus ombros se suaviza conforme ele caminha.

A sombra de ódio iminente que estou acostumada a ver em Beliel não está presente, mesmo neste lugar horrendo. Seja lá o que houve com ele para deixá-lo desse jeito, ainda não aconteceu.

Seguimos os vigias para longe do porão e, de repente, o grito daquele chicote de cabeças dos consumidos enche o ar novamente.

Raffe me puxa em seus braços e levanta voo.

38

— **VOE BAIXO** — diz um dos vigias —, onde eles não podem te ver.

Raffe se abaixa no ar e voa rente ao chão, ao lado dos vigias. Oscilamos de um lado para o outro, esforçando-nos para não colidir com rodas quebradas, pilhas de escombros e carcaças queimadas de alguma coisa irreconhecível.

Atrás de nós, o senhor do Abismo com suas asas de fogo ruge em nosso encalço. Ele brande o chicote com as cabeças aos gritos sobre seu lote de novos caídos, que se esforçam para voar o mais rápido possível. O endiabrado sarapintado que veio com Raffe voa ao lado do senhor do Abismo como um rato gigante alado, apontando para nós.

Deslizamos sobre a rua destruída até virarmos em uma esquina e ficarmos frente a frente com um conjunto de cabeças berrantes.

Raffe me reposiciona de costas para ele. Sem falar, sei o que ele quer que eu faça. Ele não pode me carregar e lutar ao mesmo tempo. Saco a espada.

Raffe dá uma guinada para a esquerda, e golpeio os consumidos. Seus dentes e cabelos caem ao chão assim que a lâmina os atinge.

Atrás de nós, os vigias batem asas em formação de cunha. Eu e Raffe vamos na frente. Sou a única com uma arma, por isso se torna minha tarefa golpear o que surgir em nosso caminho. Os vigias socam e chutam atrás de nós.

Nunca lutei em uma equipe de verdade, exceto com Raffe, mas todos entramos em um ritmo único que não requer palavras para nos coordenar.

Alguém grita atrás de nós.

Todos nos viramos para olhar. O senhor do Abismo capturou Voador, que está no final da formação. Voador está curvado de costas sobre a beirada da biga, com o senhor do Abismo pressionando seus flancos, de forma que suas costas estão prestes a se partir pela metade.

Os vigias trocam um olhar rápido, depois toda a formação dá uma guinada e retorna para resgatar Voador.

O ar está repleto de consumidos gritantes, à procura de corpos.

Falcão e Ciclone lideram a volta com um grito de guerra feroz. São os primeiros a ser atingidos pelas cabeças. Em vez de tentar evitá-las, voam diretamente em seu raio de alcance e são atacados.

Assim que tocam Falcão e Ciclone, as cabeças começam a penetrar na carne deles.

Falcão e Ciclone agarram os cabelos de algumas cabeças e os puxam. Em seguida, eles as giram pelos cabelos e as usam para golpear as demais. De suas mãos pinga sangue, pois os cabelos dos consumidos ferem, mas eles parecem não se importar.

Os outros consumidos convergem em torno de Falcão e Ciclone.

Outros quatro vigias se aproximam velozmente, puxam e esmagam as cabeças que estão mordendo os dois vigias suicidas, ajudando-os a mantê-los vivos. Enquanto isso, o restante de nós voa em direção ao senhor do Abismo, enquanto Falcão e Ciclone distraem os consumidos.

Em vez de esperar, o senhor do Abismo solta Voador e investe contra nós.

Suas asas incandescentes lambem o ar com chamas, como se ele disparasse em nossa direção como uma bola de fogo.

Suas asas flamejantes tornam impossível vê-lo de qualquer lugar que não seja de frente. E eu e Raffe estamos bem diante dele.

O senhor do Abismo brande a asa chamejante para o nosso lado, e, nesse momento, um vigia avança entre nós e nos protege com o corpo, ao mesmo tempo em que soca o senhor do Abismo. Em vez de revidar o soco, o demônio o agarra pela garganta e fecha suas asas. Por um instante, não conseguimos ver nada a não ser a bola de fogo gigante, cujas asas encapsulam o senhor do Abismo e o vigia.

Quando o demônio abre as asas novamente, o vigia está em chamas. As penas remanescentes e cada resquício de pelo em seu corpo estão pegando fogo.

O senhor do Abismo o larga e o vigia cai, rugindo, para aterrissar com força girando no chão, tentando abafar e apagar as chamas.

O senhor do Abismo volta para nós. Raffe protege seu espaço aéreo, enquanto os demais vigias resgatam Voador.

Raffe acena com a cabeça para um vigia, que assume posição abaixo de nós. Suponho que ele esteja ali para me pegar se eu cair.

— Não se atreva a me soltar — digo.

— Não vou deixar que você se queime — ele responde.

O senhor do Abismo investe contra nós em um halo de chamas. Raffe faz um movimento descendente no ar e consegue evitar a queimadura.

O senhor do Abismo dá meia-volta e começa a nos perseguir. Percebo que Raffe está relutante em se virar e o encarar, pois isso me colocaria na linha de fogo das chamas.

— Pegue a espada — digo. Não testamos se Ursinho o aceitaria de volta, mas, quando ele faz um movimento de ziguezague para evitar o ataque do senhor do Abismo, decido que este não é o melhor momento para experimentar.

Raffe gira no ar. Uma parede de fogo vem em nossa direção: é o senhor do Abismo farfalhando suas asas enormes com o intuito de nos atingir.

Movimento a espada energicamente. Sinto uma onda de entusiasmo percorrer a lâmina quando Ursinho tem a chance de golpear um senhor do Abismo.

A lâmina atravessa o fogo. Uma parte das chamas é decepada e cai.

O demônio urra ao ver uma parte da asa despencar no chão e espalhar brasas por todos os lados.

Ele sacode o chicote freneticamente, tentando se manter de pé e estável, mas agora suas asas estão desiguais e ele começa a espiralar. Raffe se vale da nossa vantagem e voa até ele.

Deslizo a espada na primeira coisa que alcanço. Outro pedaço da asa do senhor do Abismo cai, em chamas.

E ele despenca do céu.

39

ASSIM QUE POUSAMOS, começo a suar por causa do calor. Não posso evitar tapar o nariz, embora isso não sirva de nada para me proteger do fedor de ovo podre.

O senhor do Abismo aterrissou. O fogo em suas asas se extinguiu, deixando para trás asas que parecem mortas, queimadas até se tornarem uma couraça. Ele sangra pelas duas asas.

Grita uma ordem, e endiabrados e consumidos se juntam ao seu redor. Os endiabrados observam temerosamente o mestre, parecendo prestes a fugir a qualquer momento; os consumidos, por sua vez, parecem superempolgados pela perspectiva de obter corpos.

Vigias pousam à nossa volta, formando um círculo protetor.

Eles não têm armas, e a maioria exibe ferimentos graves, mas isso não os deixa parecer menos ferozes. Para minha surpresa, Beliel é um deles. Ele olha fixo adiante cegamente, pronto para guerrear por Raffe.

Olho para nosso time e o comparo à gangue do senhor do Abismo. Acho que temos uma boa chance de derrotá-lo, desde que nenhum amigo dele venha em nossa direção para se unir à luta.

— Ah, sinto falta da minha lâmina — diz Ciclone, invejando minha espada. — Teríamos feito um estrago se tivéssemos trazido nossas espadas.

— É exatamente por isso que as espadas têm que nos rejeitar, meu irmão — diz Grito. — Ninguém quer os senhores do Abismo tocando o terror com um exército de caídos armados com espadas.

— Você pode achar que somos mais fortes, arcanjo — diz o senhor do Abismo. — Mas meus irmãos estão a caminho agora mesmo. Eles nos viram lutando no céu.

— Eles não vão estar aqui a tempo de te salvar — diz Ciclone.

O senhor do Abismo faz um barulho parecido com mil serpentes sibilando sobre folhas mortas.

— Mas, se vocês me enfrentarem em vez de saírem voando, meus companheiros vão matar vocês — ele diz. — Portanto, estamos numa encruzilhada.

E bate as asas queimadas e trêmulas para frente e para trás, como se as experimentasse. As incisões dos cortes sangram por todo o chão.

— Acho que preciso de um novo par de asas.

Ele olha para as de Raffe, que estão magníficas comparadas às asas sarnentas dos vigias.

— As suas parecem muito boas. Um senhor do Abismo com um par de asas de arcanjo seria temido e respeitado. Haveria muita especulação sobre como ele veio a possuí-las. Topa fazer um acordo?

Raffe dá risada.

— Pense nisso. Nenhum anjo se torna um arcanjo sem ambição. A ambição algumas vezes exige enganar. Às vezes, exige ter um exército. Posso oferecer os dois.

— Mentira existe em qualquer lugar — diz Raffe. — E é de graça.

— Mas um exército… Sim, isso tem algum valor. Tenho vários para alugar. Por um preço justo. Interessado?

— Não em troca das minhas asas. Ninguém jamais vai tirá-las de mim. — Ele não diz *outra vez*.

— Talvez você venha a ter alguma coisa que eu possa querer um dia. — O senhor do Abismo olha para mim declaradamente. — Se algum dia você estiver interessado em algo que eu possa proporcionar em troca de… — ele dá de ombros — algo que eu quero, é só morder isso aqui.

Ele joga um pequeno objeto redondo, preso por uma tira de couro. Raffe não se incomoda em pegá-lo, e o objeto cai a seus pés. Parece uma maçã seca amarrada. Escura e rugosa. Não sei se eu a comeria nem se estivesse prestes a morrer de inanição.

188

— Quando você morder este colar, ele vai me levar aonde você estiver, para discutirmos os detalhes — diz o senhor do Abismo, ao subir em sua biga.

Ciclone dá um passo em direção ao veículo. Os endiabrados e os consumidos arreganham os dentes para ele.

Raffe ergue a mão para fazê-lo parar.

— Não estamos aqui para brigar.

— Ele só está oferecendo uma barganha para ganhar tempo — diz Ciclone. — Ele não vai vencer esta, e sabe disso.

— Nem nós. — Raffe indica o céu com um movimento da cabeça. Três bigas voam em nossa direção, seguidas por uma nuvem de endiabrados.

O senhor do Abismo estala o chicote nos anjos acorrentados à sua biga. O chicote com cabeças de consumidos corta a carne dos anjos, cobertos de suor sangrento, que escorre por seus corpos rígidos. Então levantam voo.

Assim que a biga segue seu caminho, os vigias rodeiam Voador, que está deitado no chão. As costas estão claramente quebradas, pela forma estranha como seu corpo se dobra.

A cabeça pende de um lado para o outro no chão, então imagino que ele esteja vivo.

Mas, quando nos curvamos sobre ele, notamos que seu crânio se mexe de um jeito estranho.

O pescoço se rasga, borbulhando sangue.

Dou um pulo.

Dentes roem de dentro para fora o pescoço de Voador e rapidamente mastigam de um lado até o outro. Uma cabeça-chicote de um consumido coberta de sangue emerge do pescoço de Voador.

Olho para o outro lado. Quero apagar o que acabei de ver. Então percebo Ciclone pegar uma pedra e erguê-la acima da cabeça. Depois ouço um *crack* úmido.

Os ombros de todos parecem se curvar ao mesmo tempo.

— Você precisa nos tirar daqui, comandante — diz Falcão, com uma tristeza pesada na voz. — Não é assim que deveríamos morrer.

40

SAÍMOS DA ÁREA ANTES QUE outros senhores do Abismo cheguem. Alguns de nós caminham, enquanto outros voam baixo e vasculham o terreno à frente.

Fico esperando que alguém pergunte sobre a minha espada, mas ninguém o faz. Os vigias parecem um pouco chocados ao verem Voador morrer. É como uma tragédia que acontece com frequência, mas ainda assim eles não conseguissem aceitar.

A rua onde estamos termina abruptamente quando as ruínas da cidade se desintegram em um deserto rochoso. Eu me atento para endiabrados que possam aparecer pelo caminho, mas não vejo nenhum. Eles devem ter fugido ou sido recrutados pelos senhores do Abismo quando se reuniam para vir até nós.

O céu se transforma no que eu acho ser o equivalente ao dia aqui. Em vez do preto-arroxeado que eu tinha visto antes, agora há um brilho vermelho que projeta um tom demoníaco sobre o deserto — nem bem noite, nem bem dia.

Um vigia suspira a meu lado.

— A maioria de nós conseguiu sobreviver a mais uma noite.

— Vamos voltar para aquela rua hoje à noite — diz outro. — É mais seguro lá.

Lanço um olhar de soslaio para eles. Todos têm cortes novos no rosto e nos braços. Um deles está mancando e sangrando por um pedaço que foi arrancado de sua perna.

— Quanto tempo faz que vocês estão aqui? — pergunto.

Os anjos me disparam olhares cautelosos como se para dizer que faz uma eternidade.

— Não tenho ideia — diz um. — Acho que desde antes de eu nascer.

Vamos andando e subimos num afloramento rochoso. O deserto está cheio de estranhas torres de rocha espiralando para o céu vermelho, retorcidas e torturadas. Ao longe, há ruínas de cidades. Uma delas está em chamas, envolta em fumaça preta que sobe rumo ao céu.

— O que é aquilo? — pergunto. — São cidades?

— Já foram — diz Thermo. — Agora são apenas armadilhas mortíferas. Costumavam ser cidades de endiabrados.

Eu me viro para Beliel.

— Achei que você tinha dito que os endiabrados não eram muita coisa antes de os caídos chegarem.

Beliel dá um sorriso sem humor.

— Você acha que, só porque eles costumavam ter cidades, justifica o fato de torturarem gente inocente?

— Eles devem ter tido uma boa e pequena sociedade primitiva aqui — continua Thermo. — Lúcifer e seu exército os colocaram no lugar deles bem rápido.

As coisas começam a se encaixar na minha cabeça.

— É por isso que eles adoram torturar os novos caídos?

— Quem sabe por que eles fazem as coisas que fazem — intervém Beliel. — Eles devem ser exterminados, não analisados.

— Seja lá o que costumavam ser, eles involuíram em animais — diz Thermo. — Duvido que tenham alguma motivação que não seja o instinto.

— Mas os novos caídos são os anjos ou os demônios que eles podem atormentar, certo? — pergunto. — Eles têm medo dos caídos mais vividos, não têm?

— Eles também teriam medo de nós, se os senhores do Abismo não os usassem para nos torturar. Se tem um prazer que os senhores do Abismo lhes proporcionam, é nos atormentar durante a iniciação.

Balanço a cabeça para indicar que compreendo. Talvez os endiabrados estivessem tão animados em ferir Beliel porque torturar os novos caídos é a única revanche que eles obtêm pela destruição de seu mundo.

Se isso continuar, vou acabar como Paige e começar a falar esquisito sobre respeitar os seres vivos, mesmo aquelas coisas horrendas que são os endiabrados.

A antiga Paige, quer dizer.

Fico vendo a fumaça levantar acima da cidade arruinada dos endiabrados e me pergunto como Paige deve estar. Será que minha mãe está bem? A resistência ainda está segurando as pontas? Será que vou conseguir voltar para junto deles?

Os vigias se entreolham sobre a luz cada vez mais clara, avaliando-se para ver se há ferimentos. Observam Raffe cuidadosamente, mas não com o intuito de ver se ele está ferido. Parecem que só o avaliam.

Raffe é o único que está inteiro, sem nenhum machucado, e totalmente alado com penas saudáveis. É alto e musculoso, sem cicatrizes ou sarna no corpo vigoroso.

A única coisa que macula sua aparência é o colar de frutas secas que o senhor do Abismo lhe deu. Um vigia o tinha pegado do chão, dizendo a Raffe que poderia ser usado para mostrar que um senhor do Abismo o favoreceu. Acho que parece um rato morto dependurado no pescoço dele.

— Pensamos que nunca mais o veríamos, comandante — diz Thermo. — Achamos que tínhamos sido abandonados.

— Sempre soubemos que seríamos abandonados — diz Grito —, mas é diferente quando acontece de verdade.

— O que está havendo lá em cima? — pergunta Thermo.

Raffe lhes conta sobre a morte do mensageiro Gabriel, sobre Uriel marcar uma eleição a toque de caixa após ter criado um falso apocalipse, sobre a invasão do nosso mundo e tudo o que aconteceu com suas asas.

Enquanto Raffe conversa com eles, observo Beliel. Como os outros, ele é bonito, masculino e está retalhado. Mas, diferentemente dos demais, ele olha para Raffe com um misto conflitante de raiva e esperança.

— Você está aqui para nos levar de volta com você, certo? — pergunta Beliel. — Ainda não nos tornamos inteiramente caídos. Ainda conservamos uma parte das nossas penas, inclusive. — Alguns dão risada, como se fosse piada.

Beliel alisa as porções remanescentes de penas da cor do poente em sua asa.

— Elas vão crescer de novo quando voltarem a ver a luz do sol de verdade. Não vão?

— Nós vamos ajudar — diz Falcão. — Nos dê uma missão.

— Vamos merecer nosso caminho de volta, comandante — diz Ciclone. — Estamos detonados aqui embaixo.

Raffe dá uma boa olhada neles. Olha para os tufos de penas e os ossos estilhaçados das asas, despontando em ângulos estranhos. Observa os braços e pernas esfolados e os ferimentos nodosos. Vejo em seus olhos que é doloroso para ele ver seus leais soldados desse jeito.

— O que aconteceu com os outros? — Raffe pergunta, observando cerca de uns doze vigias que nos rodeiam.

— Agora eles têm sua própria jornada para percorrer — Thermo responde, com uma ponta de tristeza.

Então, se nós os trouxermos de volta, serão uma dúzia de vigias contra uma centena dos anjos de Uriel.

— Onde estão os endiabrados? — pergunto.

— Eles são a menor das nossas preocupações — diz Beliel.

Olho em volta, para a paisagem desolada. Nenhum endiabrado à vista.

— Eu preciso deles. Posso usá-los para sair daqui.

Todos me encaram.

— Será que este lugar te deixou maluca em tão pouco tempo? — pergunta Pequeno в.

— Foi assim que entramos aqui — explico. — Os endiabrados podem entrar e sair do Abismo com a minha espada. Eu mesma agarrei um deles para pegar carona. — Dou de ombros. — Acho que vocês nunca seguraram um demônio na espada por tempo suficiente para fazer isso antes.

— Só leva um segundo para matar um demônio — diz Raffe. — Não tem por que esperar para perfurá-lo.

Eles me encaram por um momento, depois se entreolham.

Eu me preparo para a saraivada de perguntas, mas tudo que eles questionam é:

— Também podemos pegar carona com eles?

Lanço um olhar para Raffe e ele assente. Não me surpreenderia se isso tivesse se tornado uma missão para resgatar Raffe, tanto quanto para salvar a hoste de anjos e levá-la de volta para o nosso mundo.

— Vocês não acreditam nela de verdade, acreditam? — pergunta Pequeno B.

— Você tem alguma coisa melhor do que ouvir o que ela está dizendo? — pergunta Grito.

— Não sei se vai funcionar — digo. — Mas, se vocês puderem me ajudar a encontrar endiabrados e convencê-los a pular de volta no meu mundo, então podemos tentar sair daqui todos juntos.

— Ela é maluca como o restante deles — afirma Pequeno B. — Ninguém jamais escapou do Abismo sem a permissão de gente graúda. Jamais.

— Ela está dizendo a verdade — Raffe me defende. — Nós viemos de um tempo diferente e através de um de vocês.

Todos se entreolham.

Raffe assente para mim e eu lhes conto a minha história. Narro uma versão que espero ser a versão diplomática — uma na qual não menciono qual deles foi a ponte e em que condições ele estava quando viemos. Quando termino de contar sobre como chegamos até aqui, todos estão mudos.

— Se um de nós é a ponte — diz Beliel —, isso significa que o vigia ponte não pode partir também, certo?

Baixo os olhos. Se conseguirmos sair daqui, ele vai ser deixado para trás, até conseguir tramar sua saída do Abismo e chegar à terra. Não faço ideia de quanto tempo vai levar. Mas, obviamente, tempo bastante para matar toda a decência que há nele.

41

SERIA DE IMAGINAR QUE, já que estamos no habitat dos endiabrados, o lugar estaria fervilhando deles. No entanto, a maioria deve estar escondida, pois não encontramos nenhum. Eu vi mais endiabrados em Palo Alto do que aqui.

Fumaça negra se ergue no horizonte do inferno, acima de uma ruína da cidade. Caminho sobre as rochas do deserto perto da areia, me perguntando qual será a distância daqui até a cidade mais próxima. Sinto um ímpeto estranho de ver as ruínas. Elas devem ser um indicativo do que o meu mundo poderia se tornar um dia.

— Pare! — um dos vigias alerta quando estou prestes a pisar na areia.

Uma mão irrompe dos minúsculos grãos para me pegar.

Tento recuar, mas a mão me puxa para baixo.

Pego a espada e golpeio desesperadamente.

Braços fortes me agarram pela cintura, e uma bota chuta a mão decepada presa a meu tornozelo, deixando vermes em minha perna.

Fecho os olhos e tento não gritar agudo demais.

— Tire esses vermes de mim!

Raffe passa a mão de leve para tirá-los, mas eles ainda sobem pela minha pele.

— Então você grita como uma garotinha — ele comenta, com alguma satisfação na voz. Abro os olhos um segundo depressa demais, pois o vejo arremessar a mão decepada na areia.

Uma floresta de mãos brota da areia para apanhá-la e dilacerá-la, lutando pelas migalhas.

Fujo dos vermes, que se contorcem. Raffe vê meu desespero e os joga para longe das rochas.

— Vermes são uma coisa absurdamente horrorosa — declaro ao me levantar. Tento recuperar alguma dignidade, mas não deixo de estremecer e sacudir as mãos no ar. É mais forte que eu. É um impulso instintivo ao qual não estou disposta a resistir neste momento.

— Você lutou contra uma gangue de homens com o dobro do seu tamanho, matou um anjo guerreiro, enfrentou um arcanjo e brandiu uma espada angelical — Raffe diz, inclinando a cabeça de lado. — Mas grita como uma garotinha quando vê um verme?

— Não era só um verme — digo. — Era uma mão que saiu do chão e agarrou meu tornozelo. E depois vermes saíram de dentro dela e tentaram entrar no meu corpo. Você gritaria como uma garotinha se isso acontecesse com você.

— Eles não tentaram entrar no seu corpo, só estavam rastejando. É o que os vermes fazem. Rastejam.

— Você não sabe de nada.

— Difícil argumentar contra isso, comandante — diz Grito, com riso na voz.

— Esse é o Mar das Mãos Assassinas — continua Thermo. — Você não vai querer chegar perto dele.

Percebo por que eles o chamam de mar. A areia se move como se fossem ondas. Imagino que seja por causa das mãos ou seja lá o que for que estiver se movendo por baixo dela. Não deixo de notar as semelhanças entre o Abismo e o meu mundo, agora que Uriel e seu falso apocalipse criaram coisas como ressurretos que se arrastam para fora do chão.

— Ah, mas ela podia ter lidado com as mãos assassinas como a mais verdadeira guerreira — diz Raffe, orgulhoso. — São os vermezinhos pelados que a fazem tremer.

— Talvez a gente devesse chamá-la de matadora de vermes — sugere Grito.

Os outros dão risada.

Suspiro. Provavelmente eu mereço, mas isso não torna as coisas mais fáceis. Agora sei como Ursinho Pooky se sente.

Vejo um endiabrado pequeno no deserto e aponto para ele, animada. Mas ele voa perto demais da areia, e três mãos sobem de repente e o agarram. Os braços não têm o comprimento de um braço normal. Eles se erguem quase dois metros do chão para agarrar o endiabrado. A criatura guincha durante toda a trajetória até ser arrastada para debaixo da areia.

Um anjo aponta para um afloramento de rochas.

O pequeno endiabrado pego pelas mãos devia ser um batedor, pois um grupo maior agora voa em nossa direção.

Minha espada está em riste, pronta para lutar.

— Não os matem. Precisamos deles vivos.

As aberrações voadoras se aproximam, repletas de dentes e garras. São tão grandes ou maiores do que as que vieram atrás de mim, saídas do Abismo. São quatro agora.

Ao meu lado, Raffe abre as asas e voa sobre o Mar das Mãos Assassinas. Os outros fazem o mesmo. Eu e Beliel somos os únicos deixados no chão.

Eles encurralam os endiabrados em direção a Falcão e Ciclone, que os apanham.

Quando descem, capturam os quatro. Então amarram os endiabrados com cordões de couro que algum deles tinha enrolado nos pulsos. Pelo visto, Raffe os treinara para coletar coisas úteis sempre que estivessem em missão.

— Você é mais esperto do que parece — digo para Raffe.

— Mas não tão esperto quanto ele acha que é — conclui Grito.

— Vejo que a disciplina foi deixada para trás durante as férias de vocês — diz Raffe.

— É, com toda aquela diversão na praia, sem nada para fazer além de beber e ver as mulheres...

Diante da palavra *mulheres*, os vigias ficam sem graça e caem em si.

— Tenho que perguntar — diz Thermo. — Eu sei que os outros estão querendo saber isso também. Ela é a sua filha do homem? — Ele acena com a cabeça em minha direção.

Lanço um olhar para Raffe.

Eu sou?

Ele pensa um segundo antes de responder:

— Ela é *uma* filha do homem. E está viajando comigo, mas não é a *minha* filha do homem.

Que tipo de resposta é essa?

— Ah. Então ela está disponível? — emenda Grito.

Raffe lança um olhar gélido para ele.

— Todos nós estamos solteiros no momento, sabia? — diz Falcão.

— Eles não podem nos punir duas vezes pelo mesmo crime — observa Ciclone.

— E, agora que sabemos que você está fora da disputa, comandante, isso faz de mim o segundo mais bonito na escala — diz Grito.

— Chega. — Raffe não parece achar graça. — Vocês não fazem o tipo dela.

Os vigias riem como se entendessem a mensagem.

— Como você sabe? — pergunto.

Raffe se vira para mim.

— Porque anjos não são o seu tipo. Você os odeia, esqueceu?

— Mas esses caras não são mais anjos.

Raffe arqueia a sobrancelha para mim.

— Era para você ficar com um garoto humano legal. Um que aceite suas ordens e tolere suas exigências. Alguém que dedique a vida a te manter protegida e bem alimentada. Alguém que te faça feliz. Alguém de quem você possa ter orgulho. — Ele aponta os vigias com um aceno. — Não tem ninguém assim neste bando.

Olho feio para ele.

— Eu vou me certificar de escolher alguém que você aprovar — digo, embora minha vontade seja trocar a palavra "escolher" por "me contentar".

— Tudo bem. E eu o informo o que é esperado dele.

— Considerando que ele sobreviva ao seu interrogatório — diz Grito.

— Você está considerando muita coisa — observa Ciclone.

— Eu gostaria de estar presente para assistir — diz Falcão. — Acho que vai ser interessante.

— Não se preocupe, comandante — continua Grito. — Nós tiramos nossas próprias conclusões. Já passamos por isso.

Então um humor sombrio começa a tomar conta deles e Thermo pigarreia.

— Falando nisso...

— Algumas delas sobreviveram — diz Raffe.

— Quais?

— Saber não vai adiantar nada — responde Raffe. — Só saibam que consegui resgatar algumas, e elas sobreviveram.

— E as crianças? — Não há esperanças na voz de Thermo quando ele faz essa pergunta.

Raffe suspira.

— Você estava certo. Eu parti para caçar os "monstros nefilins" e descobri que eram apenas crianças. Gabriel disse que os filhos de um anjo com uma filha do homem cresceriam para se transformar em monstros. Eu não quis matá-los enquanto ainda eram indefesos, por isso esperei. Esperei muito. Geração após geração, para erradicar o mal sobre o qual eu tinha sido alertado. — Ele balança a cabeça. — Mas não veio mal algum. Procurei em toda parte por monstros nefilins, mas eram apenas pessoas. Alguns eram pessoas especialmente grandes, com menos filhos que a maioria. Os filhos às vezes possuíam talentos especiais, eram bonitos, mas não tinham nada de monstruoso. E, algum tempo depois, as linhagens se diluíram entre os humanos, a ponto de ser comum ter pelo menos uma gota ou duas de sangue angelical numa população.

— Eu sabia que era mentira — disse Ciclone.

— Obrigado, arcanjo — diz um vigia com um tufo de penas sarapintadas na asa. — Obrigado por poupá-los.

— Minhas ordens eram matar os *monstros* nefilins — diz Raffe. — Como Gabriel costumava se referir a eles. Eu encontrei os nefilins. Não posso fazer nada se nenhum deles era monstro. Eu cumpri o meu dever.

— Mas você demorou bastante, não? — pergunto.

Raffe faz que sim.

— Se eu voltasse cedo demais para me reportar depois de uma missão, Gabriel podia esclarecer melhor sua ordem de simplesmente matar os nefilins e me mandar de volta.

Agora eu entendo.

— Você estava esperando o sangue nefilim se diluir até ninguém conseguir identificar um deles.

Raffe dá de ombros.

— Ou até um deles se tornar monstruoso. De preferência, dois. Depois eu podia voltar e dizer que matei os monstros nefilins, conforme as ordens que tinha recebido.

— Mas isso não aconteceu — digo.

Ele balança a cabeça.

Os vigias parecem precisar de um momento. Alguns deles encontram uma pedra onde se sentar, enquanto outros olham para o horizonte ou fecham os olhos por um instante.

— Por que Gabriel iria mentir e fazer uma lei dizendo que um anjo que se casasse com uma filha do homem cairia? — pergunta um vigia.

— Talvez ele não quisesse macular a linhagem angelical com o nosso sangue humano — digo. — A maioria dos anjos acha que somos animais. — Dou de ombros.

— Há quanto tempo estamos aqui? — pergunta Thermo. — Nossos filhos já têm tataranetos?

— Do seu ponto de vista, acho que não faz muito tempo que você caiu — diz Raffe. — Mas vocês são de uma época diferente. No nosso mundo, a queda de vocês é história antiga.

Os vigias trocam um olhar entre si.

— Você precisa nos tirar daqui — diz aquele com o tufo pintado. — Por favor, comandante. Quem sabe quando vai chegar o dia do Juízo Final. — Sua voz falha.

Há desespero no semblante deles.

— Uma coisa é morrer em batalha — diz Beliel —, mas morrer ou viver eternamente no Abismo... — Ele balança a cabeça de um lado para o outro. — É incompreensível. Estamos sendo punidos por nada.

— Uriel afirma que Gabriel enlouqueceu — diz Raffe. — Que ele não fala com Deus há milênios. Que talvez nunca tenha falado.

A maioria dos vigias o encara. Estão boquiabertos. Alguns deles, no entanto, assentem como se suspeitassem disso há algum tempo.

— Não faço ideia se isso é verdade — diz Raffe. — Ninguém faz, exceto Gabriel. Mas parece que ele estava errado sobre os nefilins. Tenho dito a mim mesmo que isso era um erro. Mas agora... Quem sabe em que mais ele estava *errado*? — Ele lança um olhar para mim.

— No fim, não é isso que importa — diz Falcão. — Somos leais a você, aconteça o que acontecer.

— Você tem um plano, comandante? — pergunta Thermo.

— Claro — diz Raffe. — O plano é tirar vocês daqui para me ajudarem a derrotar Uriel.

A expressão deles se altera. Não tenho certeza se o que sentem é admiração ou incredulidade. Talvez um pouco dos dois.

— Não se empolguem — diz Raffe. — Não sabemos se vamos poder tirar todos vocês. E, mesmo que a gente consiga, não sabemos o que nos aguarda do outro lado.

Ele olha para Beliel, que parece entusiasmado com a ideia de sair dali.

— Vamos ter que fazer alguns sacrifícios.

42

OS VIGIAS TÊM CERTEZA de que há mais endiabrados na direção de onde vieram os primeiros. Decidimos nos separar para aumentar nossas chances de encontrá-los.

— Grito e Ciclone, venham comigo — diz Raffe. — Os demais, se dividam em pequenos grupos e cada um siga numa direção. Nos reencontramos aqui. — Ele olha para o céu. — Como vocês sabem que horas são neste lugar?

— Vai ficar mais quente — diz Thermo. — Podemos nos encontrar quando acharmos que estamos assando.

— Isso seria agora — Grito observa.

— Vamos nos reencontrar quando Grito achar que está pegando fogo e o restante de nós estiver assando — Raffe ordena. — Prontos?

— É... posso ir com o Thermo? — Grito pergunta.

— Com o Thermo? — Raffe repete. — Da última vez que eu te coloquei com ele, você disse que era perigoso porque tinha medo de dormir durante a missão.

— É, por isso que ele não vai ter par, e, se eu for com ele, não vou ter que ir com você e a sua filha do homem.

— Bem observado — diz Ciclone. — Posso ir com o Grito e com o Thermo? Eles são inúteis sem mim.

Grito ri, sem humor.

— Qual é o problema em ir comigo? — pergunto.

— Ninguém quer segurar vela para os pombinhos. — Grito sacode a cabeça.

— É chato — diz Ciclone, já andando em direção a Thermo.

— Vocês acham que eu faria alguma coisa para arriscar cair? — diz Raffe.

— Você não pode cair por nada que fizer aqui, comandante — Thermo retruca. — Você já está no Abismo, então, tecnicamente, enquanto estiver aqui, é equivalente a um caído.

O calor se intensifica nas minhas bochechas, e quero me arrastar para debaixo de uma pedra.

Raffe parece querer teimar, mas depois diz:

— Está bem, mas é melhor trazer de volta um monte de endiabrados, Grito.

— Pode contar com isso, chefe. — Grito nos dá uma piscadela e alça voo. Ciclone e Thermo o seguem.

O restante dos vigias voa em grupos pequenos, cada um numa direção diferente. É impressionante que eles ainda possam voar com as asas sarnentas. Acho que não há nada funcionalmente errado com elas, já que eles voam como especialistas. Mas não são nem um pouco bonitos de se ver.

Raffe os observa partir, em seguida olha para mim.

— Vamos dar uma volta para ver como é este lugar?

Balanço a cabeça em sinal de concordância, tentando não parecer envergonhada.

Eu me aproximo de Raffe. Nunca vou me acostumar a subir em seus braços.

Em vez de colocar o braço debaixo dos meus joelhos, ele me enlaça pela cintura, e assim ficamos, um de frente para o outro, unidos. Com algumas batidas das asas, decolamos.

Estou com os braços ao redor de seu pescoço, mas minhas pernas estão soltas. Não me sinto tão segura quando ele me segura com os braços atrás das costas e debaixo dos joelhos. Instintivamente, deslizo os joelhos ao redor de sua cintura e a aperto para me segurar melhor.

Mas não é suficiente. À medida que subimos, eu me sinto escorregar. Seus braços ao redor da minha cintura são firmes, mas, quando sobrevoamos o Mar das Mãos Assassinas, sinto um misto de medo e emoção.

— Não me deixe cair. — Eu me agarro mais firme e pressiono o corpo contra o dele um pouco mais.

— Nunca — ele responde, com determinação. — Estou te segurando. Você está protegida comigo.

Ah, que diabos. Enlaço as pernas ao redor de seus quadris e apoio os pés em seu traseiro.

Ele inclina o corpo um pouco para a frente, enquanto um sorriso se espalha por seu rosto. Minhas bochechas pegam fogo.

Agora estou pendurada feito um macaco, e pairamos sobre o Abismo. Não consigo ver tão bem quanto conseguiria se ele estivesse me segurando de outro jeito. Em vez de olhar por cima do ombro, para suas asas batendo, viro a cabeça para observar a paisagem lá embaixo. Isso deixa meu rosto muito próximo ao dele.

Tento focar na cidade em chamas adiante de nós, mas minha cabeça está cheia do calor da respiração de Raffe, do toque eletrizante de sua bochecha colada à minha.

Voar não é tão suave quanto pode parecer visto de baixo. Há um movimento sutil em nossos corpos conforme as asas vão cortando o ar. Estou agarrada a ele com tanta firmeza que posso sentir o atrito do seu corpo contra o meu a cada bater de asas.

O calor no Abismo fica mais intenso. O mar de cabeças lá embaixo muda e se move como se fosse lava fluindo uma sobre a outra.

A fricção causa uma sensação de calor e formigamento, como se o sangue estivesse se acumulando nas partes do meu corpo que estão pressionadas contra as dele. Minha cabeça fica leve e a respiração sai apressada.

A respiração dele acelera para se equiparar à minha, ou talvez seja o contrário. Antes que eu perceba, ele aconchega a cabeça no meu rosto e um leve gemido escapa de seus lábios.

Eu me mexo sem pensar, aperto as pernas ao redor de seus quadris, aconchegando-me nele. Ele acaricia a curva das minhas costas, pressionando-me ainda mais em seu calor. Eu me delicio com a sensação, conforme ele move sutilmente seu corpo contra o meu.

Raffe baixa a cabeça enquanto voamos e toca seus lábios nos meus. Seu beijo é quente e molhado, cada vez mais intenso.

Minha cabeça parece trovejar. Depois percebo que é o céu. É um trovão. De repente, gotas de chuva mornas caem sobre nós e logo ficamos encharcados.

Raffe ignora e continua me beijando. Continuamos abraçados.

Voamos nos braços um do outro na chuva, sobre o inferno que arde lentamente.

43

QUANDO VOLTAMOS PARA junto do grupo, os vigias já apanharam o restante dos endiabrados de que vamos precisar. Uma dúzia de demônios está estirada no chão, batendo asas e tentando roer as tiras de couro que os amarram.

Os vigias nos observam como se soubessem o que fizemos. Assim que pousamos, desço do colo de Raffe e me afasto. Ainda bem que está tão quente que não preciso explicar por que meu rosto está tão corado.

Raffe imediatamente se põe a trabalhar. Ele explica o que precisa ser feito para montar em um endiabrado e sair do Abismo, e o que podemos encontrar do outro lado. Ele não parece nem um pouco envergonhado com o fato de que os vigias pensem que estávamos nos pegando.

Um endiabrado silva para ele, com ódio e dentes afiados.

Ciclone dá um passo adiante.

— Eles precisam de mãos firmes, comandante. — O vigia assoma sobre os endiabrados. — Façam o que eles mandarem, ou estarão mortos. — Ele gesticula como se rasgasse alguma coisa.

Um endiabrado urina nele, um jorro verde-amarelado fedorento que Ciclone evita por pouco.

Os outros endiabrados parecem rir com escárnio. Ciclone se abaixa, prestes a estrangulá-los, mas Raffe o detém.

Dou um passo à frente. Vamos ver como eles respondem se forem tratados como eu gostaria de ser tratada, se estivesse no lugar deles.

— Liberdade — digo.

Os endiabrados me olham de soslaio.

— Fuga. — Eu me abaixo para observá-los na altura dos olhos. Eles me olham com desconfiança, mas estão ouvindo. — Chega de senhores do Abismo. Chega de mestres. Sejam livres. — Deslizo a mão pela espada, como Raffe fez anteriormente.

Os endiabrados começam a tagarelar entre si, como se discutissem.

— Nos levem com vocês. — Aponto para mim e para os outros. — Sejam livres. — Faço um movimento ao longo da espada para o céu novamente. — Com vocês. — Aponto para eles.

Mais conversas.

Depois ficam quietos.

O que está no centro assente para nós.

Meus olhos estão arregalados. Funcionou. Um a um, os vigias fazem um movimento afirmativo com a cabeça para mim, com uma expressão de respeito.

RAFFE NÃO ENTRA EM DETALHES sobre o envolvimento de Beliel com Uriel ou com suas asas. De fato, não fala nada sobre qual vigia é a ponte. Apenas diz que é um deles.

— Pensem muito bem nisso — diz Raffe. — Sempre tivemos orgulho de nunca deixar um dos nossos para trás. Vocês podem ficar aqui juntos, e eu encontro um jeito de derrotar Uriel. Ou podem vir conosco, mas um de vocês deve ficar para trás. Isolamento é a pior coisa que pode acontecer com um anjo. Vocês acham que é ruim agora? Vai ser centenas de vezes pior quando um estiver sozinho, sabendo que seus companheiros soldados saíram daqui sem ele. Então ele vai se tornar perverso, raivoso e vingativo. Irreconhecível, até.

Ele encara os endiabrados, que se contorcem, amarrados no chão.

— Lamento muito. Agora vejo meu papel nisso tudo.

E olha para cada vigia a seu redor.

— Para os outros de vocês, lembrem-se de que sua família não vai mais estar lá. Sua filha do homem, seus filhos… todos se foram. Se isso der certo, vamos para um momento diferente, um lugar diferente. Vamos aterrissar no meio de uma guerra. E vai ser uma guerra na qual alguns combatentes podem ter o seu sangue nas veias.

Os vigias se entreolham como se tentassem processar essas informações. Até eu estou com dificuldade. Alguns de nós podemos ser descendentes deles.

Eles se entreolham, entendendo que o vigia ponte pode ser qualquer um.

Beliel é o primeiro a assentir, com uma esperança desvelada no rosto.

— Eu faria qualquer coisa, arriscaria qualquer coisa, por uma chance de ter o sol amarelo brilhando no nosso rosto de novo.

Contenho com firmeza a compaixão por ele que floresce em mim. Percorro a ladainha de seus crimes — minha irmã, os assassinatos, as asas de Raffe, a participação em transformar os humanos em monstros. Listo todos os nomes e rostos que conheci em Alcatraz.

Um a um, os vigias concordam, balançando a cabeça melancolicamente. Cada um está preparado para assumir o risco.

Não dizemos a Beliel que ele é a ponte até o último segundo.

Quando ele descobre seu destino, seu rosto paralisa. É perturbador pensar em alguém olhando para o vazio quando não tem olhos. O único sinal de vida nele é o peito, que ofega, conforme a respiração se torna mais pesada.

Os vigias estão sombrios. Todos eles tocam o ombro de Beliel até que este tira a mão de Thermo de cima. Depois disso, sem pronunciarem nenhuma palavra, todos agarram um endiabrado.

Beliel está sozinho num círculo dos únicos amigos que teve na vida. Ele leva um susto quando eu o espeto com a minha espada.

Raffe dá o comando para os endiabrados pularem e atravessarem.

Os demônios pareados com os vigias saltam em Beliel. Ele fica paralisado, como se eletrificado, enquanto os endiabrados saltam dentro dele.

Raffe é o primeiro a ir para conduzir os vigias que, com certeza, estarão desorientados quando chegarem ao outro lado. Eu sou a última, para segurar a espada e manter a ponte aberta até todos atravessarem.

Ao fim, Beliel está de joelhos, as órbitas vazias, fechadas com força. Há choque e angústia nele, mesmo que tenha se voluntariado. Todos se voluntariaram.

Mas tenho certeza de que o conforto é pequeno. Todos os outros vão conseguir sair do Abismo e deixá-lo para trás. Para sofrer sozinho pelo que vai parecer uma eternidade.

Sozinho e rejeitado.

Provavelmente pela última vez na vida.

Percorro novamente sua ladainha de crimes quando passo com meu endiabrado pelo portão que é Beliel.

44

ENTRAR NO ABISMO FOI COMO CAIR, e sair de lá é como ser arrastada por um tonel de vaselina. É como se o próprio ar tentasse me puxar para trás. Eu me agarro a meu endiabrado com força. Não quero nem pensar no que vai acontecer se eu não conseguir me segurar. Apareço em um espaço apertado, me sentindo coberta de gosma, mesmo que não haja nada físico sobre mim. Se tudo correu como planejado, eu devia estar de volta ao meu mundo e à minha época. Raffe deixou claro para os endiabrados que eles ficariam livres apenas se nos trouxessem para nosso tempo e lugar, mas nunca se sabe.

Em vez de atravessar o portal e pisar em terra firme, acabo colidindo contra alguma coisa dura. Há luz suficiente para ver que fui jogada contra o painel de uma caminhonete.

O carro dá uma guinada e me sinto tão desorientada que poderia muito bem estar de cabeça para baixo num aquário. Tudo que consigo ver é o endiabrado no qual fui transportada, sacudindo em pânico dentro da cabine. Por sorte, é uma cabine grande, mas ainda há gente e criaturas demais amontoadas dentro dela.

Minha desorientação se estabiliza, e percebo que estou sentada no colo de Beliel.

Não é o mesmo Beliel que deixamos para trás. Ele está mais velho e maltratado. Ressequido, sem asas e sangrando, e respira lenta e asperamente.

Vejo meus arredores de um jeito que minha mente não compreende muito bem. Uma mão branca atravessa a janela traseira, que está aberta. Ela agarra o endiabrado, que bate as asas, e o puxa, um pouco sem jeito.

Atrás de nós há uma caçamba aberta de caminhonete, repleta de vigias confusos e desorientados. Vários deles parecem enjoados por estarmos nos desviando dos escombros.

Além da caçamba, um grupo de anjos nos persegue através da nuvem de poeira que se espalha no céu matinal. Será que é minha irmã e seus três escorpiões que estão voando ao nosso lado?

Encolhendo-se ao longe, aquieta-se a sombra escura do novo ninho da águia com seus edifícios. Antes que eu possa compreender o que estou vendo, as janelas de um dos prédios vão pelos ares, numa explosão de fogo e vidro estilhaçado.

Os anjos que estavam nos perseguindo param e observam o incêndio. Em seguida fazem um arco de volta para o ninho da águia para defenderem sua base de seja lá o que a está atacando.

A caminhonete dá uma guinada para a esquerda, depois para a direita, como se o motorista estivesse bêbado.

A meu lado, ouço uma gargalhada alegre. Minha mãe está atrás do volante. Ela tem um sorriso triunfante no rosto quando lança um olhar para mim.

Então olha de volta para a estrada, mal conseguindo desviar de um carro abandonado do caminho. Ela deve estar a quase cem quilômetros por hora — um ato suicida nessas estradas.

Eu me afasto de Beliel. Eu tinha me acostumado a vê-lo com uma expressão jovial e esperançosa. Agora ele sangra pelo peito, orelhas, boca e nariz. É difícil olhá-lo, que dirá sentar em seu colo.

É estranho e perigoso segurar minha espada num espaço tão apertado. Tenho de tomar cuidado na cabine errante para colocar a espada de volta na bainha.

— Cuidado, mãe — digo quando ela dá outra guinada.

Eu me arrasto pela janela de trás e aterrisso na caçamba aberta, onde não há assentos. Mal há espaço para mim, mas sou pequena o suficiente para conseguir deslizar entre dois guerreiros corpulentos.

Quando vejo seus rostos exaustos e desorientados, não preciso pensar por que não estão todos no ar. Mesmo os poucos que estão voando se seguram nas barras da estrutura superior da carroceria, como se necessitassem um pouco de orientação. Esses caras evidentemente precisam de um minuto para se ajustar.

Nessa velocidade, o ninho da águia desaparece rapidamente atrás de nós.

— Prontos para voltar e lutar? — É Josias, o Albino.

Os vigias respondem com um grunhido. A resposta soa vagamente como um "tudo bem", na melhor das hipóteses, ou um "nem pensar", na pior.

A impressão que se tem é de que eles estão completamente enjoados e sem a menor condição de lutar. Também estou desorientada, mas não sinto náuseas. Provavelmente eles nunca pegaram carona com a minha mãe. Certo, talvez eles nunca tenham andado de carro.

— Vocês vão se sentir melhor quando a gente parar. — Bato na janela. — Mãe, vai um pouco mais devagar. Pode parar a caminhonete.

Ela acelera.

Bato na janela novamente e ponho a cabeça dentro da cabine.

— Mãe, vai ficar tudo bem.

A caminhonete diminui a velocidade e então para. Paige e os gafanhotos passam voando por nós, depois fazem uma curva no ar e voltam para onde paramos.

Os vigias descem da caçamba, com as pernas trêmulas. Abrem as asas e as esticam, como se para testá-las. Os demais pousam ao nosso redor, não parecendo muito melhor.

A poeira baixa em volta de nós e dos vigias. Eles são uma visão e tanto. Suas asas parcialmente cobertas de penas, com as pontas curvadas e meio decepadas, e os corpos esfolados devem ser uma imagem monstruosa, mesmo para a imaginação da minha mãe. Olho para ela através da janela, me perguntando o que ela pensa de tudo isso.

Minha irmã e seus gafanhotos voam em círculos alegres no ar. Paige acena para mim.

— Relatório, Josias. — Raffe se vira para o albino.

Josias fita os vigias, com olhos arregalados.

— Depois que vocês partiram, um guarda me viu, e nós entramos numa discussão sobre se deveríamos colocar ou não Beliel de volta na gaiola. Eu não podia deixar isso acontecer. Se as coisas acontecessem de acordo com o plano, e não acredito que realmente tenham acontecido, vocês teriam aparecido dentro de uma gaiola e morreriam esmagados.

— Penryn! — A porta da caminhonete se abre e minha mãe vem correndo até mim, me enlaçando num abraço apertado demais.

— Oi, mãe.

— Esse anjo-fantasma me disse que você estava dentro daquele demônio ali. — Ela aponta para Beliel, que parece prestes a perder a consciência no assento do passageiro. — Ele disse que você podia aparecer a qualquer minuto. Não acreditei nele, é claro. Isso é conversa de doido, mas a gente nunca sabe. — Ela dá de ombros. — E olha só o que aconteceu — diz, apertando os olhos para mim de modo suspeito. — É você, não é?

— Sim, sou eu, mãe.

— Como você nos tirou de lá? — pergunta Raffe.

Josias esfrega o rosto.

— Depois da minha pequena *discussão* com o guarda, eu peguei o Beliel. Só que ele é grande e pesado, mesmo nesse estado. Não consegui voar com ele, mas tive que levá-lo a algum lugar seguro até você voltar. Eu não teria conseguido sem ela. — Ele aponta para minha mãe. — Ou ela. — Indica minha irmã com um movimento da cabeça. Paige aterrissa nas árvores com seus gafanhotos.

— E como você acabou aqui com elas? — pergunto.

— Sua mãe descobriu que a seita te vendeu — diz Josias. — E ela e sua irmã viajaram até aqui para te resgatar.

Olho para minha mãe, que está assentindo como se para dizer "é claro que a gente veio". Fios grisalhos formam listras em seu cabelo. Quando foi que isso aconteceu? Por um segundo, eu a vejo através dos olhos de um estranho e percebo uma mulher frágil e vulnerável, que parece minúscula perto dos anjos musculosos.

Olho para minha irmã em cima de uma árvore. Ela está sendo carregada por um gafanhoto, como eu costumava carregá-la na cadeira de rodas.

— Vocês foram até o ninho da águia? — Minha voz vacila um pouco quando olho para minha mãe e minha irmã. — Vocês arriscaram sua vida para *me* salvar?

Minha mãe me dá outro abraço apertado demais. Minha irmã curva um pouco o canto dos lábios para cima, apesar da dor que deve lhe custar mexer os pontos das bochechas.

Meus olhos querem se encher de água só de pensar no perigo que elas correram para me resgatar.

— A Paige tem três enormes bichinhos de estimação com ferrões de escorpião que podem te levar voando quando você quiser — diz minha mãe. — Eu falei que eles estariam em apuros se alguma coisa acontecesse com ela.

— Ah. — Olho para Raffe com um sorriso choroso. — Até os gafanhotos têm medo da minha mãe.

— Eu percebo por quê — diz Josias. — Ela veio com um grupo de humanos de cabeça raspada que exigiu marcas de passagem segura na testa deles.

— Anistia? — Raffe pergunta. — O Uriel está concedendo anistia a alguns humanos?

— Só para os que a entregaram. — Josias inclina a cabeça na minha direção.

Os músculos no maxilar de Raffe dançam quando ele fecha os dentes. Josias dá de ombros.

— Sua mãe, de alguma forma, convenceu essa gente a entrar no ninho da águia depois que receberam a marca da anistia. O Uriel teve que enxotá-los de lá como ratos. Sua irmã também distraiu os anjos quando passou voando com seus três gafanhotos. Todos nós ficamos procurando para ver onde estava o restante deles. Enquanto todos estavam distraídos, sua mãe tocou fogo naquele lugar. Ela é uma mulher muito corajosa.

— Fogo?

— O que você acha que causou aquela explosão? — Josias assente para demonstrar sua apreciação. — Eu nunca teria tirado o Beliel de lá se não fosse por todas as distrações que a sua família causou.

Josias faz um gesto para a caminhonete.

— Assim que eu convenci sua mãe de que você estava dentro do Beliel, ela me convenceu de que precisávamos andar neste treco. Ele nos tirou de lá, mas nunca mais vou andar numa dessas caixas de metal.

— Amém — diz Thermo, ainda parecendo enjoado.

Minha mãe tem uma marca na testa. Parece que são cinzas, mas sei que é a marca da anistia. É idêntica às marcas que o soldado de Uriel deu aos membros da seita que me entregaram para ele.

— Você não entrou para uma seita, né, mãe?

— É claro que não. — Ela me olha como se eu acabasse de insultá-la. — Essas pessoas são todas piradas. Elas vão se arrepender de terem te entregado. Eu me certifiquei disso. Se a Paige for comer alguém, vai ser alguém fora dessa seita. É a pior punição que eles podem imaginar.

45

UM GEMIDO CHEGA ATÉ NÓS vindo do assento do passageiro da caminhonete. Voltamos até Beliel e abrimos a porta do carona.

Ele está péssimo. Há sangue por toda parte.

Ele abre os olhos lentamente e me encara. É um alívio vê-lo com olhos. Quanto tempo será que demorou para crescerem de volta?

— Eu sabia que reconhecia sua voz de algum lugar. — Ele tosse e sangue borbulha de sua boca. — Faz muito tempo. Tanto que achei que era um pesadelo.

Quanto tempo ele passou lá embaixo, no Abismo, sendo punido em nome de um esquadrão inteiro de novos caídos?

— Eu cheguei a pensar... eu cheguei a pensar que podia haver esperança — ele diz. — Que vocês poderiam voltar e descobrir um jeito de me levar também.

Vigias se amontoam atrás de mim.

Beliel ergue os olhos para eles.

— Vocês todos estão exatamente como eu me lembro. Não mudaram nada. Parece que tudo aconteceu esta manhã. — Ele tosse novamente, e seu rosto se contorce de dor. — Eu devia ter feito vocês esperarem comigo no Abismo.

Seus olhos se fecham involuntariamente.

Ele respira fundo, trêmulo, e solta o ar em seguida. Então não respira de novo.

Olho para Raffe e depois para Josias, que balança a cabeça para mim.

— Foi demais para ele. Ele ficou mal depois de vocês o atravessarem. Piorou muito. Acho que seres biológicos não foram feitos para ser pontes. — Solta um suspiro. — Mas, se tinha que acontecer com alguém, que fosse com Beliel. — Ele se vira e se afasta do corpo devastado do demônio. — Ninguém vai sentir falta dele. Ele não tinha nenhum amigo no mundo.

46

OS VIGIAS DECIDEM FAZER uma cerimônia adequada para Beliel. Seguimos viagem na caminhonete até o ninho da águia estar, há muito, longe de vista, então paramos para enterrar Beliel.

— Por acaso temos pás? — pergunto.

— Ele não é um animal — diz Falcão. — Não vamos enterrá-lo.

Há um silêncio desconfortável quando os vigias tiram o corpo de Beliel do carro com cuidado. Eles não se entreolham, como se temessem ser questionados.

Por fim, Ciclone diz:

— Eu o levo.

— Eu também — diz Grito.

A caçamba se abre e todos os vigias se voluntariam para carregá-lo. Todos olham para Raffe, à espera de sua aprovação. Ele anui.

— O quê? — pergunta Josias, pasmo. — Depois de tudo o que ele fez, você vai conceder um funeral honrad...

— Todos nós sabemos o que ele fez por nós — diz Falcão. — Seja lá o que ele tenha feito desde então, parece que pagou o preço. Ele é um de nós. Devemos lhe conceder a despedida apropriada que não pudemos conceder a nossos irmãos no Abismo.

Josias olha para eles, depois para Raffe, que anui novamente, balançando a cabeça.

— O que temos que seja inflamável? — pergunta Thermo.

— Gasolina, mas ele falou que eu não podia usar nem um pouco mais — diz minha mãe, apontando para Josias.

— E não pode mesmo — Josias retruca. — Mas eles precisam de um pouco para a cerimônia. — Ele caminha de volta para a caminhonete e sobe na caçamba.

— Vocês trouxeram gasolina? — pergunto.

— Para tocar fogo no ninho dos anjos — diz minha mãe. — Eu achei que, assim que te tirasse de lá, a gente podia muito bem queimar tudo aquilo. Mas ele não me deixou.

Josias volta com uma lata de gasolina.

— Ela já causou dano suficiente. Podia ser pega se tivesse tentado incendiar o ninho da águia. — Ele sacode a cabeça ao colocar a lata no chão. — Eu ainda não sei como ela conseguiu fugir tendo provocado todo o dano que provocou. Ou como eu a convenci de que você estava dentro do Beliel. Não sei nem como eu acreditei.

— Por que não? — minha mãe pergunta. — Você achou que ela estava escondida dentro de alguma outra pessoa?

— Deixa para lá, mãe. — Seguro a mão dela e a puxo para longe dos vigias. — Deixa eles fazerem o funeral.

Josias derrama gasolina pelo corpo de Beliel.

— Tem certeza de que você quer fazer isso?

— Ele fez por merecer esse gesto — diz Grito.

Josias assente e se afasta.

Minha mãe se adianta com um isqueiro e põe fogo numa tira de tecido.

Thermo pega a tira e a solta sobre o corpo encharcado de Beliel.

Beliel se incendeia.

Seu cabelo chia e se ilumina como um pavio, depois desaparece. A pele enrugada e a calça se inflamam com o espalhar das chamas por todo o seu corpo. Ondas de calor distorcem a estrada além dele e aquecem meu rosto e pescoço. O ar se enche com o cheiro de gasolina, misturado ao leve odor de carne queimada.

Cinco vigias se adiantam e pegam os braços e as pernas incandescentes de Beliel.

Faço menção de me aproximar deles, mas Raffe estende o braço para bloquear meu caminho.

— O que eles estão fazendo? — pergunto. — Eles vão se queimar.

— Vai ser doloroso, mas eles vão se curar — ele diz.

Todos os vigias levantam voo. Suas asas se abrem e farfalham em uníssono, recortadas ao nascer do sol.

Assim que penso que o corpo em chamas entre eles deve estar transformando-os em churrasquinho, uma nova leva de vigias lhes alivia o fardo e troca de lugar com eles para segurar o corpo de Beliel. Os demais voam cruzando o caminho uns dos outros, para criar uma rede abaixo do corpo. Fragmentos incandescentes caem e muitos se extinguem por completo antes de atingir os outros vigias. Os pedaços que caem, os vigias os pegam, um a um.

— Eles não vão deixar nenhuma parte do Beliel cair no chão — diz Raffe, em voz baixa. — Seus irmãos não vão permitir que ele caia.

Ao longe, os vigias tecem uma bela dança sinuosa no céu matinal, debaixo da chuva de fogo de Beliel.

47

FICO AO LADO DE UMA ÁRVORE, à beira da estrada, e observo o céu acima de nós. Os vigias já terminaram sua cerimônia e voam de volta para nós.

— Precisamos voltar — diz Josias. — O anúncio da competição deve acontecer em breve, e a corrida para reunir recrutas vai começar com força total. — Ele lança um olhar para os vigias, e sei o que ele está pensando. Vai ser difícil fazer os anjos se unirem aos vigias, nessas condições.

— Temos que tentar convencer alguns deles a se juntarem a nós — diz Raffe. — Vamos trabalhar com o que tivermos. Não podemos deixar todos caírem e permitir que comece uma guerra civil.

Não vou derramar lágrimas pelos anjos de Uriel se eles caírem. Até onde sei, eles fizeram por merecer.

Raffe me olha.

— A terra vai ser um campo de batalha se houver uma guerra civil entre os anjos. Tudo neste mundo vai ser incendiado até virar cinzas, independentemente de quem vença.

Assim como no Abismo. Seríamos como os endiabrados — um pouco famintos e um pouco insanos, nos encolhendo nas sombras, constantemente com medo de nossos mestres anjos.

Hesito antes de conseguir verbalizar minha pergunta.

— É isso o que eles estão fazendo agora?

— A sua civilização foi destruída, mas seu povo sobreviveria, pelo menos em bolsões dispersos pelo mundo. O apocalipse nunca teve a intenção de aniquilar uma raça inteira. Era apenas o grande evento antes do dia do Juízo Final. Mas do jeito que Uriel está conduzindo o mundo... — Ele balança a cabeça. — Se alguém sobreviver a isso, não sei se você os reconheceria mais como humanos.

Com o que será que os endiabrados pareciam antes da invasão?

Tentei não pensar muito sobre o futuro, mas, quando me permiti fazê-lo, tomei como certo que chegaria o momento em que os anjos terminariam sua onda de violência. Nosso mundo precisaria ser reconstruído, mas ainda haveria gente em algum lugar, certo?

Gafanhotos, ressurretos, demônios inferiores. Já fomos jogados além dos limites da humanidade. Se isso continuar, a terra vai ser o novo Abismo.

— Você devia ir — Raffe me diz. — Este lugar não é para uma humana.

— E quanto a eu ser o seu segundo na competição?

— Ninguém vai se lembrar disso quando virem os vigias.

— Tem certeza de que você não está só tentando evitar voltar para a caminhonete comigo e com a minha mãe?

Ele quase sorri. Em seguida me acompanha de volta ao veículo.

— Para onde você vai? — pergunta.

— Não sei. — Todos os passos parecem um adeus. — Não há lugares seguros. O único lugar que pode chegar perto disso é o acampamento da resistência.

Uma pequena ruga de preocupação perturba sua expressão.

— Pelo que o Obi me mostrou, aquelas pessoas estão cheias de medo e raiva. É uma combinação feia, Penryn. Eles matariam todos nós, se pudessem. — Por "nós", é claro que ele está se referindo aos anjos. — Eles não se importariam se nos matassem com a praga ou naquelas mesas de dissecação.

— No momento, é minha melhor opção — respondo. — E você sabe onde fica, para poder me encontrar lá e me manter informada de como foram as coisas. Se você quiser.

Seus olhos percorrem meu rosto e ele assente.

— Você vai vencer esse julgamento por competição, não vai?

— Sem dúvida. — Ele aperta minha mão. Sua pegada é firme e quentinha.

Em seguida a solta.

— É melhor assim. E se lembre da sua promessa. Tirar os anjos do nosso mundo quando você vencer.

Relutantemente, levanto a alça da espada e a passo sobre a cabeça. Seguro a bainha por um instante e sinto seu peso.

É claro, ele deve ficar com a espada agora que recuperou as asas. Estou surpresa que não a tenha pegado ainda. Eles sentiram muita falta um do outro. Além disso, Raffe não pode participar de um julgamento por competição sem a espada.

Mas Ursinho Pooky me tornou especial. Fui mais do que apenas uma menina com ela. Fui uma matadora de anjos.

— Ela sente a sua falta — digo.

Ele hesita e fica olhando para a espada. Ele não a tocou desde que recuperou as asas.

Quando a pega, suas mãos são gentis e cuidadosas. Ele a segura por um segundo. Nós dois esperamos para ver se ela vai aceitá-lo de volta.

Quando ela não cai ao chão, ele fecha os olhos com alívio. A expressão desvelada me faz entender que ele não se atreveu a pegá-la de volta porque não tinha certeza se ela o aceitaria.

Todos esses anos em que ele esteve sozinho, não tinha nada além da espada como companheira. Eu não havia entendido completamente como deve ter sido difícil para ele perdê-la.

É bom vê-lo feliz, mas, ao mesmo tempo, os sentimentos são conflitantes.

— Adeus, Ursinho Pooky. — Acaricio a bainha.

Raffe tira o ursinho de pelúcia com o vestido feito de véu de casamento.

— Tenho certeza que ela quer que você fique com isso. — Ele sorri.

Eu o aceito e abraço o ursinho ao lado do corpo. O pelo é macio, mas não parece certo sem o cerne de aço dentro dele, debaixo das minhas mãos.

Alcançamos a caminhonete, e deslizo para o banco do motorista. Raffe olha pela minha janela aberta como se tivesse mais alguma coisa para dizer. A fruta ressequida que o senhor do Abismo lhe deu balança de um lado para o outro debaixo daquele ponto vulnerável entre suas clavículas quando ele se abaixa em direção a mim.

Ele me dá um beijo tão suave que me faz derreter por dentro. Acaricia meu rosto, e eu me aconchego em seu toque.

Em seguida ele recua.

Então abre as belas asas, brancas como a neve, e levanta voo para se encontrar com seus vigias.

48

OBSERVO RAFFE E SEUS SOLDADOS seguirem em direção ao ninho da águia pelo céu azul e me pergunto o que vai acontecer lá. Parte de mim quer ver essa luta, enquanto outra quer correr e se esconder. Parece que vai ser violenta. E não sei se vou suportar assistir, sabendo que a equipe de Raffe é mais fraca. Pego o volante, preocupada. Antes que possa dar partida no motor, minha mãe se encolhe no assento feito uma garotinha, apoia a cabeça no meu colo e esfrega minha perna para se assegurar de que estou mesmo aqui.

Sua respiração se torna profunda e constante quando ela pega no sono. Quanto tempo faz que dormiu pela última vez? Entre se preocupar com Paige e comigo, ela não teve muita chance de descansar. Eu andei tão obcecada em encontrar Paige e mantê-la segura, que não tive muito tempo para minha mãe.

Pouso a mão em seu cabelo emaranhado e o acaricio. Murmuro a melodia de sua canção de desculpas. É assombrosa e traz à tona todo tipo de sentimentos, mas é a única canção de ninar que eu conheço.

Minha mãe não me perguntou o que uma pessoa normal perguntaria, e lhe agradeço por isso. O mundo se tornou tão louco, que faz completo sentido para ela.

Ligo o motor e avanço.

— Obrigada, mãe. Por vir me resgatar. — Minha voz sai aguda e um pouco trêmula. Limpo a garganta. — Nem todas as mães fariam isso num mundo como este.

Não sei se ela me ouve ou não.

Ela já me viu nos braços de um demônio ou do que pensa que é um demônio. Já me viu sair de dentro de Beliel, montada numa criatura infernal, e na companhia de um grupo de caídos torturados e feridos. Ela já me viu beijar um anjo.

Não posso culpar nem mesmo uma pessoa racional por acreditar que eu estava envolvida profundamente com o diabo ou pelo menos com o inimigo. Não consigo nem imaginar o que acontece na cabeça dela. Este é o cenário que ela sempre temeu, do qual sempre me alertou. E aqui estamos nós.

— Obrigada, mãe — repito. Há mais coisa a dizer, e, num relacionamento saudável entre mãe e filha, provavelmente se diria mais.

Só que eu não sei como começar. Então fico apenas murmurando aquela canção de ninar assombrosa que ela costumava cantar para nós quando saía de um momento particularmente difícil.

49

A ESTRADA ESTÁ DESERTA, SEM VIDA. Conforme seguimos viagem, não vejo nada além de um mundo de carros abandonados, uma paisagem devastada por um terremoto e prédios incendiados.

As semelhanças entre nossa paisagem e o Abismo estão se tornando perturbadoras.

Estamos no meio do caminho até o acampamento da resistência, quando vejo uma mancha no céu que vai crescendo aos poucos atrás de nós. É um único anjo.

Hesito se devo acelerar ou parar. Encosto o carro em meio aos veículos abandonados. Eu e minha mãe deslizamos por nossos assentos e nos abaixamos. Paige já se mexeu à nossa frente.

Pelo espelho retrovisor, observo o anjo se aproximar. Ele tem asas e tronco brancos reluzentes. É Josias.

Eu me certifico de que está sozinho antes de sair e fazer um aceno para ele descer.

— O Rafael me mandou te dizer para não ir ao acampamento da resistência — ele diz ao pousar, meio sem fôlego.

— Por quê? O que está acontecendo?

— Você precisa ficar longe de qualquer concentração de pessoas. O julgamento por competição vai ser uma caçada sangrenta.

— Como assim? — Só de ouvir essas palavras sinto vontade de correr e me esconder.

— As duas equipes caçam o máximo de presas que conseguem — diz Josias. — A competição começa ao entardecer e termina ao nascer do sol. No fim, quem tiver o maior número de mortes vence.

— Que tipo de presas são essas? — Meus lábios estão amortecidos, e estou vagamente surpresa por conseguir falar.

Ele tem a decência de parecer desconfortável.

— O Uriel insiste que só há uma presa que deve ser caçada. A única que atacou de volta.

— Não. — Balanço a cabeça de um lado para o outro. — O Raffe não faria isso.

— Ele não tem escolha. Ninguém recua numa caçada sangrenta.

Preciso me apoiar na caminhonete.

— Então o Raffe vai trucidar o máximo de humanos que puder? Você também?

— Quem vencer a disputa, vence o julgamento. Se o Rafael vencer, ele vai estar no comando, e todos os que sobreviverem à caçada sangrenta vão sair em melhor situação.

Meu estômago fica embrulhado, e engulo com força para manter tudo lá dentro.

— Mas é um longo voo para a vitória — ele diz. — Uma caçada sangrenta inclui todos que quiserem se juntar. Todos os anjos do Uriel vão se unir a ele. Um vigia pode matar três vezes mais presas do que um soldado comum, mas ainda precisamos ir para a região mais populosa se quisermos ter uma chance de derrotar o time de Uriel.

— Você sabe que estamos falando de matar a minha espécie, não é? Não somos animais e não somos presas. — Não consigo me desvencilhar do pensamento de que ajudei Raffe a reunir esse time.

O olhar de Josias suaviza.

— As ordens dele são para você sobreviver. Corra para o mais longe possível das áreas povoadas. Depois se esconda no lugar mais seguro que puder encontrar. Faça isso até o pôr do sol.

Só há um lugar densamente povoado neste momento: o acampamento da resistência.

E Raffe sabe onde fica.

Porque eu lhe mostrei.

Meu estômago se contorce e sinto uma imensa falta de ar.

— Ele não faria isso. — Minha voz sai sufocada e trêmula. — Ele não é assim.

Josias apenas me mostra um olhar compassivo.

— O Rafael quer que você fuja para o mais longe possível. Você e sua família. Vá. Fique a salvo.

Em seguida dá um salto no ar e retorna voando para o ninho da águia.

Respiro fundo e tento me acalmar.

Raffe não faria isso.

Ele não caçaria pessoas, não as trucidaria como se fossem porcos selvagens. Ele não faria isso.

Mas não importa o que eu diga a mim mesma, não consigo apagar a imagem dele observando os anjos voarem em formação, sem ele. Tudo o que ouço em minha cabeça é alguém dizendo que os anjos não foram feitos para ficar sozinhos. O principal motivo de ele precisar desesperadamente de suas asas de volta é para que pudesse voltar para os anjos, certo? E ser um deles, assumindo seu lugar de direito como arcanjo.

Ele quer ser aceito de volta no mundo dos anjos tanto quanto eu quero manter minha família em segurança. Se eu tivesse que matar alguns anjos para proteger minha família, eu não faria isso?

É claro. Não preciso nem pensar.

Então me lembro da expressão de desagrado em seu rosto quando ele falou sobre as mesas de dissecação no acampamento da resistência. Ele não iria *querer* acabar com o acampamento nem matar ninguém. Tenho certeza. Mas e se ele *tivesse* que fazer isso? Se fosse a única forma de ele assumir seu lugar por direito como arcanjo e salvar seus pares da decadência?

Deslizo pela lateral da caminhonete e abraço os joelhos.

Fui eu que levei Raffe para o acampamento da resistência. Sabendo que ele era um anjo, eu lhe mostrei onde o maior grupo de humanos sobreviventes se escondia.

Uma memória das ruínas do Abismo percorre minha mente. Será que os primeiros endiabrados também tinham uma adolescente apaixonada que os traiu? O pensamento de um antigo anjo perfeitamente esculpido se apaixonando por uma endiabrada é ridículo. Mas aposto que a adolescente endiabrada não achava.

Fecho os olhos, nauseada.

As palavras de Beliel após me mostrar o que aconteceu com sua esposa ecoam em minha mente: "Um dia eu também achei que ele fosse meu amigo. Agora você sabe o que acontece com as pessoas que confiam nele".

Entro novamente na caminhonete e me sento, com as mãos agarradas ao volante. Respiro fundo e tento pensar com calma.

Minha mãe me observa com olhos confiantes. Não sei as coisas que ela ouviu, mas certamente ela não acreditaria em nada que Beliel dissesse, de qualquer forma. Mesmo que tenha trabalhado com ele para me resgatar, minha mãe nunca confiaria nele. Talvez eu devesse ser mais como ela.

Adiante na estrada, Paige está empoleirada num galho de árvore, pronta para seguir meu comando.

Minha família está aqui comigo, e tudo o que temos de fazer é prosseguir com a viagem. Norte ou sul — para qualquer direção, vamos estar bem longe dessa competição se viajarmos o dia todo. Neste momento, estamos tão seguras quanto é de se esperar durante o Fim dos Dias.

Faz total sentido para nós nos afastar de onde os anjos vão estar. Total sentido.

Dou partida no motor e seguimos para o leste, rumo ao acampamento da resistência.

50

VEMOS FUMAÇA AO LONGE, muito antes de chegarmos a Palo Alto. Paige voa à frente com seus gafanhotos, e eu e minha mãe continuamos a percorrer um caminho sinuoso em meio à profusão de carros abandonados.

Os anjos não devem nos atacar até o pôr do sol. As pessoas devem estar seguras. Mas, quando chegamos ao acampamento da resistência, sei que estou me iludindo.

Estaciono a caminhonete em El Camino e saio. Os prédios estão intactos, exceto por um, que está pegando fogo.

Há corpos espalhados pela rua. Os carros e as paredes da escola estão sujos de sangue. Espero que não seja sangue humano, mas não me sinto confiante quanto a isso.

— Fica aqui, mãe. Vou ver o que está acontecendo. — Verifico o céu quando saio do carro para me certificar de que Paige se escondeu entre as árvores como falei para ela fazer. Ela e seus gafanhotos não estão em nenhum lugar à vista. O pessoal da resistência provavelmente a teria visto chegar se não estivesse tão preocupado.

Vou andando até a escola, prestando atenção para ver se há alguém vivo. Dou alguns passos em direção à carnificina e então paro. Tenho medo de ver alguém conhecido entre os corpos.

O vento sopra folhas e restos de lixo. Cabelos humanos flutuam no ar, felizmente cobrindo alguns rostos. Um pedaço de papel rodopia e cai sobre um corpo, que fita o céu coberto de fumaça.

O papel se cola ao ombro do corpo, bem ao lado do rosto pálido e sem vida que olha fixamente para o céu, sem nada enxergar. É um folheto do show de talentos de Dee e Dum.

Venha um, venham todos
ao maior show de todos os tempos!

Um show de talentos. Aqueles dois pensaram mesmo que poderíamos fazer algo tão bobo e frívolo quanto um show de talentos.

Observo atentamente os corpos amontoados sobre o capô dos carros, na rua e no pátio da escola, na esperança de não ver Dee ou Dum entre eles. Caminho devagar pelo estacionamento. Algumas pessoas gemem e choram, curvadas no asfalto.

Na escola, as janelas estão destruídas, as portas foram arrancadas e quebradas, as mesas e cadeiras, jogadas pela grama amarelada. Contudo, pode-se dizer que aqui há mais vida e movimento. Pessoas choram sobre corpos, se abraçam, caminham atordoadas e em choque.

Paro para ajudar uma menina que tenta parar o fluxo de sangue do braço decepado de um homem.

— O que aconteceu? — pergunto, me preparando para ouvir a história de terror dos anjos e demônios.

— Muitas pessoas morreram — ela diz, aos prantos. — Eles vieram se arrastando depois que muitos guerreiros nossos partiram numa missão. Só tínhamos um bando de esqueletos para nos defender. Todos ficaram apavorados. Foi um banho de sangue. Pensamos que tinha acabado, mas a notícia de que tínhamos sido atacados e estávamos indefesos deve ter se espalhado, porque depois vieram as gangues.

Foram humanos que fizeram isso? Não foram os demônios, nem os anjos, nem os senhores do Abismo. Humanos atacando humanos.

Fecho os olhos. Eu poderia culpar os anjos por nos transformarem nisso, mas estávamos fazendo coisas assim desde antes de eles virem, não estávamos?

— O que as gangues queriam? — pergunto, abrindo os olhos com relutância para enfrentar o mundo novamente.

— O que pudessem conseguir. — Ela envolve uma camiseta rasgada ao redor do braço do homem, que está inconsciente. — Alguns ficavam gritando que queriam a comida deles de volta. As coisas que pegamos quando invadimos a loja deles.

A lembrança da marca de sangue na porta do mercado ressurge em minha mente. Eu tinha imaginado que a resistência havia pegado aquilo de uma gangue.

Quando um homem mais velho se aproxima para ajudar, vou até outro grupo que carrega os feridos para o edifício principal.

Vim até aqui para dar um rápido alerta e depois seguir para o norte ou para o sul com a minha família. Mas acabamos ajudando enquanto procuro Obi. Ninguém sabe onde ele está.

Minha mãe corre para nossa antiga sala de aula, onde está seu suprimento de ovos podres. Como era de esperar, ainda estão ali. Acho que ninguém quis limpar essa sujeira. Ela começa a distribuir embalagens deles, só por precaução, caso os endiabrados apareçam.

— Eles estão voltando! — alguém berra.

À beira do bosque, sombras se aproximam sorrateiramente.

Todos que estão em condições de se movimentar disparam num tropel em direção ao prédio mais próximo. Alguns ficam perto dos feridos, apontando armas, ou erguendo pás e facas, conforme se preparam para defender seus entes queridos.

São as vítimas de gafanhotos que foram apelidadas de ressurretos por Uriel. Seus corpos enrugados se aproximam num passo estranho e arrastado, feito zumbis. Parecem tão convencidos de que estão mortos e ressuscitaram que é como se, ao serem tratados feito monstros, isso os convencesse de que devem se comportar como tal.

No entanto, antes que se aproximem para começar uma briga, minha irmã faz um círculo mais à frente com seus gafanhotos. Só há três, mas, se tem uma coisa que as vítimas de gafanhotos temem, são essas criaturas.

Assim que os ressurretos os veem, eles se espalham, retornam para o bosque do outro lado da rua e desaparecem, não mais se arrastando como zumbis.

As pessoas da resistência encaram os agressores em fuga, depois olham para Paige e seus bichinhos de estimação, que voam baixo, mais adiante. Algumas pessoas desistem de seus feridos e se escondem, aparentemente com mais medo dos gafanhotos do que dos ressurretos.

O restante, porém, fica firme e aponta as armas para Paige.

Um deles é o cara que estava na sala de reuniões do conselho com Obi da última vez que estive aqui. O que enlaçou Paige como um aldeão raivoso perseguindo o Frankenstein. Acho que Obi o chamou de Martin.

— Ela está aqui para ajudar. — Estendo os braços para acalmá-los. — Está tudo bem. Ela está do nosso lado. Olhem, ela assustou os agressores.

Ninguém abaixa a arma nem dispara. Acho que isso tem mais a ver com não querer atrair os anjos com o barulho do que acreditar em alguma coisa que eu tenha dito.

— Martin — digo. — Você se lembra do que o Obi disse? Que a minha irmã podia ser a esperança da humanidade? — Aponto para Paige. — Aqui está ela. Você se lembra dela?

— Sim — Martin responde, com a arma apontada diretamente para Paige. Há outras duas pessoas perto dele que parecem familiares. São parte do grupo que amarrou Paige com cordas, quando a capturaram. — Lembro que ela tem gosto por humanos.

— Ela está do nosso lado — digo. — Ela saiu do esconderijo para proteger vocês. O Obi acredita nela. Você o ouviu.

Todos observam Martin para ver o que ele vai fazer. Se ele atirar, todos os outros também vão fazer o mesmo.

Ele mantém a mira em Paige como se fantasiasse atirar nela.

— Ei! — ele grita para Paige. — As gangues que nos atacaram seguiram para aquele caminho. — Balança o rifle e aponta para o norte, na direção de El Camino Real. — Eu atirei em vários deles. Devem ser mamão com açúcar para você e seus bichinhos de estimação. — Ele baixa o rifle e o pendura sobre a camiseta rasgada. — Que não digam que não damos de comer a nossos hóspedes de honra.

Todos observam Martin por um instante. Em seguida, uma a uma, as pessoas da resistência baixam as armas.

Paige olha para mim do alto, enquanto seus gafanhotos fazem um voo circular baixo acima de nós, como abutres. Ela parece ao mesmo tempo ansiosa e confusa, como se não tivesse certeza do que fazer.

Ela olha para mim em busca de respostas, mas também não sei como agir.

— Sim! — diz minha mãe, correndo para Paige e acenando com os dois braços na direção para a qual Martin apontou. — Vá, meu bebê. Hora do almoço!

É a permissão de que ela precisa. Os gafanhotos voam para o norte, margeando a estrada, acompanhados de minha irmã.

— Tenha cuidado — grito.

Estou ao mesmo tempo horrorizada e aliviada, confusa e assustada. Nada é como deveria ser.

51

FICO ESPERANDO QUE OBI apareça e tome o controle, mas ainda não o vejo. Sem saber mais o que fazer, continuo ajudando a carregar os feridos enquanto procuro por Obi.

Os feridos gritam ou ficam muito quietos quando os carregamos para dentro do edifício principal. Não faço ideia se há um médico aqui, mas transportamos pessoas feridas como se houvesse um hospital completo ali dentro.

Agimos como se essa escola de ensino médio, nesse edifício de estilo espanhol, estivesse repleta de médicos e equipamentos. Falamos aos pacientes que tudo vai ficar bem, que o médico logo vai estar com eles. Suspeito de que alguns morrem enquanto esperam, mas não paro para confirmar, à medida que deitamos os feridos e saímos para buscar os demais.

Há um ritmo nessa tarefa de carregar os feridos. Nós nos ocupamos com algo que parece correto e organizado. Bloqueio meu cérebro e me concentro em agir como um robô para atender os feridos. Surpreendentemente, todos se comportam como se também houvesse ordem. Alguns trazem água para as pessoas com sede, outros recolhem crianças chorosas e as confortam, outros ainda apagam o fogo que ainda permanece nos prédios. Há pessoas que ficam de guarda com os rifles apontados para o céu, protegendo o restante de nós.

Todos assumem um papel para ajudar, sem que seja necessário lhes dizer o que fazer.

Mas esse senso de organização se desfaz assim que encontramos Obi.

Ele está péssimo. Sua respiração é rasa e suas mãos estão congelando. Ele tem um ferimento no peito que encharcou a camiseta de sangue.

Corro até ele e pressiono as mãos sobre o ferimento.

— Estamos aqui, deixa com a gente, Obi. Você vai ficar bem — digo, embora ele não pareça nem um pouco com alguém que vai ficar bem. Seus olhos me dizem que ele sabe que estou mentindo.

Ele tosse e se esforça para respirar.

Enquanto se descortinava o drama com minha irmã, ele ficou deitado ali, aguardando pacientemente que o encontrássemos enquanto carregávamos os demais feridos.

— Vá ajudar os outros — diz Obi, olhando fixamente em meus olhos.

— Estou fazendo o meu melhor, Obi — respondo, incapaz de pressionar o ferimento com força suficiente para conter o sangramento.

— Você conhece os anjos melhor do que ninguém. — Ele respira fundo, com dificuldade. — Você conhece as forças e as fraquezas deles. Sabe como matá-los.

— A gente conversa sobre isso depois. — Não importa a força com que eu pressione, o sangue vaza entre meus dedos e escorre pelas minhas mãos. — Agora descansa.

— Pede para a sua irmã ajudar com os monstros dela. — Ele fecha e abre os olhos lentamente. — Ela vai te ouvir. — Respiração. — As pessoas vão te seguir. — Respiração. — Seja a líder.

Balanço a cabeça.

— Não posso. Minha família precisa de mim...

— Também somos sua família. — Sua respiração fica mais lenta e suas pálpebras se fecham. — Nós precisamos de você. — Ele sopra as palavras. — A humanidade. Precisa. De. Você. — Agora não passam de um sussurro. — Não deixe que eles morram. — Respiração. — Por favor... — Respiração. — Por favor, não deixe que eles morram...

Ele fica imóvel, fitando meus olhos com o olhar vazio.

— Obi?

Tento ouvir ou sentir outra respiração, mas não há sinal de vida.

Afasto minhas mãos trêmulas. Estão cobertas de sangue.

Ele nem era meu amigo, mas meus olhos se enchem de lágrimas.

Parece que o último elo da civilização acabou de se romper.

Olho em volta e noto pela primeira vez que todo mundo parou para ver Obi, com lágrimas iluminando os olhos. Nem todos gostavam dele, mas todos o respeitavam.

Ninguém se dera conta de que ele estava deitado ali, entre os demais feridos, até o encontrarmos. Agora as pessoas que estão carregando os necessitados, que estão dando água aos que têm sede, que entregam braçadas de cobertores — todos estão imóveis olhando para Obi, deitado na grama manchada de sangue, com os olhos vazios voltados para o céu.

Uma mulher deixa cair sua pilha de cobertores. Ela se vira, o rosto contorcido, em seguida se afasta, curvada e arrastando os pés como uma pessoa devastada.

Um homem deposita com cuidado uma mulher nos degraus do prédio principal. Ele se vira e se afasta da cena de guerra, totalmente entorpecido.

Um garoto da minha idade pega uma garrafa de água de um homem ferido, encostado numa parede do edifício. Abre a tampa, enquanto olha, pensativo, para o próximo ferido, ao lado do primeiro. Então se afasta assim que o segundo homem lhe estende a mão.

Assim que os primeiros param de ajudar, os outros também param e vão embora. Alguns choram, outros parecem assustados e solitários, enquanto deixam o pátio da escola.

O acampamento está se dissolvendo.

Eu me lembro de algo que Obi me disse quando o conheci. Ele disse que o objetivo de atacar os anjos não era derrotá-los, e sim ganhar o coração e o espírito das pessoas. Era mostrar a elas que ainda havia esperança.

Agora que ele se foi, é como se a esperança fosse com ele.

52

NÃO ME FAZ SENTIR muito melhor comunicar a essas pessoas que devemos evacuar. Eu imaginei que só precisaria contar para Obi, que ele repassaria a ordem, mas agora ela está sobre meus ombros.

Reúno todos no pátio da escola com a ajuda de algumas pessoas. Pela primeira vez, não me preocupo se estou em terreno aberto ou fazendo barulho, pois sei que a caçada não vai começar até o pôr do sol. Apesar do número de pessoas que deixou o acampamento, cobrimos a maior parte do pátio. Chamamos várias pessoas enquanto se preparam para partir.

Eu poderia simplesmente deixar a notícia se espalhar, mas não quero arriscar causar uma situação de pânico a respeito do que está acontecendo. É melhor gastar vinte minutos numa reunião civilizada e informá-los.

Subo devagar numa mesa do refeitório, sabendo que devemos agir com muita pressa. Algo sobre dizer para as pessoas que elas estão prestes a morrer enrijece meus músculos. Talvez a maior parte das pessoas que estão aqui não estará viva pela manhã.

O fato de que ainda há cadáveres no pátio torna as coisas piores, mas é inútil fingir que todas essas pessoas não foram mortas.

Limpo a garganta, pensando no que falar.

Antes que eu possa começar, um novo grupo de pessoas caminha até nós, vindo do estacionamento. É Dee, Dum e cerca de uma dúzia de guerreiros da liberdade, todos cobertos com cinzas, perscrutando os corpos espalhados no chão.

— O que está acontecendo? — Dee pergunta, preocupado. — O que aconteceu? Onde está o Obi? Precisamos falar com ele.

Ninguém diz nada e receio que todos esperam que eu responda.

— O acampamento foi atacado enquanto vocês estavam fora. — Engulo em seco, tentando achar um jeito de contar sobre Obi. — O Obi... — Minha garganta se fecha.

— O que tem ele? — Dum fala com suspeita na voz, como se soubesse o que estou prestes a dizer.

— Ele não sobreviveu — concluo.

— O quê? — pergunta Dee.

Os guerreiros olham em volta, como se buscassem confirmação.

Dee balança a cabeça lentamente, em negação.

— Não — diz outro guerreiro, recuando. — Não.

— O Obi não — continua outro guerreiro, cobrindo o rosto com as mãos manchadas de cinzas. — Ele não.

Eles parecem zonzos e sobrecarregados pelas emoções.

— Ele ia tirar a gente dessa confusão — diz o primeiro guerreiro. — Aquele maldito não pode morrer. — Seu tom demonstra raiva, mas o rosto se enruga como o de um garotinho. — Ele simplesmente não pode.

As reações me balançam.

— Calma — digo. — Vocês não podem ajudar ninguém se...

— Então é isso — diz ele. — Não podemos ajudar ninguém, nem mesmo a gente. Não somos capazes de liderar a humanidade. Sem o Obi, tudo acabou.

Ele repete as palavras que repeti a mim mesma uma centena de vezes e me irrito ao ouvir a derrota em sua voz.

— Temos uma hierarquia de comando — diz Martin. — Quem estiver imediatamente abaixo do Obi assume.

— O Obi disse que a Penryn deve liderar — afirma uma mulher que me ajudou a carregar os feridos. — Eu ouvi. Ele disse isso antes de dar o último suspiro.

— Mas o segundo no comando...

— Não temos tempo para isso — digo. — Os anjos vão chegar. Hoje, ao pôr do sol, eles vão começar uma caçada, uma competição para ver quem consegue matar o maior número de humanos.

Espero uma resposta, mas ninguém parece surpreso. Eles foram surrados, agredidos e traumatizados. Estão aqui em seus trapos, franzinos e subnutridos, sujos e sofridos, olhando para mim, à espera de uma direção a seguir.

São um contraste brutal com minha lembrança dos corpos perfeitos e do brilho dourado e cintilante das reuniões dos anjos. Muitas pessoas que me ouvem aqui estão feridas, mancando, cheias de ataduras e cicatrizes. Seus olhos arregalados são a janela do desespero que sentem.

Uma onda de raiva me atinge. Os anjos perfeitos, com seu lugar perfeito no universo. Por que eles não podem nos deixar em paz? Só porque são mais bonitos, têm a audição melhor, a visão melhor e tudo melhor do que nós, não faz deles seres mais dignos.

— Uma caçada? — Dee pergunta, olhando para o irmão coberto de fuligem. — Então foi por isso que eles fizeram aquilo.

— Fizeram o quê? — pergunto.

— Uma linha de fogo no lado sul da península. A única forma de sair é pela baía ou pelo ar.

— Nós vimos pelas câmeras de vigilância — diz Dum. — Fomos até lá para tentar apagar o fogo, mas passamos metade do nosso tempo evitando os anjos. Agora o incêndio está completamente fora de controle. A gente estava voltando para avisar o Obi.

As implicações disso fazem sentido para mim.

As pontes ficaram em pedaços por causa dos terremotos. Mesmo se conseguirmos reunir todos os barcos e aviões que estão funcionando, apenas uma fração mínima de pessoas conseguiria sair da península antes do pôr do sol.

Achei que, porque a caçada não começaria até hoje à noite, estaríamos livres para fugir até lá.

— O incêndio está avançando para o norte — diz Dee. — Parece que estão nos encurralando.

— E estão — concordo. — Eles estão nos arrebanhando para facilitar a caçada.

— Então somos presas fáceis — diz alguém na multidão. — Quer dizer que acabou?

— O melhor que podemos fazer é fugir, nos esconder e ter esperança de que eles não nos encontrem? — Há um toque de raiva na voz deles.

Todos começam a falar ao mesmo tempo.

Uma voz ansiosa se ergue acima do ruído.

— Alguém pode ficar com esta menina?

Nós todos olhamos para o homem na multidão que gritou a pergunta. É um homem muito magro, com curativos no ombro e no braço. Duas meninas de uns dez anos estão ao lado dele.

Ele empurra uma delas para trás e outra para a frente.

— Não vou poder alimentá-la e protegê-la se tivermos que voltar para a estrada.

As duas meninas começam a chorar. A que está espiando atrás parece tão assustada quanto a que está sendo empurrada para a frente.

Alguns de nós observam com compaixão silenciosa, enquanto outros olham, horrorizados. Mas mesmo os mais compassivos hesitam em se apresentar para assumir a responsabilidade de alimentar e proteger uma criança indefesa, quando todos são predadores ou presas.

No entanto, nem todos parecem sentir o coração dilacerado. Alguns poucos observam a menina com olhos frios e dúbios. A qualquer segundo, um deles vai se pronunciar e se oferecer para ficar com ela.

— Você está dando a sua filha? — pergunto, perplexa.

Ele balança a cabeça.

— Eu nunca faria isso. Ela é amiga da minha filha, que veio conosco para passar férias na Califórnia, pouco antes de os anjos invadirem.

— Então agora ela faz parte da sua família — digo, entredentes.

O homem olha para o rosto das pessoas à sua volta.

— Não sei mais o que fazer. Não posso protegê-la. Não posso alimentá-la. Ela vai ficar melhor com alguma outra pessoa. Não tenho escolha senão abandoná-la. Não tenho como manter minha família viva e a ela também. — Ele envolve o braço bom ao redor da menina chorosa atrás dele, como se desejasse que a tivesse escondido antes de chamar a atenção de todo mundo.

— Ela também é sua família — digo com tanta raiva que chego a tremer.

— Escuta, eu a mantive viva todo esse tempo — grita o pai. — Mas não consigo mais. Nem sei como vou conseguir manter a mim e a minha filha. Estou desesperado, fazendo o que é preciso para tentar proteger os meus.

Proteger os meus.

Penso no homem moribundo que Paige encontrou na loja de departamentos. O que aconteceu com os entes queridos dele? Se nos separarmos agora, será que todos vamos morrer sozinhos num lugar escuro, sem ninguém se importar se vamos ser comidos vivos?

A única coisa que esse homem ainda tinha era um desenho a giz feito por uma criança que ele amava. Nesse momento me ocorre que essa criança, Paige e o moribundo eram parte de uma teia que conectava aquela família. Foi o que salvou o homem de ser comido vivo. Foi o que lembrou Paige de lutar por sua condição de humana.

Finalmente entendo o que Obi me disse: essas pessoas — essas pessoas vulneráveis, que discutem, que têm defeitos — também são minha família. Quero amaldiçoar Obi por me fazer sentir assim. Já foi duro o suficiente tentar proteger minha irmã e minha mãe, mas já não posso ver essas pessoas se estilhaçarem e morrer, talvez dilacerar umas às outras, nesse processo.

— Vocês todos são minha família. — Faço eco às palavras de Obi. — Vocês não estão sozinhos. E ela também não está. — Inclino a cabeça, indicando a menina trêmula no meio do pátio, sem ninguém ao lado dela. — Respire fundo — continuo, tentando falar como meu pai falava quando eu tinha medo de alguma coisa. — Calma. Vamos sobreviver a isso.

As pessoas me olham e em seguida observam o que sobrou da resistência. Há um mundo de emoções espiralando na multidão.

— É? — pergunta um guerreiro. — Quem vai nos salvar? Quem é louco e forte o bastante para controlar todo mundo quando batermos de frente com esse inimigo impossível?

243

O vento faz farfalhar o casaco dos mortos em volta de nós.

— Eu.

Até eu falar em voz alta, não tinha acreditado nisso de verdade.

Pelo menos eles não riem, mas me encaram por alguns longos e desconfortáveis minutos.

Dou de ombros. É estranho falar de nós mesmos.

— Eu sei mais sobre os anjos do que praticamente qualquer pessoa. Eu tenho uma… — Lembro que não tenho mais Ursinho Pooky. — Eu fiz amizade com… — Quem? Raffe? Os vigias? Eles vão nos caçar como animais. — Bom, eu tenho uma família que só por Deus…

— Você tem cérebro e você tem uma família — diz um homem com um ferimento na cabeça. — Esse é seu poder especial?

— Cada um pode seguir seu caminho e morrer sozinho. — Minha voz se torna firme e tento imbuí-la de aço. — Ou podemos ficar juntos e resistir. — Quer eu queira ou não, vou liderar o que sobrou da resistência de Obi. — Em vez de nos espalhar e nos esconder, vamos trabalhar juntos. Os saudáveis e fortes vão ajudar quem tiver problemas de locomoção. Vamos reunir o máximo de barcos e aviões que pudermos, e começar a fazer as pessoas atravessarem a baía. Precisamos de voluntários para pilotar os barcos e ajudar todos a atravessar.

Duvido que haja algum avião disponível e, se houver, que alguém vai ter coragem para levantar voo enquanto há anjos por perto. Mas algumas dessas pessoas podem saber como pilotar um barco.

— Não vamos conseguir transportar todo mundo antes do pôr do sol — diz alguém na multidão.

— Você está certo — respondo. — Vamos transportar as pessoas pelo tempo que for necessário, pois alguns de nós vão manter os anjos ocupados.

— Quem vai fazer isso?

Penso um minuto antes de responder:

— Os heróis.

53

NÃO DEMORA MUITO PARA as pessoas decidirem se vão ficar e ajudar ou se mandar para arriscar suas chances sozinhas. Um terço dos presentes vai embora depois de me ouvir no pátio. Mas o restante permanece, e isso inclui algumas pessoas em condições físicas que poderiam ter partido.

As saudáveis que ficam para trás ajudam os feridos a entrar nos carros. Mesmo se não puderem se locomover para muito longe, precisamos tirá-los daqui, pois este será o primeiro lugar para onde os anjos virão esta noite.

Temos de deixar os mortos para trás. Isso me incomoda mais do que posso admitir. Até os caídos conseguiram fazer um funeral digno para Beliel.

— A que distância está o fogo? — pergunto para os gêmeos enquanto andamos até o prédio de adobe que Obi usava como base.

— A porção sul de Mountain View estava começando a ficar enfumaçada quando partimos — diz Dee. — Podemos verificar os vídeos das câmeras de vigilância e ver até onde ele chegou.

Câmeras de vigilância.

— Podemos fazer um anúncio através do sistema de vigilância?

Os gêmeos encolhem os ombros.

— Provavelmente podemos fazer isso pelos laptops e celulares que usamos como câmeras. Mas temos que falar com os engenheiros para ter certeza.

— Ainda tem algum deles aqui?

— Eles nunca saem da sala dos computadores — Dee responde.

— Você pode fazer esses engenheiros arrumarem isso? Vamos espalhar a notícia — digo enquanto seguimos pelo corredor até a sala de computadores. — As pessoas precisam saber o que está acontecendo.

A sala de computadores está atolada de pilhas de painéis portáteis de energia solar, cabos, celulares, tablets, laptops e baterias de todos os tamanhos e formatos. A lata de lixo está transbordando de pacotes vazios de macarrão instantâneo e embalagens de barrinhas energéticas. Meia dúzia de engenheiros ergue os olhos quando Dee e Dum começam a explicar o que aconteceu no pátio da escola.

— A gente sabe — diz um homem de olhos vermelhos, vestido com uma camiseta do Godzilla esmagando Tóquio. — Nós vimos tudo pelas câmeras ao redor do pátio. Alguns caras foram embora, mas o restante de nós quer ajudar. O que podemos fazer?

— Vocês são os melhores — elogia Dee.

Não demora muito e os engenheiros estão prontos para que eu faça o anúncio. Enquanto o restante do acampamento abandona o Colégio Paly, gravamos meu discurso para que possa ser repetido.

— Os anjos vão chegar hoje, no final da tarde — anuncio no microfone. — Eles vão caçar o máximo de pessoas que puderem. A extremidade sul da península foi consumida pelo fogo. Repetindo, a extremidade sul da península foi consumida pelo fogo. Vão para a Ponte Golden Gate. Vamos mandar pessoas até lá para ajudar na travessia. Se estiverem dispostos e tiverem condições de ajudar, venham para a parte leste da Bay Bridge, para distrair os anjos e dar aos outros uma chance de sobreviver. Vamos usar todos os que estiverem determinados a lutar. — Respiro fundo. — Para os membros de gangue por aí: quanto tempo vocês acham que podem durar sozinhos? Podemos usar alguns bons soldados de rua. — Percebo que pareço Obi falando. — Estamos todos do mesmo lado. Qual é o sentido de sobreviver hoje, quando amanhã eles podem simplesmente voltar e exterminar todos vocês? Por que não nos unimos e mostramos a eles do que somos feitos? Venham, se juntem à luta na Bay Bridge. — Endureço a voz. — Anjos, se estiverem ouvindo, todos vão saber que vocês são uns covardes vergonhosos se forem atrás dos indefesos. Não haverá nenhuma glória nisso, e vocês só se cobrirão de vergonha durante essa caçada sangrenta. A verdadeira luta vai ser na parte leste da Bay Bridge. Todos os que forem dignos de serem enfrentados estarão lá, e prometo que vai ser uma boa briga. Eu desafio vocês a virem nos encontrar. — Paro de falar, sem saber como finalizar. — Aqui é Penryn Young, filha do homem, matadora de anjos.

Essa parte, filha do homem, sempre vai me lembrar do meu tempo com Raffe. Raffe, que vai caçar todos nós esta noite, com seus companheiros que pensei que pudessem ser meus amigos também. Mas é como uma criança esperando que um leão faminto seja seu bichinho de estimação, em vez de ser seu assassino.

Acho que meu discurso transmitiu confiança, mas minhas mãos parecem congeladas e minha respiração sai trêmula.

— Ahh, gostei do título de matadora de anjos — diz Dum, assentindo.

— Tem certeza que isso vai funcionar? — Dee pergunta, preocupado. — Se eles forem para a Golden Gate...

— Eles não vão — afirmo. — Eu os conheço. Eles vão aonde a luta estiver.

— Ela os conhece, cara — diz Dum. — Está tudo bem. Eles vão vir atrás da gente na Bay Bridge. — Ele faz que sim, depois franze o cenho quando se dá conta de algo. — Espera um minuto...

— Tem certeza que as pessoas vão ouvir? — questiono.

— Ah, vão ouvir sim — afirma Dee. — Se tem uma coisa que nós humanos fazemos bem é fofocar. As notícias voam, todo mundo já ouviu falar de você.

— Também já ouviram falar da sua mãe e da sua irmã — diz Dum. — Mas essa é outra história.

— Eles vão vir — diz Dee. — Você é a única líder que a gente tem.

54

ENTRO NUM SUV GRANDE o suficiente para ter dois assentos traseiros. Deslizo na parte de trás e noto o couro macio, os vidros obscurecidos por película, o aparelho de som de última geração. Coisas que achamos que nunca mais veríamos.

Paige voa nos braços de um de seus três gafanhotos, e minha mãe vai de ônibus com um bando de membros da seita que juram não ter nada a ver com o meu sequestro. Não sei o que pensar deles, mas, se eu tivesse que me preocupar com a segurança de alguém naquele ônibus, seria com a deles, não com a da minha mãe.

Meu anúncio gravado diz para as pessoas que temos um plano. Mas a verdade é que não temos. Só sabemos que alguns vão distrair os anjos na Bay Bridge, enquanto todos os outros cruzam o canal cortado pela Ponte Golden Gate.

Eu me aperto no banco de trás com os demais integrantes do antigo conselho de Obi. Há uma mulher que cuidava da distribuição da Apple e um ex-militar que se intitula coronel.

O coronel olha desconfiado para mim. Ele deixou claro que não acredita numa palavra das histórias malucas que estão correndo a meu respeito. E, mesmo se alguma delas for verdade, ele ainda acha que sou "uma alucinação de massas que está se aproveitando do desespero das pessoas".

Mas ele está aqui para ajudar, e isso é tudo o que posso pedir. Eu só queria que ele parasse de me olhar desse jeito porque passa pela minha cabeça que ele pode estar certo.

Sanjay e o doutor entram e ocupam os assentos atrás de nós. Não me surpreende que se deem bem, já que os dois são pesquisadores. Sanjay parece não se preocupar de ser visto com o doutor.

Os dois integrantes do conselho se opõem à presença do doutor aqui, mas ninguém mais tem o conhecimento dele de anjos e monstros. Os hematomas do doutor parecem tão ruins quanto da última vez que o vi, mas não surgiu nenhum outro. As pessoas estão ocupadas demais tentando sobreviver para mexer com ele no momento.

Os gêmeos deslizam para os assentos do motorista e do carona. O cabelo deles agora tem mechas azuis sobre o fundo loiro, como se não tivessem tido tempo para tingir do jeito certo.

— O que aconteceu com o cabelo de vocês? — pergunto. — Não estão preocupados de serem vistos pelos anjos com todo esse azul?

— Pintura de guerra — diz Dee, afivelando o cinto de segurança.

— Só que é no cabelo, em vez de ser na cara — complementa Dum, dando partida no carro. — Somos originais desse jeito.

— Além do mais, sapos venenosos estão preocupados de serem vistos pelos pássaros? — Dee pergunta. — E as cobras venenosas? Todas têm marcas bem visíveis.

— Vocês agora são sapos venenosos? — pergunto.

— *Croac.* — Ele se vira e me mostra a língua. Está azul.

Arregalo os olhos.

— Vocês também tingiram a língua?

Dee sorri.

— Não. É Gatorade. — Ele ergue uma garrafa meio cheia de líquido azul. — Te peguei. — E dá uma piscadela.

— Hidratação ou morte, cara — diz Dum, quando viramos em El Camino Real.

— Mas não é o original — fala Dee. — É de alguma outra marca.

— Nunca achei que eu fosse dizer isso — Dum prossegue —, mas sinto até falta dos anúncios tipo *Just Do It.* Nunca pensei como os anúncios eram ótimos para dar bons conselhos de vida. O que realmente precisamos agora é de uma alma engenhosa para criar um produto que nos dê um bordão do tipo "Mate essas criaturas que Deus cuida do resto".

— Isso não é um slogan de anúncio — digo.

— Só porque não era um bom conselho no passado — diz Dum —, não significa que não é um bom conselho agora. Cole um produto nele e podemos ficar ricos. — Ele se vira e arqueia a sobrancelha para o irmão, que se vira também e retribui com uma sobrancelha idêntica arqueada.

— Então alguém tem uma boa estratégia de sobrevivência ou não existe esperança de sair desse pesadelo? — o coronel pergunta.

— Chegamos aqui do zero. Não sei como vamos sobreviver a essa caçada sangrenta — diz Dee.

— Não era a esse pesadelo que eu estava me referindo — diz o coronel. — Era à morte por comentários idiotas.

Os gêmeos se entreolham e fazem um o com a boca como meninos dizendo um ao outro que foram pegos.

Sorrio, apesar de tudo. É bom saber que ainda posso sorrir, nem que seja por um segundo.

Então voltamos ao trabalho.

— O que aconteceu com aquela praga para anjos na qual você estava trabalhando, doutor? Alguma chance de conseguir acabar com eles por uma pandemia? — Dee pergunta.

O doutor nega, balançando a cabeça.

— Vai levar pelo menos um ano, considerando que a gente consiga fazer funcionar. Não sabemos nada sobre a fisiologia deles, e não temos ninguém em quem testar. Mas, se tivermos sorte, ela vai pegar pelo menos alguns deles logo, logo.

— Como? — pergunta o coronel.

— Os anjos estão criando outra besta do apocalipse — diz o doutor. — As instruções eram muito específicas. Tinha que ter sete cabeças, em uma mistura com animais.

— O triplo-seis? — pergunto. — É, eu vi.

— Se ele tem sete cabeças, por que você chama de triplo-seis? — pergunta Sanjay.

— As cabeças têm o número meia-meia-meia tatuado na testa.

Dum me olha com a expressão horrorizada.

— Os anjos chamam a criatura de besta — diz o doutor. — Mas gostei mais do nome triplo-seis.

— A sétima cabeça era humana e estava morta — menciono.

— O triplo-seis estava vivo? — o doutor pergunta. — Algum dos anjos em volta dele parecia doente?

— Ah, bem vivo. Eu não notei ninguém que parecia doente. Se bem que eu não estava olhando para eles. Por quê?

— Nós tínhamos três.

— Existem três daquelas coisas?

— São variações uns dos outros. Com tantos animais misturados num corpo, as coisas têm tudo para dar errado. Ao mesmo tempo em que os fazia, Laylah, a médica-chefe, trabalhava numa praga apocalíptica. Era para ser usada contra nós, humanos, mas havia muita experimentação para torná-la o mais horrenda possível. De alguma forma, uma das cepas passou para os triplo-seis.

Eu me lembro de Uriel conversando com Laylah em sua suíte antes da última festa. Ele a pressionava a superar as dificuldades e fazer o apocalipse acontecer mais rápido. Suponho que desde então ela tem se esforçado para cumprir suas exigências.

— Os triplo-seis infectaram os médicos dos anjos. Eles ficaram doentes, depois de um ou dois dias, foram expostos aos monstros novamente, e isso acelerou maciçamente a doença. Eles sangraram da maneira mais horrível. Também parecia muito doloroso. Era tudo o que eles estavam tentando fazer com uma doença humana, mas matou apenas anjos e gafanhotos. Os humanos que trabalhavam no laboratório estavam bem, assim como os monstros. Eles eram apenas portadores da doença.

— Você tem um numa gaiola, em algum lugar? — pergunto.

— Os triplo-seis infectados foram todos mortos. Recebi ordens para me desfazer dos corpos. Os anjos não fazem trabalho sujo assim. Antes de queimá-los, entretanto, consegui roubar duas ampolas do sangue deles. Usei uma para infectar o novo lote de monstros que eles criaram. Eu achei que eles pudessem causar algum dano aleatório.

— E causou? — perguntei, pensando em Rafe.

— Eu não sei. Depois do acidente, eles separaram os projetos para evitar mais contaminação, então eu não acompanhei mais.

— O que você fez com o segundo frasquinho de sangue?

— Guardei para pesquisa. Estamos tentando elaborar uma praga para atingir os anjos.

— Já chegaram a um resultado? — pergunto.

— Ainda não — diz o doutor. — Mas não por muito tempo.

— Justamente o que não temos é tempo — diz o coronel. — Próxima ideia.

Nosso objetivo é fácil de identificar: precisamos encontrar uma maneira de sobreviver à investida de hoje à noite. Mas nossa conversa fica dando voltas, na tentativa de descobrir como vamos fazer isso. De tudo o que sabemos, nós poderíamos ser os únicos guerreiros da liberdade a aparecer em Bay Bridge.

Enquanto percorremos a península, conversamos à exaustão.

Tento não bocejar, mas não é fácil. Parece que faz uma semana que não durmo.

— Os anjos nem sequer sabem qual é a Bay Bridge — diz o coronel. — Precisamos de uma isca ou de algo que os atraia para longe da Golden Gate.

— Que tipo de isca? — pergunta Dee.

— Devemos pendurar bebezinhos na ponte? — pergunta Dum.

— Infelizmente, isso não é engraçado — diz o doutor.

Esfrego a testa. Normalmente não tenho dor de cabeça, mas toda essa conversa desesperada para bolar um plano está me matando. Realmente não sou do tipo que planeja tudo em detalhes.

Meus olhos vagam para a janela, e fico hipnotizada pelo burburinho das vozes no carro e pelo meu próprio sono.

Estamos dirigindo ao longo da baía no sentido norte, a caminho de San Francisco. A água reluz como um campo de diamantes esperando para ser recolhido. Se ao menos pudéssemos apanhá-los...

O vento se intensifica, fazendo flutuar folhas e lixo na beira da estrada. Eu não me lembro de ver lixo na rodovia no Mundo Antes, mas muita coisa mudou desde então.

Meus olhos acompanham preguiçosamente um pedaço de papel enquanto ele rodopia na estrada. Ele dança na brisa, fazendo piruetas ao vento. Depois pousa na água, o que provoca uma ondulação cintilante em volta.

Embriagada de sono, eu o imagino como um daqueles panfletos do show de talentos dos gêmeos.

"Venha um, venham todos ao maior show de todos os tempos." Não era isso que o panfleto dizia?

Consigo ver os gêmeos sobre uma caixa da maçã, vestindo terno e chapéu listrado, como confeiteiros num festival, chamando os refugiados maltrapilhos.

— Aproximem-se, pessoal, para ver a maior queima de fogos de artifício da história. Vai ter muito barulho, gritos e pipoca! Esta é sua última chance: sua última chance de mostrar seus incríveis talentos.

Então tudo se encaixa.

Eu me sento, tão desperta como se tivesse sido eletrocutada pelo bastão de gado da minha mãe. Pisco duas vezes, sintonizando de volta a conversa. Sanjay está dizendo algo sobre desejar saber mais sobre a fisiologia dos anjos.

— O show de talentos. — Olho para os gêmeos, com olhos arregalados. — Quem resistiria a um show de talentos?

Todos me olham como se eu fosse maluca, e eu sorrio devagar.

55

É MEIO-DIA QUANDO chegamos à Ponte Golden Gate. Temos cerca de seis horas até o pôr do sol.

A famosa ponte está em ruínas, como todas as outras ao redor da baía. Vários cabos de suspensão balançam no ar, amarrados apenas no topo. A plataforma está quebrada em quatro seções, faltando um grande pedaço da metade para a frente. Uma das seções se inclina precariamente, e me pergunto quanto tempo vai demorar para desabar.

Da última vez que vi a Golden Gate, eu estava voando nos braços de Raffe.

Sinto o corpo arrepiar quando saio do SUV, e o ar salgado tem gosto de lágrimas.

Um grupo escasso se agita debaixo da ponte, à espera de alguém que lhe diga o que fazer. Eu não esperava milhares de pessoas, mas tinha esperança de encontrar mais gente.

— Somos os que resgataram as pessoas de Alcatraz — grita Dee, agindo como se houvesse centenas de pessoas. — Vocês já ouviram falar disso, certo? Aqueles mesmos barcos estão vindo para cá. Quando chegarem, ajudem. É a melhor coisa que podem fazer no momento.

— Mas se não quiserem — diz Dum — nos encontrem na Bay Bridge. Vamos mostrar aos anjos do que somos feitos!

Olho ao redor e vejo que há mais pessoas aqui do que havia notado em princípio. Pequenos vislumbres de roupas, chapéus, bolsas e armas pipocam à nossa volta nas árvores, carros e destroços dos navios que foram levados pelo mar até a costa.

Pessoas se escondem por perto, ouvindo, assistindo, prontas para sumir ao menor sinal. Alguns nos gritam perguntas de seus esconderijos.

— É verdade que os mortos estão se levantando?

— Há mesmo monstros-demônios vindo atrás da gente?

Respondo às perguntas da melhor forma possível.

— Você é a Penryn? — alguém grita atrás de algumas árvores.

— Você é mesmo uma matadora de anjos?

— Diabos, claro que sim! — diz Dum. — Vejam com seus próprios olhos hoje à noite. Vocês também podem ser matadores de anjos.

Dum balança a cabeça em direção ao carro.

— Vamos — ele chama. — Vou divulgar o show de talentos aqui e depois eu alcanço vocês.

Dee sorri.

— Você tem alguma ideia de como vai ser o bolsão de apostas esta noite?

— Vai ser *épico* — diz Dum, enquanto se mistura na multidão.

Sigo Dee de volta ao carro. O coronel e a mulher da Apple ficam para supervisionar a evacuação, enquanto o restante de nós segue para Bay Bridge, a fim de se preparar para a batalha.

— Quais são as chances de nossos homens pegaram os barcos e se mandarem? — pergunto. Meu estômago revira só de pensar nisso, enquanto percorremos a cidade de carro.

— Suponho que pelo menos metade deles vai nos fazer justiça. Nós escolhemos caras que tinham família entre essa multidão. — Ele acena com a cabeça para as pessoas que estão junto à água, onde Dum circula na multidão, divulgando o show de talentos.

— Por uma sorte do acaso — diz Dee, enquanto dá a volta num poste elétrico caído —, calhou de termos guardado o grande prêmio do outro lado da Golden Gate.

— Que grande prêmio?

— Para o show de talentos.

— Dã — diz Sanjay, numa boa imitação de Dum.

— Nós queríamos que isso ficasse longe de pessoas que sabiam sobre o show — diz Dee. — Mas, no fim, não poderíamos ter planejado melhor se soubéssemos o que estava prestes a acontecer.

— Qual é o grande prêmio?

— Você não ouviu? — Dee pergunta.

— É um trailer — diz Sanjay, parecendo entediado.

Dee olha para Sanjay pelo espelho retrovisor.

— Não é apenas um trailer. É um trailer customizado, luxuoso e à prova de balas. E não é tudo.

Ergo as sobrancelhas e tento parecer interessada.

— Não tenha medo, pequena padawan. Quando chegar a hora, você vai compreender a maravilha que são os gêmeos Tweedle.

— Seja lá o que for, tenho certeza que vai ser pelo menos divertido. — Agora, em vez de parecer Obi falando, pareço uma mãe paciente. Enrugo o nariz para mim mesma.

Dee segura um molho de chaves.

— É claro que o vencedor precisa sobreviver ao show de talentos e depois arrancar as chaves das minhas mãos frias e mortas. — Ele segura o molho e o faz desaparecer.

— Mas não há dúvida de que vai valer a pena — acrescento.

— Está vendo só? — Dee pergunta. — É por isso que ela é a líder. A garota sabe do que está falando.

Mas eu não sei. Quando chegamos à parte leste da Bay Bridge, não há ninguém ali.

Meus ombros se afundam quando vejo as ruas abandonadas e as águas vazias. Meu anúncio está circulando por toda a península, e todos que estavam no campo da resistência sabem que devem vir para cá se estiverem dispostos a lutar. Eu não esperava um grande grupo, mas me sinto devastada por ninguém ter aparecido.

— Não temos tempo a perder aqui — diz Dee, ao sair do carro. — Os caras já começaram a largar os suprimentos.

Olho para onde ele aponta. Há uma pilha de madeira perto da água.

— E esse deve ser o nosso transporte.

Com a cabeça, Dee indica uma balsa que se aproxima em nossa direção. Um dia essa embarcação foi branca, mas parece que alguém jogou tinta escura para tentar camuflá-la.

— Bem, pelo menos vamos ser quatro na luta. — Tento falar de um jeito mais alegre.

— Três — diz Sanjay. — Só estou aqui como especialista. Caras como eu somos amantes, não lutadores.

— Agora você é um lutador — digo, puxando-o para a água.

ÀS DUAS HORAS, Dum volta com um sorriso satisfeito, se pavoneando como se tivesse acabado de realizar algo grandioso. Agora também há bastante gente que surgiu do nada, e assim podemos compor uma equipe de trabalho de verdade. Madeira, martelos e pregos, equipamentos de som e iluminação são transportados e montados na ilha em Bay Bridge que selecionamos para ser nosso último bastião.

Às três horas, as primeiras gangues vão até a praia. A essa altura, há um número respeitável de refugiados e guerreiros da liberdade. Reunimos alguns dos antigos soldados de Obi que ouviram nosso anúncio.

— É melhor se arriscar como um homem do que fugir como uma barata — diz um cara de barba, ao entrar no grupo. Ele lidera um bando de outros homens com tatuagens de gangue.

Se os demais sobreviventes não estivessem amedrontados, agora teriam um pouco de medo. Esses são os sujeitos que costumávamos evitar pelas ruas.

Embora esses caras tenham decidido se juntar à boa luta, logo que aparecem, estão mais interessados em estabelecer quem é o chefe. Pessoas são empurradas, recebendo ordens para deixar os lugares à sombra para as gangues e tolerando que a comida lhes seja arrancada, já a caminho da boca.

Todos estão exaustos e com medo, e tudo o que parecem querer é lutar uns contra os outros. Sinceramente, não sei como Obi dava conta de tudo isso. Eu gostaria de encontrar um jeito de fugir e nos esconder, mas não podemos fazer isso com tanta gente, em condições tão diversas. Então estou de volta ao conceito do último bastião.

Não gosto do som dessas palavras: "último bastião". Será que eu as herdei da resistência só para vê-la perecer debaixo das minhas vistas?

À medida que novas gangues entram na nossa área, começam a se desentender com as demais. Não é a cor da camiseta ou o formato das tatuagens, mas alguma escolha aparentemente aleatória de quem está no time de quem, à medida que a população vai aumentando. Algumas gangues são compostas por características raciais, enquanto outras se dividem por questões regionais — as gangues de Tenderloin contra as do leste de Palo Alto, esse tipo de coisa.

— Essa é uma combinação explosiva. Você sabe disso, não sabe? — pergunta o doutor, que se voluntariou para ser o médico de campo, apesar de o braço ainda estar numa tipoia. Todos nós sabemos que ele teria sido rejeitado pelo pessoal da Golden Gate se tivesse ido lá. Há refugiados demais de Alcatraz ali para deixá-lo em paz.

— Não precisamos segurar as pontas por muito tempo — digo. — Eles são guerreiros saudáveis, e vamos precisar deles esta noite.

— Quando o Obi pediu para você assumir o controle, talvez ele quisesse dizer que você precisa ser a líder por mais tempo do que pensou. — O doutor parece um dos meus antigos professores, mesmo que ele se assemelhe mais a um estudante universitário.

— O Obi sabia exatamente o que estava fazendo — digo. — Ele me pediu para impedir que as pessoas morressem. Se elas se machucarem enquanto eu estiver tentando mantê-las vivas, vamos ter de lidar com isso.

Os gêmeos fazem que sim. Parecem impressionados com minha atitude durona.

— Vamos cuidar disso — diz Dee.

— O que vocês vão fazer?

— O que a gente sempre faz — diz Dum.

— Dar às massas o que elas querem — Dee responde, enquanto anda em direção às duas multidões cada vez maiores, que se encaram.

Os gêmeos entram direto no meio do confronto com as mãos para o alto. Eles falam e as multidões ouvem.

Um homenzarrão se apresenta na frente de cada grupo. Um dos gêmeos conversa com os dois grandalhões, e o outro começa a fazer anotações, conforme as pessoas vão chamando. Em seguida todos se posicionam em círculo, deixando os dois homenzarrões no meio.

Aproveitando a deixa, a multidão combinada começa a gritar e pular para obter uma visão melhor. Eles fecharam o círculo de um jeito que não consigo ver o que está acontecendo do lado de dentro, mas posso imaginar. Os gêmeos começaram uma luta *oficial* e estão recolhendo as apostas. Todo mundo está feliz.

Não me admira que Obi mantivesse os gêmeos por perto e suportasse suas peripécias.

ÀS QUATRO DA TARDE, temos tantos competidores para o show de talentos e gente na plateia quanto lutadores. Estou tão ocupada que mal tenho tempo de pensar em Raffe. É claro, porém, que ele está sempre no plano de fundo da minha mente.

Ele vai fazer isso? Vai matar humanos para ser aceito de volta na sociedade dos anjos? Se tivermos que lutar um contra o outro, ele vai me caçar como um animal?

O fim do mundo não exaltou necessariamente as melhores qualidades da humanidade. Raffe viu pessoas fazerem as piores coisas possíveis entre si. Eu queria poder lhe mostrar o outro lado — o nosso melhor. Mas é apenas coisa da minha cabeça, não é? São apenas desejos.

Há rostos familiares entre os lutadores voluntários. Tatuagem e Alfa, de Alcatraz, estão aqui. Seus nomes verdadeiros são Dwaine e Randall, mas eu já tinha me acostumado a pensar neles como Tatuagem e Alfa, então continuo a chamá-los assim. Outros estão começando a adotar os apelidos e, se não pararem logo, Tatuagem e Alfa vão ser apelidos permanentes.

Parece que metade do grupo atende por apelido. É como se todos se sentissem pessoas diferentes agora, que não deveriam ter o mesmo nome que tinham no Mundo Antes.

Olho para cima quando as pessoas dão um passo para o lado e abrem caminho, deixando um homem de terno e quepe de chofer vir até mim. Todos encaram seus dentes expostos e a carne viva onde a pele deveria cobrir a metade inferior de seu rosto.

— Eu ouvi o anúncio — ele diz, de seu jeito torturado. — Que bom que você conseguiu sair viva do ninho da águia. Estou aqui para ajudar.

Eu lhe ofereço um pequeno sorriso.

— Obrigada. Vamos precisar de você.

— É, tipo agora — diz Sanjay, gingando em nossa direção enquanto tenta segurar um fardo de tábuas de madeira.

Meu ex-motorista se apressa em ajudá-lo.

— Obrigado — diz Sanjay, aliviado.

Eu os vejo descarregar as tábuas no barco amigavelmente.

Sinto que tenho uma bola de chumbo no estômago quando penso que todas essas pessoas provavelmente vão morrer porque acreditaram em mim quando eu lhes disse que valia a pena lutar.

56

O SOL REFLETE NA ÁGUA ESCURA da baía abaixo de nós. Mesmo que ainda seja de tarde, o céu tem um toque de fogo com tentáculos escuros estendidos. À distância, o incêndio na porção sul da península sopra fumaça no ar.

Não chega a ser o brilho avermelhado do Abismo, mas é bem parecido. No entanto, em vez de ser de um vermelho sufocante, nossa civilização em chamas é ironicamente linda. O céu está vivo e parece se movimentar com as cores refletidas do fogo em tons de bordô, laranja, amarelo e vermelho. Há nuvens de fumaça escura oscilando no ar, mas, em vez de manchar as cores, o céu as mistura e as absorve, escurecendo algumas para contrastar com outras.

Aqui na ilha de concreto que um dia foi parte da linda Bay Bridge, a excitação é palpável. Ela pulsa de todas as direções na multidão — e agora é uma multidão —, conforme as pessoas se agitam em volta da conexão quebrada entre San Francisco e a baía.

Todos ajudam a fazer alguma coisa. Integrantes sem camisa de gangues mostram os músculos tatuados quando sobem nas partes mais altas da ponte suspensa. As diferentes facções disputam entre si para prender um conjunto enorme de holofotes e alto-falantes. A gangue vencedora da disputa vai levar um prêmio que Dee e Dum fizeram valer a pena.

Um palco improvisado está sendo construído, pessoas praticam as performances do show de talentos aqui e ali. Caixas de madeira foram empilhadas e agora são pregadas umas às outras para formar degraus que facilitem o acesso ao palco.

Homens armados e vestidos com roupas de camuflagem cinzenta passam por mim. Usam grandes fones de ouvido ao redor do pescoço e óculos de visão noturna na cabeça. Em vez de um rifle, carrego um par de facas. Há armas de fogo suficientes, mas as balas são reservadas aos especialistas.

Alguns exibem camuflagens elaboradas, com todo tipo de mato pendurado. Eles me lembram monstros do pântano.

— O que eles estão vestindo? — pergunto.

— Trajes ghillie — diz Dee-Dum, como se isso já explicasse tudo.

— Certo, é claro. — Aceno com a cabeça, como se tivesse ideia do que isso significa.

Olho em volta para ver se posso ser útil e descubro que todos estão ocupados, executando suas tarefas. Dee lida com os detalhes do show, enquanto Dum organiza o público, o qual, por sua vez, pratica o treinamento de fuga. O coronel e a outra integrante do conselho — que estou começando a pensar como moça da logística — andam em meio à multidão, dirigindo projetos e mantendo as pessoas nas respectivas tarefas.

O doutor se ocupa da estação improvisada de atendimento médico, o que as pessoas evitam, a menos que realmente tenham se machucado. Admito que até mesmo eu estou um pouco impressionada com a dedicação do doutor com as pessoas, mesmo que sempre o tenha considerado um monstro pelas coisas que fez.

Na extremidade quebrada da ponte onde os vergalhões despontam no ar, minha irmã está sentada com as pernas penduradas sobre a borda. Dois de seus animais de estimação com cauda de escorpião se enrodilharam ao lado dela, e o terceiro voa em piruetas à sua frente. Talvez esteja pescando. Eles são os únicos que têm algum espaço ao seu redor, já que ninguém ousa chegar perto.

Eu me sinto mal por tê-la aqui, quando sei que estará em perigo. Mas, por mais que eu tenha tentado, tanto ela como minha mãe se recusam a me deixar. A sensação de que elas tenham que participar da luta me revira por dentro, mas eu já aprendi que, quando a gente se separa das pessoas que ama, não há garantia de que vamos voltar a vê-las.

O rosto de Raffe surge em minha mente pela milésima vez hoje. Nessa lembrança, ele tem um ar zombeteiro nos olhos e ri da minha roupa, como costumava fazer quando estávamos na casa de praia. Afasto a lembrança. Duvido que ele vá ter essa expressão quando matar o meu povo.

Minha mãe está por perto com um grupo de membros da seita, vestidos de lençóis, com marcas da anistia na cabeça raspada.

Minha mãe me disse que eles estão comprometidos em compensar o pecado que cometeram ao me trair, mas eu preferiria que não estivessem aqui. Ainda assim, se quiserem mostrar compromisso com a causa, ficar com minha mãe é uma boa forma de demonstração. Isso os mantém fora do caminho, e tenho certeza de que minha mãe os está fazendo pagar sua penitência.

Parece que o único grupo que poderia se beneficiar da minha ajuda é a equipe de palco. Pego um martelo e fico de joelhos para ajudar a construí-lo.

O cara ao meu lado me dá um sorriso pesaroso e me entrega alguns pregos. Lá se vai a glória da liderança.

Não sei o que todas aquelas pessoas famintas de poder como Uriel estão pensando. Até onde posso dizer, um líder acaba assumindo todas as preocupações e ainda precisa se ocupar do trabalho comum.

Eu martelo, tentando acalmar a mente e deixar o desespero de fora.

O sol está começando a se pôr, adicionando um brilho dourado à água. Um nevoeiro fino começa a rastejar sobre a baía. Era para ser uma paisagem pacífica, só que meu sangue parece congelar a cada segundo.

Minhas mãos estão frias, e fico esperando ver o vapor da minha respiração. Parece que não tenho sangue suficiente no corpo. Sinto o rosto empalidecer.

Estou com medo.

Até este momento, eu realmente acreditava que poderíamos conseguir. Parecia tudo bem na minha cabeça. Mas, agora que o sol está se pondo e o desfecho se aproxima, estou morrendo de medo por todas essas pessoas que acreditaram em mim quando eu lhes disse que lutar era uma boa ideia. Por que alguém me ouviria? Eles não sabem que eu não sei fazer planos nem para salvar minha própria vida?

Há muito mais pessoas aqui do que deveria, e elas continuam a inchar as fileiras conforme navios as transportam até a nossa ponte quebrada. Não precisamos de toda essa gente, apenas o bastante para fazer os anjos acreditarem que vir até aqui, e não ir à Ponte Golden Gate, vale o trabalho. Mas lançamos o chamado, e mais e mais pessoas estão chegando. Nunca nos ocorreu limitar o número delas, porque pensamos que já seria um milagre se apenas três aparecessem.

Elas sabem que os anjos estão vindo. Sabem que este é nosso último bastião e que provavelmente seremos massacrados.

E ainda assim continuam vindo. Em massa.

Não apenas os capazes, mas os feridos, as crianças, os velhos, os doentes: todos estão aqui, amontoados em nossa pequena ilha de aço e concreto quebrado. Há muita gente.

É uma armadilha de morte. Sinto isso em meus ossos. O barulho, as luzes, um *show de talentos*, pelo amor de Deus, no apocalíptico Fim dos Dias. O que eu estava pensando?

Apesar da aglomeração, o público mantém uma distância respeitosa das cortinas e divisórias que foram criadas como um vestiário improvisado, ao lado do palco.

Dee sobe ruidosamente no tablado e dá alguns pulinhos.

— Bom trabalho, pessoal. Acho que vai durar algumas horas. — Ele põe as mãos ao redor da boca e grita para a multidão: — O show começa em dez minutos, pessoal!

É um pouco estranho que ele não grite na direção do vestiário, mas do público. Enfim, acho que ele tem razão: todos aqui vão se apresentar esta noite.

Subo no palco improvisado e sinto uma onda de pânico. Da última vez em que estive num palco, os anjos estavam descontrolados e decidiram que matariam todo mundo, sentindo que nada era mais justo.

Desta vez, estou na frente de uma multidão igualmente agitada de humanos. Mas a emoção que eles carregam tem a ver com medo, não com sede de sangue.

À minha frente tem uma multidão de pé, aglomerada. A única coisa que limita o número de pessoas são as dimensões da ilha de concreto que escolhemos.

As pessoas estão perto demais da borda da ponte quebrada, onde os vergalhões suspensos parecem braços sem vida, suspensos em direção à água escura. Elas estão com crianças sentadas nos ombros. Adolescentes e gangues estão pendurados nos cabos que sobem e desaparecem na névoa rala.

O nevoeiro se torna mais espesso, e fico preocupada. Muito preocupada. Se não pudermos vê-los, como vamos combatê-los?

57

DEVE HAVER UMAS MIL PESSOAS AQUI. Pela expressão dos gêmeos, percebo que eles também não esperavam tanta gente.

— Eu não entendo — digo quando chego ao lado deles, no palco.

Eles estão vestidos e maquiados de palhaços molambentos, com roupas remendadas e cabelos exageradamente desgrenhados. Cada um tem um microfone que lembra um grande cone de sorvete.

— Por que tem tanta gente aqui? — Lanço um olhar confuso para eles. — Eu pensei que tínhamos deixado bem clara a noção do perigo. Será que eles não têm um pingo de bom senso?

Dee verifica se o microfone está desligado.

— A questão não é o bom senso. — Ele examina a multidão com algum orgulho.

Dum também verifica se seu microfone está desligado.

— A questão não é a lógica. — Ele exibe um largo sorriso.

— É esse o sentido do show de talentos — diz Dee, fazendo uma pirueta no palco. — Algo ilógico, caótico, estúpido e diversão para diabo. — Dee acena para Dum. — É o que nos diferencia dos macacos. Que outra espécie faz shows de talento?

— Sim, beleza, mas e o perigo? — pergunto.

— Para isso eu não tenho nenhuma resposta — afirma Dum.

— Eles sabem que é perigoso. — Dee acena para a multidão. — Sabem que só terão vinte e cinco segundos para evacuar a área. Todos sabem onde estão se metendo.

— Talvez eles estejam cansados de não ser nada mais do que ratos rondando o lixo e correndo para se salvar. — Dee mostra a língua para algumas crianças, sentadas nos ombros dos adultos. — Talvez estejam prontos para ser humanos novamente, mesmo que por uma hora apenas.

Penso nisso. Estamos sobrevivendo a duras penas desde que os anjos chegaram aqui. Todos, até mesmo as gangues, estão com medo. Sempre preocupados com abrigo, comida e necessidades básicas. Preocupados se os amigos e a família sobreviverão a mais um dia, com monstros pulando no meio da noite e os comendo vivos.

E agora isso. Um show de talentos. Idiota e sem sentido. Estúpido e divertido. Juntos. Rindo. Fazendo parte da raça humana. Sabendo sobre os horrores que aconteceram e vão acontecer, mas escolhendo *viver*, de qualquer maneira. Talvez haja arte em sermos humanos.

Às vezes me sinto um marciano em meio a toda essa humanidade.

— Ou — diz Dum — talvez eles estejam aqui porque todos estão desejando o — ele liga o microfone — *incrível, mágico trailer!* — E faz um gesto amplo com o braço para o pano de fundo do palco.

Ainda há bastante luz para deixar a projeção atrás dele obscura, mas é a imagem de um trailer arranhado.

— Sim, podem acreditar em seus olhos, senhoras e senhores — diz Dee. — Este é um trailer de passeio incrivelmente luxuoso. Nos velhos tempos, uma beleza como esta sairia por quanto? Cem mil dólares?

— Ou um milhão — diz Dum.

— Ou dez milhões, dependendo do que você quiser fazer com ele — diz Dee.

— Essa belezinha é completamente à prova de balas — diz Dum. A multidão fica em silêncio.

— Sim, vocês ouviram direito — afirma Dee.

— À prova de balas — repete Dum.

— À prova de estilhaços — prossegue Dee.

— E janelas à prova de zumbis enfeitam esta beleza de trailer — diz Dum.

— Ele vem completo, com um sistema de invasão, capacidade de vídeo de sessenta graus para observar os arredores, sensores remotos de movimento para você detectar se alguém ou alguma coisa está perto. E o melhor de tudo... — A foto projetada atrás deles muda para o interior do trailer. — Com o luxo do Mundo Antes — diz Dee.

— Bancos de couro, camas luxuosas, mesa de jantar, tevê, máquina de lavar roupa e banheiro com ducha — diz Dum.

— Para aqueles que quiserem saber para que serviria a tevê, garantimos que venha com sua própria coleção de filmes. Quem precisa de transmissão quando se tem um gerador construído em casa?

— Demorou uma semana para a tinta ficar tão suja assim. E, podem acreditar, partiu meu coração ter que sujar esta beleza, mas é uma vantagem enorme não parecer um rico motorizado.

— Falando nisso — diz Dee —, este veículo superversátil pode andar trinta quilômetros com os quatro pneus vazios, subir colinas e passar por cima de outros carros, se for preciso. É o carro dos seus sonhos, senhoras e senhores. Se alguma vez amamos algo mais do que isso, chamamos de Mamãe.

— Segurem firme seus bilhetes de apostas — diz Dum. — Eles podem valer mais que a vida.

Agora faz mais sentido. Tenho certeza de que algumas pessoas vieram para ficar perto de outros seres humanos numa luta final pela sobrevivência, mas estou igualmente certa de que outros vieram para tentar ganhar um trailer do Mundo Depois.

A projeção do trailer desliga. Grandes holofotes se acendem e fazem o palco brilhar. Eu me encolho diante do feixe de luz, então lembro que isso tem de ser espetaculoso.

Os alto-falantes berram um guinchado que se transforma num ruído estridente e perfurante quando a resposta da plateia explode por toda a ponte.

Observo o céu escuro e não vejo nada além do belo pôr do sol que deixa a névoa tênue corada. O céu encoberto é um pano de fundo mágico para o show, que parece milagroso por si só.

Dee e Dum fazem uma dancinha no palco, então se curvam como se esperassem uma reação de espetáculo da Broadway. No início, o aplauso é abafado e disperso, tímido e amedrontado.

— Iiiihh-raaah! — Dee grita ao microfone e o som reverbera por toda a multidão. — Caramba, é bom fazer barulho. Vamos tirar a urucubaca, pessoal.

— Se vamos nos rebelar, vamos nos rebelar com muito barulho! — diz Dum.

— Gente, um momento de alegria para gritar o que vocês sentiram durante todas estas semanas. Prontos? Já!

Os gêmeos soltam um berro tão alto que libera toda a energia armazenada. Do êxtase à raiva, da violência à alegria.

Primeiro, apenas um ou dois fazem eco aos seus gritos. Em seguida, mais pessoas participam. Então mais, até que toda a multidão grita a plenos pulmões.

Acho que é a primeira vez que alguém fala alto desde o Grande Ataque. Uma onda de medo e alegria é liberada na multidão. Alguns começam a chorar, outros, a rir.

— Uau — diz Dum. — Que grande bagunça de humanidade!

— Respeito! — Dum bate o punho no peito e faz uma reverência para o público.

O ruído continua um pouco mais, depois silencia. As pessoas estão nervosas e ansiosas, mas muito animadas. Alguns têm sorrisos no rosto, outros enrugam a testa. Apesar disso, todos eles estão aqui — vivos e alertas.

Eu me acomodo no meu lugar no canto do palco e olho ao redor. Estou na condução da guerra em terra, o que significa que sou um dos vigias nesta noite, até que haja alguma ação. Vasculho o horizonte com o olhar. Está ficando mais difícil de enxergar na névoa espessa, mas não percebo nenhuma horda de anjos.

No mar, dois barcos jogam baldes de peixe picado e tripas de veado em todo o nosso pedaço da ponte. Uma piscina de sangue se espalha por trás dos barcos.

Os gêmeos estão no palco, com sorrisos patetas no rosto.

— Senhoras e senhores, e quem de vocês não se encaixa em nenhuma dessas categorias, eu sou seu mestre de cerimônias, Tweedledee. — Ele se curva para a plateia. — E aqui está meu coapresentador, meu irmão e meu tormento, Tweedledum!

A multidão grita, alvoroçada. Ou os gêmeos são extremamente populares ou as pessoas realmente gostam de poder fazer barulho novamente. Os gêmeos fazem reverências profundas, acompanhadas de floreios.

— Esta noite, temos um show inigualável para vocês. Sem cortes, sem censura e, com certeza, inegavelmente incrível!

— Não assumimos nenhuma responsabilidade por qualquer coisa ruim que possa acontecer esta noite — diz Dum.

— E levaremos todo o crédito pelas coisas fabulosas, fantásticas e divertidas que definitivamente vão acontecer hoje — diz Dee.

— E, sem mais delongas — Dum prossegue —, deixem-me apresentar o nosso primeiro concorrente do Show de Talentos Anual do Mundo Depois. O Balé de San Francisco!

Há um silêncio atordoado enquanto todos levam um momento para se certificar de que ouviram direito.

— Sim, vocês ouviram certo, pessoal — diz Dee. — O Balé de San Francisco está aqui para se apresentar para vocês esta noite, seus cães sortudos.

— Eu *disse* que tínhamos talento nas ruas — afirma Dum.

Três mulheres de tutus de balé e quatro homens de malha cor-de--rosa combinando aparecem no palco. Eles andam com a graça de dançarinos profissionais. Uma bailarina caminha até Dee, enquanto os outros assumem suas posições, aguardando o início. Pega o microfone e fica no centro do palco, até todos se acalmarem.

— Nós somos o que sobrou do Balé de San Francisco. Alguns meses atrás, éramos mais de setenta. Quando o mundo entrou em colapso, muitos dos nossos colegas não sabiam o que fazer. Assim como vocês, nós ficamos com a nossa família e tentamos encontrar os nossos entes queridos. Mas para nós, dançarinos, a companhia de balé é a nossa família, então procuramos nos entulhos do nosso teatro e do nosso estúdio de dança os companheiros que tombaram. No fim, doze se reencontraram, mas nem todos conseguiram chegar até aqui. Esta dança é a que estávamos ensaiando quando o mundo acabou. Ela é dedicada aos membros da nossa família que não estão aqui hoje — a bailarina anuncia, com a voz clara e intensa, a qual percorre a multidão como o vento.

Em seguida devolve o microfone para Dee e toma sua posição. Os dançarinos se organizam, em linha. Consigo quase preencher os espaços vazios dessa linha em minha mente, com os outros dançarinos que não estão aqui esta noite.

A música começa, e as luzes seguem os dançarinos quando eles pulam e fazem piruetas por todo o palco. É um tipo de dança pós-moderna, estranha e graciosa, em que falta a maioria dos artistas.

Há um momento em que um casal de dançarinos chega ao centro do palco e dança junto, enquanto os outros ficam para trás, flutuando no ar, na ponta dos pés, com movimentos graciosos e românticos.

Então um dançarino fica à frente para substituir o casal. Pelo vazio entre seus braços e pela triste linha de seu corpo, é óbvio que sua parceira deveria estar ali, com ele. Mas ele dança sua parte do dueto com os braços vazios, assim como os dançarinos restantes.

Eles acariciam o lugar onde o rosto de seu parceiro deveria estar. Giram e pousam no chão, com os braços esticados, sozinhos num mundo de sofrimento.

Assisto à bela apresentação, tomada por uma dor no peito.

Então, quando não posso mais suportar tanta tristeza, um dançarino flutua do canto do palco. Um dançarino de roupas esfarrapadas, sujo e faminto. Nem sequer calça sapatilha. Está descalço e desliza para tomar seu lugar na dança.

Os outros dançarinos se voltam para ele, e é claro que o recém-chegado é um deles. Um dos perdidos. Pela expressão que mostram, eles não esperavam revê-lo. Isso não faz parte do show ensaiado. Ele deve tê-los visto no palco e se juntado à dança.

Surpreendentemente, a apresentação continua à perfeição. O bailarino simplesmente desliza no lugar, e a dançarina que deveria ter dançado sozinha com seu parceiro desaparecido agora dança com ele.

É um momento repleto de alegria, e a bailarina chega a rir. Sua voz é alta e clara, e isso levanta nosso ânimo.

58

QUANDO A PERFORMANCE CHEGA AO FIM, a multidão vai à loucura com os aplausos. Há uma entrega total nas palmas, assobios e gritos de "bravo!".

É incrível.

Nunca me senti tão emocionada por causa de uma apresentação artística antes. Não que eu tenha assistido a muitos balés ou outras apresentações ao vivo. Mas o sentimento de camaradagem aqui esta noite me deixa sem fôlego.

Como verdadeiros profissionais, a trupe de dança agradece primeiramente ao público, antes de se reunir ao redor do recém-chegado no palco. Os abraços, as lágrimas e os gritos de alegria são uma maravilha de se ver.

Então os bailarinos se alinham, dão-se as mãos e se curvam novamente.

Todos estão de pé e ninguém se preocupa com o barulho que estamos fazendo ou o que podemos atrair sobre nós.

Os gêmeos estão certos. Isso é *vida*.

NINGUÉM PODE SUPERAR A apresentação de balé, e suponho que ninguém vai tentar. Todos parecem felizes por terem sido parte dela. Os gêmeos se levantam no palco para brincar e entreter as pessoas. Imagino que estejam dando um tempo para o público absorver o que acabou de ver para outra pessoa tomar coragem de se apresentar. Eles fazem uma mágica quase profissional. Atrapalham-se algumas vezes, mas sei que fazem isso para dar comicidade ao espetáculo, porque vi o trabalho deles, e é incrível, tão bom quanto o de qualquer mágico de palco profissional.

O próximo a se apresentar é um rapaz, que entra carregando um velho e maltratado violão. Ele parece não ver um chuveiro há dias, pois seu rosto está coberto de sujeira, e a camisa, respingada de sangue seco.

— Esta música foi cantada pelo grande Jeff Buckley, já falecido, e se chama "Hallelujah". — Ele começa a tocar e se transforma em alguém que tenho certeza de que teria sido uma celebridade em qualquer outro momento.

Os acordes melosos ecoam sobre a baía unidos à sua voz, que vai ganhando força pouco a pouco. As pessoas começam a acompanhar seu canto triste, com lágrimas que secam nas faces diante do vento frio, com vozes entrecortadas.

Quando a canção acaba, há um momento de silêncio. Somos deixados nos perguntando sobre a vida, o amor e tantas outras coisas que são erradas e imperfeitas, mas mesmo assim vitoriosas.

O aplauso é discreto no início, mas rapidamente se transforma numa louca ovação.

Então o cantor dedilha seu violão até encontrar uma melodia familiar. Ele começa a cantar uma música pop, leve e otimista. Todos dançam, saltam e ficam alucinados acompanhando o ritmo da música.

Estamos longe de ser tão bons quanto os anjos que ouvi cantar no ninho da águia. Muitos de nós cantam num tom desafinado e nunca poderiam ser considerados bons, que dirá perfeitos como os anjos. Mas o fato de cantarmos juntos — as pessoas da seita com suas marcas de anistia gordurosas, as gangues rivais nos cabos de suspensão, os furiosos guerreiros da liberdade, os pais com seus filhos nos ombros — é um sentimento que jamais vou esquecer. Jamais.

Eu me apego ao sentimento e tento trancá-lo na caixa-forte da minha cabeça, onde sei que estará seguro e permanecerá comigo para sempre. Eu nunca coloco nada de bom lá dentro, mas quero ter certeza de que não se perca. Apenas no caso de este ser o último grande show humano.

E então eu ouço.

Aquilo que eu temo. Aquilo que eu estava esperando.

Um zumbido baixo e o ar começa a se mexer.

Muito perto de nós, a névoa ferve.

Eles estão vindo.

O céu fica negro com seus corpos e a bruma rodopia com o vento de mil asas. Ou ninguém os avistou vindo no nevoeiro, ou estávamos todos hipnotizados com o show.

Uma voz no alto-falante inicia a contagem regressiva. Isso é para ser um sinal para o público correr e para todos entrarem em posição.

— Cinco...

Cinco? Era para começar em vinte e cinco.

Todos desperdiçam um segundo precioso se dando conta de que já estamos sem tempo.

— Quatro...

Todos se atrapalham. As pessoas se empurram e correm, apavoradas. A plateia superlotada e os competidores têm apenas quatro segundos para evacuar até uma rede de esconderijo, debaixo da ponte.

O rapaz que acabou de se apresentar continua cantando como se nem o inferno, nem um dilúvio, nem os anjos apocalípticos que estão descendo sobre nós conseguissem impedi-lo de fazer a melhor apresentação de sua vida. Ele terminou a esfuziante música pop e agora está cantando uma canção de amor.

— Três...

Tenho de resistir firme ao desejo de correr como todo mundo. Mantenho minha posição, coloco protetores de ouvido potentes e deixo meus headphones que bloqueiam o som pendurados ao redor do pescoço. Vejo outros fazendo o mesmo na borda do palco, nas vigas e cabos de suspensão.

— Dois...

Há gente demais correndo na mesma direção. As redes de esconderijo que montamos só podem aguentar determinado número de pessoas debaixo da ponte. É o caos absoluto, com todos correndo e gritando.

— Um...

À medida que a multidão se espalha, deixa para trás homens armados camuflados, que correm e se colocam em posição.

Uma nuvem de gafanhotos percorre o nevoeiro numa velocidade surpreendente, numa agitação de dentes e ferrões.

Gafanhotos?

Onde estão os anjos?

59

TIROS EXPLODEM NA NUVEM DE GAFANHOTOS, mas, pelo visto, poderíamos muito bem estar atirando nas nuvens. Os gafanhotos devem ter sido atraídos pelas luzes e pelo barulho que fizemos para chamar os anjos.

Eles pousam de quatro ao nosso redor. Tiros disparam em toda parte, à medida que a equipe de terra entra em ação.

Puxo minhas facas assim que um gafanhoto cai do céu, à minha frente. Seu ferrão aparece sobre a cabeça e tenta me atingir.

Meus braços automaticamente se erguem. Corto e apunhalo. Eu daria qualquer coisa para ter Ursinho Pooky numa hora dessas.

Esse pensamento me torna ainda mais feroz. Eu devolvi voluntariamente a espada a Raffe.

Ataco novamente.

O ferrão é repelido pela minha lâmina.

O escorpião à minha frente faz seu melhor para me matar. Move o ferrão tão rápido que me pergunto se não era um dançarino de sapateado na vida anterior.

Em questão de segundos fico encharcada de suor, fugindo e tentando lutar ao mesmo tempo. Essas faquinhas não vão fazer nada além de irritá-lo.

Giro para o lado e o chuto rapidamente. Meu pé o atinge no joelho com um *crack*.

O gafanhoto guincha e se inclina de lado quando seu joelho se quebra.

Eu me abaixo e passo uma rasteira na outra perna. O monstro cai.

— Parem! — Minha irmã corre para o meio da ponte, flanqueada por seus gafanhotos, gritando para todos em volta.

É uma zona de guerra com balas ziguezagueando por todos os lados, e, mesmo assim, ela ainda corre para em meio ao caos, com os braços abertos. Minhas pernas quase cedem ao vê-la.

— Parem!

Não sei dizer quem para primeiro — nossos combatentes ou os gafanhotos —, mas ambos os lados param e a olham. Sou tomada por uma onda de esperança e admiração enquanto assisto à minha irmã interromper uma batalha sangrenta só com sua convicção.

Não sei o que ela teria feito em seguida, porque nesse momento um gafanhoto enorme pousa ao lado dela.

A linha branca no cabelo dele é inconfundível, assim como sua raiva demente. Desta vez, Raffe não está aqui para intimidá-lo. Ele pega o gafanhoto de Paige e o levanta no ar acima dele como se fosse um bebê que se contorce.

— Não! — As mãos de Paige se estendem como uma criança que tenta pegar a bola de volta de um valentão.

Mecha Branca bate o gafanhoto menor contra seu joelho, quebrando as costas do monstro com um estalo.

— Não! — Paige berra, e o rosto entrecruzado de sutura fica vermelho, os tendões do pescoço se destacando.

Mecha Branca lança o gafanhoto no concreto. Ignorando minha irmã, caminha ao redor da criatura feita em pedaços.

O gafanhoto ferido tenta fugir de Mecha Branca, arrastando as pernas mortas atrás de si.

Mecha Branca está transformando isso num espetáculo, bufando, ereto, para que todos os monstros de cauda de escorpião o vejam. Com isso planeja mostrar que é o rei dos gafanhotos e que ninguém mais poderá desafiá-lo.

Isso significa que ele vai ter que matar Paige.

Corro para minha irmã, atravessando o grupo de espectadores. Embora o ar fervilhe de gafanhotos, ninguém mais luta na ponte. O doutor tinha avisado que alguns gafanhotos poderiam ficar do nosso lado. Agora, ninguém sabe ao certo o que fazer. Todos na ponte, gafanhotos e humanos, veem o drama se desenrolar.

O rosto de Paige se contorce quando vê seu gafanhoto se arrastar no asfalto, impotente, incapaz de mover as pernas ou a cauda. Ela começa a choramingar.

A visão parece irritar Mecha Branca, que a ataca com a cauda.

Dou um grito. Todas as vezes que vi minha irmã ganhar uma luta, ela teve o elemento-surpresa a seu lado. Mas, desta vez, Mecha Branca sabe que ela é uma ameaça e está ali para matá-la.

Subitamente, alguém grita no alto-falante:

— Eles estão vindo!

A massa escura dos gafanhotos se desloca e se agita acima da ponte, criando um borrão no céu. Entre os ferrões e as asas iridescentes, vislumbro uma maré crescente de asas de ave de rapina.

A caçada sangrenta está começando.

60

TENTO JOGAR O MEDO E a ansiedade na caixa-forte da minha cabeça, mas ambos são grandes demais.

Quando olho para baixo novamente, Paige está cravando os dentes no braço de Mecha Branca. Ela está viva e lutando.

Agachada, corro em sua direção, para não ser acertada por uma bala perdida.

No centro da ponte, Mecha Branca acerta um golpe e joga Paige no chão feito um cão raivoso, em seguida pisa em seu peito, que se debate sob o pé do gigante.

A fúria de minha irmã é implacável. Ela não para de tentar se desvencilhar debaixo de Mecha Branca. Ver seu bichinho de estimação indefeso, aleijado e se rastejando deve ter provocado algo nela, algo tão violento e intenso que seria capaz de sufocá-la.

Assim que me aproximo, os dois gafanhotos de Paige voam em Mecha Branca. Eles não são páreo para o monstro, e ele os arremessa de lado com facilidade.

Os demais gafanhotos com cauda de escorpião voam em loops nervosos e agitados à minha frente. Vão em todas as direções e mal conseguem evitar se chocar entre si, parecendo confusos e zangados.

Não consigo passar por eles e tenho de recuar de sua barreira mutante.

Mecha Branca ergue o enorme ferrão e se prepara para atacar minha irmãzinha, que ainda se debate debaixo do seu pé.

Tento passar correndo entre os gafanhotos, que fazem voos rasantes, mas seus ferrões estão em toda parte e não consigo avançar. Do outro lado da luta, vejo minha mãe enfrentar o mesmo problema.

Mecha Branca chicoteia o ferrão na direção da minha irmã.

Grito e dou um passo adiante. Um gafanhoto voa de encontro a mim e me derruba no chão.

Surpreendentemente, Paige reage mais rápido que o ferrão, torcendo o corpo para sair do caminho. O ferrão atinge o chão e sua ponta fica cravada na ponte.

Antes que Mecha Branca possa puxá-lo para fora, Paige morde sua cauda. O sangue explode em torno da boca da minha irmã, como se ela tivesse abocanhado uma artéria. Paige lhe arranca um pedaço antes que o gafanhoto possa matá-la.

Agora, quando ele a atinge, há desespero em seu movimento. Então vejo um gafanhoto cair do céu e picar o pescoço dele.

Mecha Branca oscila e, às cegas, pega a criatura traiçoeira, quebra o pescoço dela e atira o cadáver na rua.

Outro gafanhoto alcança Mecha Branca com o corpo, num voo rápido. Mecha Branca vacila e tira o pé de cima de Paige por uma fração de segundo, mas é tempo suficiente para ela se levantar apressadamente.

Acima de nós, dois gafanhotos mergulham para atacar Paige.

Ela se abaixa para se defender de um e corre de cabeça na direção de outro. Meu sangue congela quando o gafanhoto de Mecha Branca golpeia o ferrão em minha irmã.

Mas então uma explosão de espingarda atinge o agressor de Paige.

O gafanhoto cai, contorcendo-se no chão. O atirador se aproxima, parecendo familiar.

Martin acena para Paige com a cabeça, a arma ainda apontada para o gafanhoto, que sangra. Se ele continuar assim, eu até poderia perdoá-lo por ter laçado Paige, quando disse que ela era um monstro.

Paige se vira e salta para rasgar a garganta de Mecha Branca.

Os gafanhotos se alvoroçam junto de Paige, girando acima dela, que está enfurecida. São atraídos pelos gritos furiosos, apesar de qualquer influência que Mecha Branca tenha sobre eles.

Outro grupo de gafanhotos se reúne numa nuvem ao lado de Mecha Branca. Será que vai acontecer uma guerra entre eles?

Os que pairam acima de Paige rodopiam para atacar o escorpião gigante, e os que estão acima dele descem para atacar Paige.

Martin dispara contra os agressores de Paige quando estes investem contra ela.

Gafanhotos colidem no ar, batendo e ferroando, até uma horda deles engolfar Paige e Mecha Branca.

Não consigo ver o que está acontecendo quando eles são enterrados debaixo de uma massa de asas e ferrões.

Acho que paro de respirar por um minuto. Não consigo ver nada além do gigante fervilhante que é esse enxame.

A nuvem de gafanhotos se levanta da ponte para o céu, diante dos olhos de todos. O vento gerado por suas asas sacode nosso cabelo e nossas roupas, chicoteando todos nós. Eles flutuam para o firmamento até se misturarem na névoa, fazendo o céu parecer em ebulição.

Movimentam-se até a baía, e não consigo ver Paige ou Mecha Branca em nenhum lugar.

Não há nada que eu possa fazer por ela agora.

Tenho de aceitar que minha irmã precisa enfrentar sua própria luta. Eu só preciso sobreviver e estar aqui para quando ela voltar.

E não pensar na possibilidade de ela não voltar.

61

ASSIM QUE OS GAFANHOTOS SE VÃO, vejo que o céu se enche de guerreiros angelicais.

Eu me percebo automaticamente vasculhando o céu em busca de Raffe, mas não o encontro na massa de corpos.

Coloco os fones de ouvido que bloqueiam o som externo e fecho os olhos para me preparar para o que está prestes a se abater sobre nós.

Mesmo através das pálpebras fechadas, vejo os holofotes ofuscantes se virarem para todos os lugares. As luzes perfuram meus olhos quando tento abri-los.

Tenho de fechá-los com força e piscar várias vezes para me ajustar à claridade.

Os anjos protegem os olhos atrás dos braços e interrompem o voo. Vários deles colidem com os outros. Muitos dão meia-volta para fugir da luz cegante e atropelam os colegas no ar.

As luzes apunhalam meus olhos meramente humanos. Nem imagino como deve ser doloroso para os anjos.

Os enormes alto-falantes guincham a resposta — a resposta mais estridente e perfurante que já ouvi, apesar de meus fones isolarem os ruídos externos. Todo esse intenso barulho explode direto na audição hipersensível dos anjos, que cobrem os ouvidos com força. Com os olhos e os ouvidos agredidos com essa violência, eles vacilam no ar, sem atacar ou fugir.

A visão noturna excepcional dos anjos e sua audição aguçada funcionam a nosso favor. Suas habilidades superiores agora são sua fraqueza. Eles não conseguem interromper o ataque. As luzes intensas devem estar cegando seus olhos. E esse barulho... Diabos, quase faz os *meus* ouvidos sangrarem.

Ajuda termos gênios do Vale do Silício no nosso time.

Guerreiros da liberdade com rifles pipocam por toda parte — ao lado do palco, ao longo das calçadas na ponte e atrás da estrutura de sustentação. Embora eu não consiga ver, deve haver atiradores posicionados ao lado de cada holofote e em plataformas escondidas debaixo da ponte.

Disparos ecoam pela noite.

Enquanto os anjos se debatem no ar, tentando ver e pensar para fugirem da barulheira infernal, nossos guerreiros os alvejam e os fazem cair na água. Depois do que eu vi quando lutamos contra os anjos no mar, aposto que a maioria deles não sabe nadar.

A essa altura, os grandes tubarões brancos do norte da Califórnia devem ter encontrado o caminho até as iscas sangrentas jogadas na baía durante o espetáculo. Aqui, tubarãozinho, aqui...

A resposta dos alto-falantes muda e começa a reverberar um death metal tão alto no céu que juro que as suspensões da ponte estão vibrando.

Os gêmeos estavam no comando da seleção musical.

Vislumbro os dois na lateral da ponte, cada um com um braço erguido, fazendo o diabólico símbolo do rock, com o indicador e o mindinho estendidos. Eles estão acompanhando a letra que a voz gutural berra por cima das sonoras guitarras e da bateria, que ressoam dos alto-falantes. Eles bem que poderiam parecer dois metaleiros, se não fosse pelas fantasias de palhaços macabros.

É a festa mais barulhenta que esta baía já ouviu.

62

NOSSA EQUIPE EM TERRA AJUDA a recarregar a munição dos atiradores. O objetivo é tentar derrubar o inimigo do céu e fazê-lo cair nas águas infestadas de tubarões, ou atacá-los se eventualmente alguns deles caírem na ponte.

Aguardo.

Todas as luzes se apagam ao mesmo tempo e mergulhamos na escuridão. O doutor e Sanjay insistiram que as luzes piscassem para impedir os anjos de se ajustarem à claridade, deixando sua visão ofuscada. Portanto, as luzes estão programadas com um timer que liga e desliga de acordo com o palpite deles a respeito da capacidade de ajuste da visão dos anjos.

Nossos atiradores têm óculos para enxergar no escuro, mas não em número suficiente para toda a equipe. Com todo o rock pesado bombando no ar e meus acessórios reforçados à prova de som, também não consigo ouvir nada.

Estamos no meio de uma batalha pela nossa vida — cegos e surdos. Fico paralisada no lugar, tentando desesperadamente sentir alguma coisa. É como estarmos vulneráveis na escuridão para sempre.

Repentinamente as luzes se acendem de novo, ferindo nossa visão com toda a intensidade. Fecho os olhos com força e tento ver através do clarão ofuscante.

Anjos começam a cair na nossa ponte. Trabalhamos em grupos para os arremessarmos pela beirada, enquanto ainda estão debilitados. Que os tubarões cuidem deles quando estiverem se debatendo na água.

Seguro uma rede com uma equipe de rapazes, pronta para arremessá-la em um anjo, quando vejo minha mãe perambulando em meio a tudo isso, gritando. Largo a rede e corro, desesperada, para tentar fazer minha mãe encontrar um abrigo para se proteger.

Ela está exasperada demais para me ouvir. Depois de alguns segundos, percebo que está gritando ordens para os integrantes carecas da seita, que empurram os anjos da ponte. Suas túnicas farfalham no ar enquanto lutam e caem.

Então eles mergulham no ar como cisnes ao verem mais anjos se aproximarem, voando baixo. Eles se agarram aos anjos como projéteis humanos. Surpresos ao carregarem o peso extra de alguém pendurado às suas asas, os anjos despencam na água, numa agitação de braços, pernas e asas. Espero que esses carecas saibam nadar.

Minha mãe grita ordens como um general em batalha, mesmo que ninguém possa ouvi-la. Ainda assim, sua mensagem é clara; nem que seja pelo movimento rítmico de seu braço, despachando seu povo num mergulho de cisne da beirada da ponte.

Para os que pulam, há uma boa motivação em se agarrar a um anjo, pois a descida será amortecida e eles terão uma chance de sobreviver à queda. Os que errarem a mira estarão numa missão suicida.

Eu me preocupo que minha mãe também mergulhe, mas não faltam voluntários à espera de seu comando. Ela tem um trabalho a fazer no meio de toda essa batalha e não parece pronta para abandoná-lo.

Minha esperança é de que a tarefa a impeça de ficar obcecada com o que está acontecendo com Paige. Preocupada como estou, sei que, se minha irmã não estivesse lutando para derrotar gafanhotos, eles nos atacariam tal qual esses anjos.

Estamos nos saindo muito melhor do que eu imaginava, e começo a me permitir acreditar que podemos ter chance de vencer essa batalha. Quase consigo ouvir na minha imaginação as pessoas comemorando, quando vejo o céu escurecer com mais anjos.

É uma nova onda deles. E um grupo muito maior do que o que acabou de nos atacar.

Alguns anjos voam baixo em nossa direção, virando barcos e socorrendo os companheiros feridos. Os guerreiros alados na baía sobem nos barcos virados e os humanos saem nadando para longe, desesperadamente. Eles se agarram com dificuldade, como falcões prestes a se afogar, tremendo as asas e sacudindo a água sangrenta no entorno.

Os atiradores seguem os novos anjos com saraivadas de balas. Nossos opositores continuam a ser derrubados do céu por tiros e a cair na baía infestada de tubarões, mas o novo grupo paira à distância, fora do alcance, como espectadores. Eles veem o que está acontecendo com seus confrades guerreiros e se detêm.

Fico me perguntando o que vão fazer em seguida, quando noto que os anjos se dividiram em três grupos. O primeiro é o que chegou logo depois dos gafanhotos. Avisto de relance Uriel gritando naquele grupo. O segundo é a massa de asas pairando numa altitude mais elevada em relação ao grupo de Uriel. Quase posso sentir seus olhos frios nos fulminando, observando e julgando.

E por último há um grupo menor. Suas asas são escuras e estão surradas. Mal dá para chamá-los de anjos. Um adônis de asas brancas dá um voo rasante entre eles.

É Raffe, com seus vigias.

Se um grupo é o de Uriel e o outro é o de Raffe, então quem são os demais anjos? Há espectadores para assistir à caçada sangrenta?

Eu me dou conta de que a verdadeira batalha está apenas começando.

Mesmo se Uriel quisesse recuar e tentar novamente, agora ele não pode, não sem que todos na hoste saibam que ele recuou. Que tipo de caçada sangrenta seria essa?

Uriel e seus anjos devem observar esse fato ao mesmo tempo que eu, pois de repente mergulham em nossa direção como bombas.

A música ainda toca, estridente. Quanto mais perto eles chegam, mais alto fica para eles, mas estão comprometidos com o ataque.

As luzes desligam, jogando-nos na escuridão.

Sinto o palco improvisado balançar com o peso de corpos que pousam ao meu lado.

As luzes se acendem novamente.

Ao meu redor, percebo três anjos guerreiros. Eles saltam para o alto, socando aleatoriamente conforme giram no lugar, de olhos fechados. Não conseguem ver e o barulho deve pulsar dolorosamente em sua cabeça. Mesmo assim, estão prontos para a batalha.

Anjos pousam por toda a extensão da ponte. Alguns despencam no concreto. Entretanto, alguns deles sobrevivem — com ferimentos que não os impedem de matar o humano mais próximo —, ao mesmo tempo em que se ajustam à luz e se recuperam do impacto.

Uma batalha sangrenta irrompe. Por todos os cantos, pessoas correm e lutam. Os atiradores não sabem direito o que fazer e vacilam na mira. Eles não podem abrir fogo sem atingir nosso pessoal, e, de modo geral, os anjos estão fora de um raio de fácil alcance.

Nossos opositores nem sequer sacam as armas. Estão tão preocupados com meu pequeno truque com a espada que não tenho mais, ou tão confiantes que nem se dão o trabalho de usá-las.

Não podemos vencer os anjos no confronto homem a homem. Tínhamos previsto que a equipe em terra enfrentaria os anjos que pousassem ou caíssem na ponte, mas não toda uma hoste angelical. Nossas habilidades de planejamento e nosso tempo só permitiram que chegássemos até aqui.

Pessoas estão sendo trucidadas por anjos que arremessam nossos lutadores da ponte, quebram suas costas ou os chutam até desmaiarem. Humanos usam pistolas e rifles para atirar nos anjos, a despeito do risco de atingir os demais.

Levanto a faca contra um anjo que vem em minha direção. Parece muito insignificante comparada à espada que eu costumava empunhar. Não sei se o anjo pode me ver ou não, mas ele tem a morte estampada nos olhos. Ele sabe que está ali para matar. Só resta saber quem será.

Se eu tiver sorte, posso conseguir derrotá-lo e talvez o guerreiro que vier depois dele, mas essa não é uma estratégia de sobrevivência em longo prazo. Por "longo prazo" me refiro aos próximos dez minutos.

Estamos ferrados.

63

SABER QUE ENTRAMOS NESSA voluntariamente não ajuda, nem se soubéssemos que nossas chances de sobrevivência eram próximas a zero. Encarar a morte é totalmente diferente agora.

Minhas mãos estão trêmulas e desajeitadas enquanto me preparo para a luta. Tento me acalmar para lutar com eficiência, mas a adrenalina grita pelas minhas veias, me deixando nervosa.

Enquanto calculo minhas melhores opções, sou surpreendida por outro anjo. Suas asas são douradas e seu rosto tem traços definidos, mas ele me olha com o olhar frio de um assassino.

Antes que eu chegue a alguma conclusão do que fazer, asas brancas como a neve mancham a visão que tenho do anjo.

É Raffe.

Ele tem dois vigias na retaguarda.

Meu coração dispara ainda mais. Ele está de costas para mim, como se tivesse certeza de que não vou atacá-lo, a despeito do fato de sermos inimigos.

Ele soca o agressor, depois o agarra e o arremessa para fora do palco.

Solto a respiração. Minhas mãos tremem de alívio. Raffe está lutando com um anjo, não com humanos.

Ele brande a espada, pronto para atacar. Fico de costas com ele e golpeio outro anjo que vem em nossa direção. Os vigias se posicionam ao nosso lado, criando um círculo defensivo à nossa volta.

O anjo com quem estou lutando se inclina para trás para se esquivar do meu golpe. Eu lhe passo uma rasteira e ele cai. Provavelmente não está acostumado a lutar com as duas pernas.

Meu oponente gira e se afasta. Cegamente, encontra um novo lugar para lutar.

Raffe se vira para mim.

É a primeira vez que vi seu rosto com uma aparência que não fosse perfeita. Ele fecha os olhos com força e pisca rápido.

Ele veio me ajudar.

Apesar dos gritos ensurdecedores e das luzes ofuscantes, ele veio me ajudar.

Enfio a mão no bolso e tiro um conjunto de protetores auriculares. Ele olha para os plugues alaranjados na minha mão e depois para mim. Pego um e o encaixo em seu ouvido.

Raffe entende e coloca o segundo do outro lado. Sei que não ajudam muito, mas devem servir para alguma coisa, pois seu rosto relaxa um pouco. Ele chama a atenção de dois vigias ao nosso lado, que também pegam protetores da minha mão e os colocam no ouvido.

Dou um abraço rápido em Raffe. A essa altura, já não me importo quem possa me ver. Raffe, no entanto, é capaz que se importe.

Como se para provar que estou certa, ele olha para o céu. Alguns endiabrados e o restante dos vigias pairam acima da luta, onde o barulho é menor. Mais além, está a nuvem de espectadores alados. Tenho certeza de que é apenas minha imaginação, mas sinto os ventos árticos de desaprovação vindo a nós do alto.

Ele desceu para nos ajudar, em vez de nos caçar, mesmo que toda a hoste angelical estivesse observando.

Raffe faz um gesto espiralado com a mão para seus dois vigias e eles assentem.

Ambos saltam no ar e fazem o mesmo gesto espiralado para o restante dos vigias, que paira mais acima.

Toda a equipe de Raffe mergulha na área de alcance do ruído doloroso e das luzes ofuscantes e pousa na ponte.

Quando um anjo encontra um vigia, são como dois gatos feéricos se encontrando num beco. Eles eriçam as penas e as asas assumem uma aparência mais pontuda e maior do que eram anteriormente.

De início, nossos guerreiros da liberdade presumem que são apenas mais inimigos para enfrentar e recuam para uma posição mais defensiva. No entanto, quando veem os vigias atacando os anjos de Uriel, perdem um segundo assistindo à cena, sem entender nada.

Levanto o braço e dou um gritinho em comemoração, mesmo que ninguém me ouça. Não consigo evitar. Com o grupo de Raffe, agora temos uma boa chance de nos defender do ataque de Uriel.

Todos devem estar sentindo a mesma coisa, pois à minha volta pessoas gritam e erguem os braços, num grito de guerra.

As luzes se apagam novamente, mergulhando o mundo em absoluta escuridão.

Fico imóvel, sem ter onde me esconder, enquanto somente os anjos enxergam. Alguém resvala em mim no escuro. Quero me abaixar e cobrir a cabeça, mas vou ter que confiar em Raffe e nos vigias para conseguir sobreviver.

Quando as luzes se acendem novamente, Raffe está lutando ao meu lado. Ele e seus dois oponentes alados se encolhem ao ser atingidos pela luz.

Há mais gente viva do que eu imaginava. Os vigias lutaram por nós enquanto estávamos cegos. Agora eles estão todos cegos e é a nossa vez.

Afago o braço de Raffe para lhe dizer que sou eu, e pego a espada de sua mão. Durante os desorientadores segundos em que os anjos estão cobrindo os olhos, tentando se ajustar novamente à luz, nós, humanos, atacamos.

Golpeio de um lado para o outro os anjos mais próximos a nós, enquanto outras pessoas atacam em conjunto os anjos que estão sozinhos. Os vigias de Raffe lutaram quando estávamos indefesos; agora é a nossa vez de lutar quando eles estão debilitados.

Trabalhamos juntos como uma equipe, o grupo de Raffe e o meu povo. Nós compensamos suas fraquezas e eles compensam as nossas. Somos um grupo estranho, maltrapilho e heterogêneo, comparado ao dos anjos em suas formas perfeitas, belas e poderosas, mas, ainda assim, nós os estamos derrotando.

A adrenalina circula rápido pelo meu sangue, e sinto que posso lutar contra dez anjos de Uriel. Bradando um grito de guerra a plenos pulmões, corro para o próximo anjo que está protegendo os olhos.

Raffe cai no chão, lutando cegamente contra dois anjos que investem juntos sobre ele para contê-lo. Apunhalo um deles com a espada pelas costas, e Raffe chuta o outro.

Guerreando todos juntos, sinto que temos uma chance verdadeira de derrotá-los.

Mas a alegria gloriosa logo cessa.

A nuvem de anjos espectadores começa a cair sobre nós, veloz e implacável.

64

NÃO É DE ADMIRAR QUE OS anjos espectadores se lancem subitamente ao ataque, agora que Raffe e seus vigias estão defendendo os humanos contra outros anjos.

Assim que eles mergulham no céu, a névoa em torno deles começa a se agitar. Os anjos vacilam em seu voo e olham ao redor.

Uma nuvem de gafanhotos irrompe da bruma que cerca os anjos.

Vasculho o caos para tentar ter um vislumbre da minha irmã, mas não a vejo no enxame de asas e ferrões.

Um corpo ensanguentado cai do centro do aglomerado de gafanhotos.

Meu coração para de bater por um momento quando não consigo ver nenhum detalhe. Quero fechar os olhos, para o caso de ser Paige, mas, em vez disso, eles se fixam no corpo em queda.

Não vou conseguir ver nada, até o corpo se aproximar. Quando isso acontece, só há tempo para eu ver quem é.

Asas iridescentes vibram ao vento. Uma cauda de escorpião. Uma mecha branca.

E então a queda esmagadora no asfalto.

Consigo respirar novamente.

Paige. Onde ela está?

No céu, a nuvem de gafanhotos fecha o cerco ao redor dos anjos.

Paige está sentada rigidamente nos braços de um gafanhoto, seguida pelo restante da nuvem.

Fixamos atentamente o olhar na cena. Paige está coberta de sangue. Espero que seja principalmente o de Mecha Branca. Há sangue escorrendo da boca de minha irmã. Ela está mastigando alguma coisa.

Não quero nem pensar. Tenho o cuidado de não fixar o olhar detalhadamente em Mecha Branca, estatelado na ponte.

O antigo líder está morto.

Não consigo assimilar esse fato. Minha irmãzinha, rainha dos gafanhotos.

Paige berra e gesticula com uma fúria que lembra minha mãe. Não consigo ouvir o que ela grita, mas ela balança os braços, e a nuvem de gafanhotos a segue.

Eles se chocam com os anjos espectadores, num misto de perfeição e monstruosidade. O sangue começa a chover sobre nós quando espadas e ferrões colidem.

Minha irmã está impedindo que os anjos espectadores se abatam sobre nós. Obi e o doutor estavam certos sobre ela.

Uma onda de medo e orgulho forma um redemoinho dentro de mim. Minha irmã caçula nos salvou.

Então as luzes se apagam novamente e somos mergulhados em escuridão.

Sinto uma mão apanhar Ursinho Pooky do meu punho e sei que Raffe está com a espada novamente. Eu me agacho para ficar fora do caminho e cubro a cabeça. Só tenho de confiar nele para me manter viva enquanto eu estiver cega e surda.

Em meio ao negrume, consigo ver o vulto de minha irmã, montada num gafanhoto.

65

QUANDO AS LUZES SE ACENDEM NOVAMENTE, vejo alguém tentando subir a borda quebrada da ponte. Ele tem a boca aberta, num grito frenético. Seja lá do que está tentando fugir, é pior do que o que está em cima da ponte.

Corro para ajudá-lo. Sua mão está suada, e ele está tremendo. Não consigo ouvir uma palavra do que diz, então me deito de barriga na borda prestes a desmoronar e olho para baixo. Vejo o fundo da rede escondida debaixo da ponte.

Ela está rasgada. Desesperadas, as pessoas se agarram a ela como se tentassem fugir de alguma coisa, ao mesmo tempo em que olham a água turbulenta com olhos arregalados.

O mar se revira e explode quando uma besta de múltiplas cabeças irrompe em meio a uma cascata d'água. Todas as suas seis cabeças vivas têm a boca aberta, como um peixe deformado que salta para abocanhar insetos.

Uma das cabeças me vê e estala a mandíbula.

O monstro apocalíptico agarra e morde várias pessoas com suas seis cabeças vivas. Depois desaparece de volta dentro da baía, deixando as vítimas sangrando e se contorcendo.

A água escura espirra e forma redemoinhos quando a mão da última vítima some dentro do vórtice.

Todos ali estão em pânico. Rastejam uns por cima dos outros, tentando fugir do local onde o triplo-seis apareceu.

Quanto tempo faz que isso está acontecendo?

Dou um salto e corro para a escada que foi puxada para cima, na tentativa de manter o público do show de talentos escondido embaixo da ponte.

Um pensamento surge em minha mente — e se o doutor estiver errado e os seres humanos não forem imunes à praga do triplo-seis?

Não posso deixar todas aquelas pessoas morrerem só porque há uma chance de algo dar errado. Solto a escada e a jogo pela lateral. Eles precisam sair dali. Agora são um prato cheio para essa guerra.

Nossa gente sobe para as bordas das redes, atropeladamente. Muitas pessoas caem na água enquanto tentam fugir e outras são arrancadas dali pelo monstro.

A água se agita novamente, e outro triplo-seis salta do mar. A distância que percorrem num salto é surpreendente. Avidamente, a criatura agarra as pessoas com suas seis mandíbulas e as arrasta para as profundezas. As pessoas gritam e se contorcem.

— Vamos! Subam aqui! — Aceno para as pessoas mais próximas às redes. Certamente elas podem estar mais seguras no campo de batalha do que onde estão agora.

À medida que começam a subir de volta, corro em meio ao caos para as outras rotas de fuga em torno da ponte e desço as escadas.

Pessoas começam a se juntar em volta delas, logo que são posicionadas.

A música para.

Todos olhamos para o alto. Até mesmo os anjos e os gafanhotos param no ar e observam. O que foi agora? Quando tudo isso acabar, nunca mais vou querer outro momento emocionante na vida.

Alguém de terno branco voa acima do palco. É Uriel. Suas asas têm um aspecto quase branco na forte luz artificial, com uma teia de sombras duras.

Meus ouvidos zunem na ausência de som. Tiro os fones de ouvido.

— O julgamento por competição acabou — ele diz numa voz normal, mas, diante de todo o silêncio, parece que está gritando. — Rafael provou ser um traidor. Agora, indiscutivelmente, eu sou o Mensageiro.

Assim que ele diz isso, alguém grita. Um triplo-seis sobe pela borda da ponte. As pessoas se afastam assim que veem as seis cabeças, com a sétima caída, sem vida, sobre o ombro.

Um anjo perto da besta cai de joelhos. Seu rosto transpira, vermelho. Uma baba de sangue escorre de sua boca.

Mais um triplo-seis sobe pelo outro lado da ponte.

Mais gente grita, tentando fugir desesperadamente das criaturas, mas não podemos ir longe. Então recuamos, como animais assustados.

Dois gafanhotos perto do monstro começam a tossir e sufocar. Eles tentam bater as asas, mas caem.

Começa a pingar sangue da boca, olhos e nariz de ambos. Fazem ruídos chorosos de dar dó, contorcendo-se na ponte.

É a peste apocalíptica.

66

— RAFFE! — Tento chamar sua atenção. — Sai da ponte! Estes monstros têm a praga angelical!

Um anjo voando baixo cai do céu, gemendo como se suas entranhas estivessem sendo reviradas. Gotas de sangue espirram de sua boca, ouvidos, nariz e olhos enquanto ele se contorce no concreto.

Anjos se erguem para o céu, evitando o triplo-seis. As palavras "peste angelical" são sussurradas no ar, com o farfalhar de asas.

Todas as criaturas aladas voam da ponte, para longe dos anjos e gafanhotos infectados. No entanto, só os que têm asas conseguem fugir dos triplo-seis.

Se o doutor tiver razão, nós, humanos, somos imunes a essa praga. Mas não a um monstro que nos mata pela força.

— Penryn! — Raffe me chama do alto, flutuando com suas asas cor de neve. — Pula da ponte. Eu te pego.

Eu me lanço sobre a borda, onde minha mãe está.

Talvez os vigias possam pegá-la, e quem mais estiver disposto a saltar. Felizmente, minha irmã está no ar, longe o suficiente para ficar em segurança.

Um anjo que paira muito perto da ponte grita. Convulsiona no ar e começa a chorar lágrimas de sangue.

Outro triplo-seis sobe pelo lado, perto da minha mãe.

Ela corre em direção ao centro da ponte, como todos os outros. Quantos desses monstros existem? Apavorada, vou para a lateral, gritando para minha mãe correr para a outra extremidade da ponte.

— E o seu número é seiscentos e sessenta e seis — diz Uriel, a voz ribombando através do pânico. Se ele está surpreso pela praga, não demonstra.

Conforme eu me aproximo da borda, vejo uma parte maior da baía. A água sangrenta do mar está salpicada de monstros apocalípticos nadando em nossa direção.

Mais dois passam por cima da borda. Ao redor de nós, mais triplo--seis estendem os braços e sobem uns em cima dos outros para chegar à ponte.

Seiscentos e sessenta e seis. Não é só o número tatuado na testa deles. Deve ser quantos deles existem.

Olho para cima.

Raffe flutua acima de mim.

O anjo logo abaixo dele começa a se contorcer de dor e seu nariz começa a sangrar.

Aceno para Raffe sair dali.

— Vá!

Raffe paira no ar. Dois dos seus vigias agarram os braços dele e o arrastam para cima.

Em volta, pessoas correm para todos os lados. Armas disparam. Gritos ecoam por toda parte.

— Vou poupar a cabeça da sua filha do homem para enxertar numa das bestas — Uriel diz a Raffe. Ele está voando bem acima de nós, de onde tem uma boa visão da chacina.

Triplo-seis vêm de cada extremidade da ponte.

Nós, humanos, recuamos para o centro, à medida que eles nos cercam e vêm em nossa direção.

Estou com as facas em punho, mas elas equivalem a palitos apontados para um bando de ursos-pardos.

— Penryn!

Olho para cima e encontro Raffe me fitando com angústia no olhar quando seus vigias o contêm a uma distância segura de nós.

Raffe agarra o fruto seco pendurado em seu pescoço e o leva à boca.

Em seguida dá uma mordida e o fruto explode entre seus dentes, vazando o que parece ser sangue sobre seus lábios.

67

O FRUTO MORDIDO FUMEGA.

A fumaça toma a forma do senhor do Abismo que enfrentamos no inferno.

Ele parece pior do que me lembro. Embora os pedaços que eu cortei tenham crescido de volta, as asas ainda parecem couro velho carbonizado, agora cobertas de camadas de cicatrizes. Há um novo pedaço faltando em uma das asas, e ele tem um talho retorcido nos lábios que o faz parecer ter duas bocas.

Ele se inclina para Raffe no ar. Os vigias se eriçam e formam uma linha protetora perto de Raffe.

Depois disso, não consigo mais assistir. Os triplo-seis estão atacando à minha volta.

Por um instante, eu me perco nos gritos e jatos de sangue do massacre. Projéteis voam por todos os lados, mas não tenho tempo de me preocupar se vou ser atingida por uma bala perdida enquanto golpeio a cabeça de um dos monstros com todas as minhas forças.

Os gritos se intensificam. Em princípio, suponho que as pessoas estão sendo abatidas. Mas há algo naquele tom que soa desumano.

O triplo-seis com quem estou lutando de repente é atingido por um chicote de três cabeças.

Tenho de piscar para me certificar de que o que estou vendo é verdade. É o chicote de cabeças dos consumidos do Abismo? Olho ao redor, tentando ver o que está acontecendo.

Sob os holofotes, o mar brilhante está coberto de consumidos, que se lançam na baía. Eles convergem para os triplo-seis que ainda estão na água.

Cabeças disparam de dentro do mar, gritando com seus cabelos de navalha, atirando-se na frente dos monstros.

Seus dentes cravam no triplo-seis diante de mim e, imediatamente, começam a mastigar e corroer.

A besta se contorce de dor, tentando arrancar as cabeças dos consumidos, mas outras aterrissam em seu ombro e se enterram nele.

Para onde quer que se olhe, os triplo-seis estão sendo atacados por cabeças de chicote, que ignoram as pessoas em volta, já que estamos reunidos no centro.

Olho para cima. O senhor do Abismo, com suas asas carbonizadas, olha para nós com satisfação no rosto. Ele está muito satisfeito consigo mesmo.

Ao lado dele, Raffe me observa, mas não consigo ler sua expressão.

O que ele fez para isso acontecer?

— Você está bem? — ele grita.

Confirmo com a cabeça. Estou coberta de sangue, cheia de cortes, mas não sinto dor, não com toda a adrenalina fluindo pelo meu corpo.

À nossa volta, as cabeças de chicote roem caminhos através dos triplo-seis A cabeça das bestas está sendo mastigada viva e vai caindo no concreto. Em seu lugar, brotam as cabeças de chicote, que agora assumem os corpos.

Os gritos se transformam em risos estridentes, insanos, intensos, exultantes.

Os triplo-seis possuídos despencam da ponte e caem na água.

Penso que, se o verdadeiro apocalipse algum dia começar, esses monstros consumidos podem voltar do mar sangrento como as verdadeiras bestas do apocalipse.

68

— UM PAR DE ASAS DE ARCANJO *e* um novo exército — diz o senhor do Abismo.

— O que você fez? — Uriel voa até Raffe. — Você sabe como foi difí…

Raffe saca sua espada contra Uriel furiosamente. Uriel mal consegue pegar a própria espada para bloquear e é arremessado pela força do golpe de Raffe.

Uriel despenca do céu e aterrissa com força na ponte.

Ele cambaleia para se levantar, sangrando e segurando o ombro. Parece destruído. Antes que possa recuperar o equilíbrio, uma multidão de pessoas o afugenta.

Uma mulher bate nele, gritando sobre seus filhos. Então vem outra e o chuta.

— Isto é pela minha Nancy. — Chuta Uriel com mais força. — E isto, pelo pequeno Joe.

Outra pessoa salta e começa a berrar com ele, enquanto um quarto corre para cima e começa a lhe arrancar as penas. Em seguida, Uriel desaparece sob uma multidão de humanos irritados.

Penas voam. Sangue jorra. Facas retalham para cima e para baixo sob os holofotes, e braços trabalham repetidamente, cobertos de sangue.

Todo o restante está em ritmo de espera — a música parou, as luzes estão acesas, os anjos pararam de lutar e os triplo-seis consumidos silenciaram.

Há apenas o brilho fantasmagórico dos holofotes irradiando em todas as direções e os urros de Uriel.

Os anjos parecem confusos, inseguros sobre o que fazer. Talvez, se os adeptos de Uriel realmente tivessem sido leais a ele em vez de segui-lo por causa do que ele poderia fazer, eles se arriscariam pelo arcanjo. Mas, antes que os anjos indecisos tomem uma atitude, a multidão sobre Uriel começa a se dispersar.

Várias pessoas erguem pedaços terríveis do arcanjo como troféus.

Penas sangrentas, tufos de cabelo, dedos e outras partes tão destruídas e empapadas de sangue que não dá nem para reconhecer.

Tudo bem, acho que não somos os seres mais civilizados do universo, mas quem é?

69

— CUMPRI MINHA PARTE NO TRATO, arcanjo — diz o senhor do Abismo, com as asas queimadas varrendo o ar preguiçosamente. — Salvei a sua patética filha do homem e a família dela. Agora é a sua vez.

Raffe paira com as belas asas emplumadas na frente do senhor do Abismo, que assente com uma expressão melancólica.

— Não. — A palavra escorrega da minha boca enquanto assisto, hipnotizada.

Dois endiabrados com machados pretos voam na escuridão, fora do alcance dos holofotes. Os machados estão tingidos por camadas de sangue seco. Eles se posicionam atrás das asas de Raffe.

Por um momento, chego a pensar que Raffe vai encontrar um jeito de escapar enquanto encara o senhor do Abismo.

E então ele dá um único aceno de cabeça.

Sem aviso, os dois endiabrados levantam o machado simultaneamente e cortam as asas de Raffe.

Eles levantam o machado e cortam as asas de Raffe.

Eles levantam o machado e cortam as asas de Raffe.

Eles levantam o machado e cortam as asas de Raffe.

Eles...

... suas asas...

Não sei se Raffe grita de dor, porque tudo o que escuto é meu próprio grito.

Raffe cai.

Dois vigias voam abaixo dele e o pegam antes que ele colida com a ponte.

As asas brancas como a neve de Raffe aterrissam no chão, num baque.

Um segundo depois, a espada tilinta no solo e racha o concreto com seu peso.

70

A LUZ DA MANHÃ TINGE O CÉU no horizonte de San Francisco. Ele nunca mais será como antes, mas estou começando a achar familiar, se não reconfortante.

Barcos percorrem a baía sangrenta, recolhendo os últimos anjos e humanos que se afogam. Os caras do barco queriam colocar os anjos resgatados em gaiolas e atirar neles para debilitá-los momentaneamente. Tenho certeza de que seria uma boa ideia medir quanto tempo levaria para eles se recuperarem, sem água ou comida. Mas não surpreendentemente, Josias e os vigias insistiram que o melhor que eles podem fazer é privá-los de cobertores e bebidas quentes que os humanos resgatados recebem.

Agora que Uriel está morto, eles estão com muito poucos arcanjos.

Raffe parece ser extraoficialmente o líder. A questão é que ele ganha e perde consciência à medida que corremos pela baía até o hospital mais próximo — ou pelo menos o que ainda resta de um.

Os vigias executam as ordens de Raffe e se reportam a ele quando está consciente. Os anjos estão tão chocados que só seguem ordens.

Tenho a impressão de que, se lhes parecer razoável, os vigias farão o que Raffe disser, pelo menos por enquanto. Esse grupo é tão acostumado a seguir ordens que provavelmente não saberia o que fazer sem alguém no comando.

Quase todos os humanos deixaram a ponte. Peço a Josias e aos vigias para retransmitir minhas mensagens. Estou preocupada demais com Raffe para ajudar com a logística de conduzir os humanos até a costa. Teoricamente, eles estão seguindo as minhas ordens; mas, na realidade, estão fazendo tudo o que os gêmeos Tweedle lhes dizem para fazer.

Dou uma olhada em Raffe pela centésima vez enquanto camuflo Ursinho Pooky debaixo de um casaco que alguém me deu. Tremo como se estivesse uma temperatura abaixo de zero e, não importa quanto eu me abrace, não consigo me aquecer. Mal vejo o cabelo escuro de Raffe soprando ao vento, entre todos os vigias e anjos à sua volta. Ele está deitado sobre um dos assentos da lancha que os gêmeos encontraram para nós.

Os anjos e os vigias dão um passo para o lado e olham para mim com expectativa. Então todos decolam para o céu azul. Raffe está consciente e me olhando.

Caminho até ele. Tenho tentado não ser uma manteiga derretida que fica insistindo em segurar sua mão na frente dos anjos, mas preciso me esforçar para me conter. Não quero constrangê-lo, mesmo quando ele está inconsciente.

Mas agora que os outros se foram, eu me sento ao lado dele e seguro sua mão. Está quente, e eu a puxo até meu peito para me aquecer.

— Como está se sentindo? — pergunto.

Ele me lança um olhar que me faz sentir culpada por tê-lo lembrado das asas.

— E aí? Eles vão fazer de você o próximo Mensageiro?

— Duvido. — Sua voz sai áspera. — Eu lutei contra eles e depois conjurei um senhor do Abismo. Não é uma boa campanha eleitoral. A única coisa que me redime aos olhos deles é que acreditam que eu sacrifiquei minhas asas para salvá-los da praga angelical.

— Você poderia ter tido tudo, Raffe. Quando o Uriel estivesse fora do caminho, você teria voltado com os anjos. E eles poderiam ter votado em você para rei.

— Mensageiro.

— Dá na mesma.

— Anjos não devem ter um Mensageiro que costumava ter asas de demônio. É vergonhoso. — Ele estremece e fecha os olhos. — Além do mais, não quero o cargo. Enviamos uma mensagem ao arcanjo Miguel, para trazer de volta para cá o traseiro teimoso dele. Ele também não quer o título.

— Com certeza houve muita confusão por causa de um trabalho que ninguém quer.

— Ah, vários anjos querem, mas não os que deveriam tê-lo. O poder é mais bem empunhado por aqueles que não o desejam.

— Por que você não quer?

— Eu tenho coisas melhores para fazer.

— Tipo o quê?

Ele abre um olho para mim.

— Tipo convencer uma garota teimosa a admitir que está loucamente apaixonada por mim.

É impossível não sorrir.

— Então, se não é uma fazenda de porcos que você quer, o que é? — ele pergunta.

Engulo em seco.

— Que tal um lugar seguro para viver onde não temos que roubar comida ou lutar por ela?

— É seu.

— Simples assim? Basta pedir?

— Não. Tudo na vida tem um preço.

— Eu sabia. Qual é?

— Eu.

Engulo novamente.

— Vou precisar que você seja muito claro neste momento. Não durmo desde sempre e tenho vivido à base de adrenalina, o que não é o melhor estilo de vida para os seres humanos. Então o que você está dizendo?

— Você vai mesmo me fazer soletrar?

— Vou. Soletra.

Ele olha fundo nos meus olhos e eu me encolho por dentro, mas isso também faz meu coração palpitar como uma colegial. Ah, espera. Eu *sou* uma colegial. Pisco algumas vezes e fico me perguntando se é assim que devo fazer.

— O que você está fazendo?

— O quê? — *Argh*. Sou péssima nisso.

— Você está piscando para mim?

— Quem, eu? Não, claro que não. Bom... soletra.

Ele aperta o olhar com desconfiança.

— Isso é estranho.

— É mesmo.

— Você não vai facilitar, vai?

— Você perderia todo o respeito por mim, se eu facilitasse.

— Eu abriria uma exceção para você.

— Para de enrolar. O que você está tentando dizer?

— Eu estou tentando dizer que... que eu...

— Sim?

Ele suspira.

— Você é muito difícil, sabia?

— Você está tentando dizer que você o quê?

— Tudobemeuestavaerrado. Agora vamos seguir em frente. Onde você acha que seria o melhor lugar para os anjos ficarem até irem embora?

— Uau. — Começo a rir. — Você disse que estava *errado*? Que palavra foi essa mesmo? *Errado?* — Sorrio para ele. — Eu gosto de como esse som sai da sua boca. É lírico. E-r-r-a-d-o. Erraaaado. Errrrrado. Vamos, canta comigo.

— Se eu não amasse tanto a sua risada, te chutaria para fora deste veículo superbarulhento e sacolejante e te deixaria congelando na água.

Ele ama minha risada.

Pigarreio antes de falar.

— Sobre o que você estava errado? — pergunto, séria.

Ele me fulmina com o olhar, parecendo que pode não responder.

— Sobre as filhas dos homens.

— Hã? Não somos todas uns animais bizarros e repulsivos que mancham a sua reputação?

— Não, sobre essa parte eu estava certo. — Ele acena com a cabeça. — Mas acontece que não é sempre uma coisa ruim.

Olho de relance para ele.

— Quem diria? — ele prossegue. — Eu não fazia ideia que alguém podia ser um espinho tão grande no nosso pé durante uma batalha e ainda ser irresistivelmente atraente.

— Então isso é o que as pessoas chamam de cantada ao pé do ouvido? Porque de alguma forma eu esperava que fosse um pouco mais... elogioso.

— Você não reconhece uma declaração de amor sincera quando ouve uma?

Pisco com cara de boba para ele, com o coração disparado.

Ele afasta uma mecha de cabelo do meu rosto.

— Escuta, eu sei que somos pessoas diferentes, de mundos diferentes, mas eu percebi que isso não importa.

— Você não liga mais para as leis angelicais?

— Meus vigias me ajudaram a perceber que as leis angelicais são coisa de anjo. Sem as nossas asas, nós nunca poderemos ser aceitos totalmente de volta à sociedade. Sempre vai ter aquela conversa de tomar para si as asas dos novos caídos e fazer um transplante. Os anjos são perfeitos. Mesmo com asas transplantadas, nós nunca mais vamos ser perfeitos. Você me aceita do jeito que eu sou, independentemente de eu ter asas ou não. Mesmo quando tive asas de demônio, você nunca olhou para mim com pena. Você nunca vacilou na sua lealdade. Você é assim, minha corajosa, leal e amável filha do homem.

Meu coração bate tão rápido que não sei o que dizer.

— Você vai ficar? — *Comigo?*

Ele se move para me beijar, mas estremece. Eu me inclino para ele e paro assim que nossos lábios estão prestes a se tocar. Eu gosto do calor e da eletricidade que sinto nos lábios por sua proximidade.

Ele pressiona os lábios quentes nos meus. Minhas mãos se espalham por seu peito duro, deslizam para o abdome firme e depois para a lombar, tentando evitar os cortes. Nós nos abraçamos. Ele é uma delícia. Tão quente. Tão sólido.

Quero que esse momento dure para sempre.

— Ah, o verdadeiro amor. — Grito aterrissa no barco e o faz balançar. — Me dá até vontade de vomitar. Não te dá náusea também, Falcão?

— Desde o começo, nunca pensei que fosse uma boa ideia — diz Falcão, pousando ao lado de Grito. — Isso é que dá ouvir vocês.

— Como estão os ferimentos, chefe? — Grito mostra o antebraço, que brilha com os músculos em carne viva. — Quer comparar e ver quem vai ganhar o direito de se gabar?

Não quero perguntar, mas preciso.

— E os anjos?

— Eles vão encontrar Miguel — diz Raffe. — Vão voltar para casa e elegê-lo como o novo Mensageiro. Mais cedo ou mais tarde vão conseguir encostá-lo na parede. Ele vai ser um bom Mensageiro, mesmo que não queira.

— Vamos estar a salvo deles?

— Todos eles vão embora logo, logo. Seu povo pode começar a reconstruir o seu mundo.

— E os vigias?

— Eles escolheram ficar comigo. De qualquer forma, nunca tiveram preconceito contra as filhas dos homens. Para começar, o problema deles era esse. Receio que o seu povo vá ficar bem ocupado com eles.

— Mas só porque as mulheres preferem a gente e não os próprios homens — diz Grito.

— É mesmo? Você tem tanta certeza assim de que nós vamos querer um ex-anjo em vez de um homem comum?

Grito dá de ombros.

— Podemos não ser tão perfeitos como costumávamos ser — diz Raffe —, mas isso é muito relativo.

Tento fazer cara feia, mas não consigo deixar de rir.

— Sim, estou rindo de você.

Raffe me puxa mais para perto e me beija novamente. Derreto em seu corpo firme. Não posso evitar. Não sei nem se deveria tentar.

Meu mundo se transforma nas sensações de Raffe enquanto exploramos nosso beijo.

Epílogo

CAMINHO PELO MEIO DA RUA no nosso antigo bairro. Reconheço o edifício rachado com o grafite de um anjo, com a frase "Quem vai nos guardar dos guardiões?".

Cada porta agora tem uma pena mergulhada em tinta vermelha e pregada a ela. Acho que uma gangue ganhou a guerra desde que saímos, e agora o território é todo dela. Apesar disso, suspeito de que ainda haja pessoas comuns escondidas em sótãos e porões.

Agora este é o extremo sul da península, que ainda não foi queimado pelo fogo da caçada sangrenta. Muitas paredes estão escuras por causa da fuligem, mas os edifícios ainda estão de pé.

Minha irmã vai na frente sobre um de seus gafanhotos. Ela grita para as pessoas que os anjos vão embora e que elas podem sair dos esconderijos. Ela tem falado mais conforme os pontos cicatrizam, o que lhe permite mover a mandíbula mais livremente. Ela sempre vai ficar marcada por cicatrizes, mas pelo menos seu corpo vai ficar totalmente — bem, mais que totalmente — funcional.

Finalmente Paige está recuperando o peso, passando dos caldos de carne para os alimentos sólidos. Laylah trabalhou nela, na esperança de que Raffe tivesse algo de bom a dizer a seu respeito para Miguel, quando ele assumir. Seja lá o que ela tenha feito com Paige, parece estar funcionando. Minha irmã ainda prefere carne crua a legumes, mas pelo menos não é exigente quanto ao tipo de carne, se vem de algo morto ou vivo.

Minha mãe vem fazendo barulho atrás de mim, empurrando seu carrinho de compras. Está cheio de garrafas de refrigerante vazias, jornais velhos, cobertores, panfletos e caixas de ovos podres. As pessoas saem dos esconderijos mais pelos ovos podres que ela distribui do que pelos panfletos, mas Dee e Dum me garantiram que isso vai mudar quando as pessoas começarem a se sentir mais humanas e menos ratos apocalípticos.

Minha mãe está convencida de que os demônios e endiabrados em breve dominarão, e, pelo jeito do pequeno grupo que a segue ultimamente, tem muita gente que acredita nela. Eles a flanqueiam com seus próprios carrinhos de supermercado cheios de tralha e ovos podres. Não fazem ideia do motivo pelo qual minha mãe carrega essas coisas por onde vai, mas acham que poderiam ser úteis algum dia, como seus ovos podres o foram, e não querem arriscar.

Quando deixo um folheto debaixo de um limpador de para-brisas, avisto Raffe deslizando com as antigas asas de demônio de Beliel, acima de mim. Ele se recusou a participar do tal "trabalho humano", como deixar panfletos em carros e portas, mas fica de olho em nós mesmo assim.

O panfleto é para outro show dos gêmeos. Desta vez é um minicirco. Eles estão convencidos de que um show de aberrações reunirá todo mundo. E por acaso houve mais aberrações que no Fim dos Dias?

Minha mãe grita com alguém atrás de mim. Giro com a mão em Ursinho Pooky, pronta para sacar a espada. Mas é só minha mãe jogando ovos podres em alguém que pegou uma garrafa de refrigerante vazia sem pedir.

Corro os dedos através do pelo macio da minha espada, tranquilizando-a. Agora a guerra acabou. É hora de reunir os sobreviventes e reconstruir.

Até Ursinho Pooky precisa de um pouco de persuasão para confiar. Ela ainda não deixou Raffe segurá-la desde a caçada sangrenta, mas estamos progredindo. Ele diz que um dia ela vai se dar conta de que, só porque ele não se enquadra mais na imagem perfeita de um anjo, não significa que não seja digno.

Um som de buzina ecoa na rua. Os gêmeos acenam da janela de seu grande prêmio: o trailer. Houve um vencedor oficial, mas, de alguma forma, eles conseguiram ficar com o trailer mesmo assim. Não peço detalhes, mas tenho certeza de que a competição envolvia um jogo de azar, já que seu novo slogan é "A casa sempre ganha!".

Minha mãe bate na cabeça do ladrão com a garrafa de plástico vazia que ele tentou roubar.

— Mãe! — Volto numa corridinha para resgatar a paz.

Agradecimentos

Muito obrigada aos meus incríveis leitores beta que ajudaram a elevar o nível deste livro: Nyla Adams, Jessica Lynch Alfaro, John Turner, Aaron Emigh e Eric Shible. E, claro, agradeço profundamente aos leitores da série Fim dos Dias, por seu incomensurável apoio e entusiasmo.

Impresso no Brasil pelo Sistema Digital Instant Duplex da Divisão Gráfica da
DISTRIBUIDORA RECORD DE SERVIÇOS DE IMPRENSA S.A.